MÃES E FILHOS

COLM TÓIBÍN

Mães e filhos

Tradução
Beth Vieira

COMPANHIA DAS LETRAS

Copyright © 2006 by Colm Tóibín
Proibida a venda em Portugal

Título original
Mothers and sons

A editora agradece o apoio financeiro para a tradução da Ireland Literature Exchange, Dublin, Irlanda.
www.irelandliterature.com
info@irelandliterature.com

Capa
Rita da Costa Aguiar

Foto de capa
Corbis/ LatinStock

Preparação
Veridiana Maenaka

Revisão
Márcia Moura
Isabel Jorge Cury

Dados Internacionais de Catalogação na Publicação (CIP)
(Câmara Brasileira do Livro, SP, Brasil)

Tóibín, Colm
  Mães e filhos / Colm Tóibín ; tradução Beth Vieira. — São Paulo : Companhia das Letras, 2008.

  Título original: Mothers and sons.
  ISBN 978-85-359-1345-3

  1. Ficção irlandesa 2. Mães e filhos — Ficção I. Título.

08-09785   CDD-823

Índice para catálogo sistemático:
1. Ficção : Literatura irlandesa 823

[2008]
Todos os direitos desta edição reservados à
EDITORA SCHWARCZ LTDA.
Rua Bandeira Paulista 702 cj. 32
04532-002 — São Paulo — SP
Telefone (11) 3707-3500
Fax (11) 3707-3501
www.companhiadasletras.com.br

Para
Michael Loughlin
e
Veronica Rapalino

Sumário

O uso da razão, 9
Uma canção, 47
O ponto crucial, 56
"Famous blue raincoat", 113
Um padre na família, 137
Uma viagem, 156
Três amigos, 164
Emprego de verão, 185
Um longo inverno, 199

Agradecimentos, 271

O uso da razão

A cidade era um grande vazio. Da sacada de um dos apartamentos do último andar do prédio, ele espiava a rua Charlemont. O amplo terreno baldio lá embaixo estava deserto. Fechou os olhos e pensou nos outros apartamentos do mesmo andar, quase todos vazios durante a tarde, assim como os pequenos banheiros mal mobiliados e o poço a céu aberto das escadas. Imaginou as casas enfileiradas em longos trechos residenciais afastando-se da cidade: Fairview, Clontarf, Malahide ao norte; Ranelagh, Rathmines, Rathgar ao sul. Pensou na confiança daquelas avenidas, na força e na solidez delas, depois permitiu à mente vagar pelos aposentos, quartos vazios o dia todo, as salas no térreo vazias a noite toda, quintais compridos, bem-arrumados, bem aparados, vazios eles também durante o inverno e grande parte do verão. Os tristes sótãos igualmente vazios. Sem defesas. Ninguém repararia num estranho escalando um muro, passando rápido por um quintal para galgar o muro seguinte, um homem indefinido examinando os fundos de uma casa à procura de um sinal de vida, de sistemas de alarme ou de um cão de guarda e, depois, forçando silenciosamente uma janela, esgueirando-se para dentro, atravessando com atenção uma sala, sempre à procura de uma saída fácil. Ele abriria uma porta sem fazer o menor barulho, tão alerta que chegaria a ser quase invisível.

Pensou no vazio da rua Clanbrassil e na mãe, indo para o Dock. Era como se o próprio ar em volta dela, o calçamento e os tijolos dos edifícios soubessem do perigo que ela representava e saíssem do seu caminho. O cabelo loiro despenteado, os chinelos de casa arrastados rua afora, a figura desleixada caminhando até o pub. Um anel de ouro falso, falsos braceletes e brincos dourados espalhafatosos em contraste com o vermelhão dos lábios, o verde do rímel, o azul dos olhos. A mãe virando-se para ver se havia algum carro vindo, antes de atravessar a rua e, imaginou ele, descobrindo que estava completamente deserta, sem tráfego nenhum, o mundo tornado vazio para seu mais profundo deleite.

A mãe, aproximando-se do pub, sabia que os vizinhos tinham receio tanto de suas súbitas gentilezas como de seus ataques de raiva e de suas fúrias embriagadas. Tanto que um sorriso dela podia ser tão indesejado como uma carranca de zanga. No mais das vezes, ela apresentava um olhar de indiferença. Na rua, assim como no pub, não precisava ameaçar ninguém, todos sabiam quem era seu filho e que a lealdade dele a ela era intensa. Ele não sabia como a mãe fizera todo mundo acreditar que ele se vingaria do mais ínfimo insulto contra ela. Também as ameaças eram vazias, pensou ele, tão vazias como qualquer outra.

Ele continuou na sacada e não se mexeu quando a visita, que se aproximara do prédio pela porta lateral, apareceu. Permitiu, como fazia todas as semanas, que o detetive-inspetor Frank Cassidy passasse e entrasse no pequeno apartamento que era da cunhada e usado só uma vez por semana por ele. Cassidy estava à paisana, seu rosto corado exibindo uma mistura de culpa furtiva e autoconfiança prática. Semanalmente, pagava a Cassidy uma quantia ou muito alta ou muito baixa, algo suficientemente errado para fazê-lo acreditar que ele, o detetive, o estava engambelando, e não traindo seu próprio lado. Em troca do dinheiro, Cassidy lhe dava informações que, na maior parte das vezes, ele já tinha. Ainda assim, sempre achou que se por acaso a lei estivesse chegando muito perto, Cassidy de alguma forma deixaria isso claro. Cassidy o informaria, acreditava ele, ou como um favor ou apenas para levá-lo ao pânico. Ou talvez as duas coisas. Ele próprio não dizia nada a Cassidy, mas não tinha certeza se, em determinado momento, uma reação sua a uma informação dada não seria o bastante para Cassidy.

"Eles estão observando os montes Wicklow", disse Cassidy, à guisa de "oi".

"Diga-lhes para observar outra coisa. As ovelhas estão comendo a grama. É contra a lei."

"Eles estão observando os montes Wicklow", repetiu Cassidy.

"De uma confortável poltrona na rua Harcourt", disse ele.

"Quer escutar pela terceira vez?"

"Eles estão observando os montes Wicklow", ele imitou o sotaque arrastado de Cassidy, que era do interior.

"E puseram um sujeito jovem no caso. Chama-se Mansfield, e eu diria que você vai cruzar um bocado com ele."

"Você me contou isso na semana passada."

"É, só que ele já está bem ocupado. Não parece um Guard. Está atrás de jóias."

"Na semana que vem, diga-me algo novo."

Quando Cassidy saiu, ele voltou para a sacada e examinou uma vez mais o mundo enfarruscado. Ao se virar, alguma coisa lhe ocorreu, uma memória muito nítida do roubo de jóias da Bennett. Havia cinco funcionários encostados na parede e um deles perguntou se podia pegar o lenço.

Ele estava sozinho, armado com uma pistola, vigiando o grupo enquanto os outros arrebanhavam os demais funcionários. Respondeu ao cara, num falso sotaque preguiçoso de americano, que se ele queria assoar o nariz, então era melhor pegar logo o lenço, mas que se tirasse qualquer coisa a mais do bolso, viraria pó. A voz tinha soado casual, na tentativa de sugerir que não receava lidar com questões imbecis. Mas quando o cara pegou o lenço, todas as moedas que havia no bolso dele caíram no chão, moedas tilintando por todo o assoalho. O grupo virou-se e olhou em volta até que ele berrou para que voltassem a olhar a parede, e rápido. Uma moeda não parou de rolar; seus olhos seguiram-na e, na hora em que se agachou para apanhar as outras, resolveu apanhar aquela também. Depois, aproximou-se e entregou as moedas ao homem que precisara usar o lenço. Isso o deixou calmo, aliviado, quase feliz. Iria roubar jóias no valor de mais de 2 milhões de libras, mas devolvera os trocados de um homem.

Sorriu com a idéia ao entrar de novo no apartamento e tirar os sapatos para deitar no sofá; esperaria uma ou duas horas, agora que Cassidy se fora. Lembrou-se também de que, em pleno roubo, uma das funcionárias se recusara a ser levada para o banheiro dos homens.

"Pode me matar, se quiser", disse ela, "mas aí eu não entro."

Seus três comparsas, Joe O'Brien, de balaclava na cabeça, Sandy e aquele outro sujeito, subitamente sem saber o que fazer, tinham se virado para ele como se ele pudesse dar ordens para atirar nela.

"Levem ela e as amigas para o banheiro feminino", tinha dito baixinho.

Pegou o jornal e olhou de novo para o *Retrato de uma velha senhora*, de Rembrandt, publicado pelo *Evening Herald*, e perguntou-se se o quadro o fizera lembrar-se daquela história ou se a história o fizera lembrar-se de olhar de novo para a foto. O jornal trazia um artigo dizendo que a polícia estava trabalhando com uma série de informações que poderiam resultar na recuperação do quadro. A mulher na tela também parecia teimosa, como a da loja, só que mais velha. A mulher que se recusara a entrar no banheiro masculino era daquele tipo que você vê voltando do bingo com um grupo de amigas num domingo à noite. Não parecia nem um pouco com a mulher do retrato. Ele se perguntou qual seria o elo entre elas, até que se deu conta de que, além da teimosia, não havia elo nenhum. O mundo, pensou, estava pregando uma peça nele.

Sua mente era como uma casa mal-assombrada. Ele não sabia de onde tinha vindo essa frase, se tinha sido dita por alguém, se ele lera em algum lugar, ou se era verso de alguma música. A casa de onde roubara os quadros tinha toda a aparência de uma casa mal-assombrada. Talvez por isso a frase lhe viesse à mente. Roubar as telas lhe parecera uma excelente idéia, naquele momento, mas já não tinha tanta certeza. Ele roubara o quadro de Rembrandt que dois meses depois aparecia na primeira página do *Evening Herald*, mais um Gainsborough, dois Guardis e uma tela de um holandês cujo nome ele não conseguia pronunciar. O roubo fora manchete durante dias nos jornais. Lembrava-se de ter rido alto quando leu que falavam numa quadrilha de ladrões internacionais de arte, especialistas no ramo. O roubo fora ligado a outros que tinham acontecido em anos recentes no continente europeu.

Três dessas telas estavam agora enterradas nas montanhas de Dublin; ninguém jamais as encontraria. Duas outras estavam no sótão da casa pegada à de Joe O'Brien, em Crumlin. Somadas, valiam 10 milhões de libras ou mais. Só o Rembrandt valia 5 milhões. Estudou a fotografia publicada pelo *Herald*, mas não conseguiu entender o porquê. Grande parte da pintura fora feita com alguma tinta escura, negra, ele achava, mas não parecia nada. A mulher no retrato dava a impressão de estar precisando de uma reanimada, como uma velha freira entristecida.

Cinco milhões. E se ele desenterrasse a tela e queimasse, não valeria mais nada. Sacudiu a cabeça e sorriu.

Tinham lhe falado sobre Landsborough House, quanto as pinturas valiam e como seria fácil fazer o serviço. Ele passara um tempão avaliando os sistemas de alarme e mandou até instalar um em casa, para avaliar com mais exatidão a forma como funcionavam. Um belo dia, teve uma idéia: o que acontece quando você corta um sistema de alarme no meio da noite? O alarme ainda assim dispara. Mas o que acontece depois? Ninguém vai consertar o sistema, sobretudo se acharem que foi alarme falso. Tudo que você precisa fazer é se retirar, quando o alarme disparar, e esperar. Uma hora depois, quando toda a comoção tiver aquietado, você volta.

Um domingo à tarde, fora até Landsborough House de carro. Fazia apenas um ano que a casa estava aberta ao público; as placas ainda eram legíveis. Precisava conferir o sistema de alarme, olhar a posição dos quadros e ter uma sensação do local. Sabia que, num domingo à tarde, os visitantes seriam na maioria famílias, mas não levara a sua, não achava que eles iriam gostar da viagem nem de ter de vagar pela mansão olhando pinturas. Aliás, gostava de sair sozinho e nunca dizia à família aonde estava indo nem quando iria voltar. Muitas vezes, aos domingos, reparava em homens saindo da cidade com a família inteira dentro do carro. Perguntava-se qual seria a sensação. Ele teria odiado.

A casa era toda sombras e ecos. Apenas uma seção — uma ala, ele desconfiava que a palavra certa fosse essa — estava aberta ao público. Presumia que os donos morassem no resto da casa e sorriu consigo mesmo à idéia de que, assim que conseguisse elaborar um plano adequado, a família teria um choque. Eram pessoas velhas, pensou, e seria fácil amarrá-las. Gente velha, segundo sua experiência, tinha tendência a fazer um barulhão; seus ganidos de alguma forma eram mais altos ou pelo menos mais irritantes que os dos mais jovens. Não podia se esquecer, pensou, de trazer mordaças fortes e eficazes.

No final de um corredor, havia uma galeria enorme, e era nela que estavam pendurados os quadros. Anotou o nome dos mais valiosos e surpreendeu-se ao ver quão pequenos eram. Se não houvesse ninguém olhando, seria capaz de pegar um deles e pôr debaixo do paletó. No entanto, imaginava que houvesse um alarme atrás de cada quadro e que os guardas, que pareciam sonolentos, poderiam, se alertados, mover-se com muita rapidez. Caminhou de volta pelo corredor até a lojinha, onde comprou postais das telas que planejava roubar e pôsteres do Rembrandt, que seria a jóia de sua coroa. Mais tarde, o cunhado emoldurou para ele dois pôsteres idênticos.

Ele achava muito agradável a idéia de que ninguém — nem uma pessoa sequer, nem guardas, nem visitantes, nem a mulher que recebera o dinheiro e embrulhara os postais e os pôsteres — o tinha notado nem se lembraria dele.

A polícia sabia que ele estava com as telas. Umas poucas semanas depois do roubo, um artigo de primeira página no *Irish Independent* anunciou que ele era a Conexão Irlandesa. Presumia que, a esta altura, já houvessem percebido que não havia nenhuma quadrilha internacional com quem ele estivesse associado, que ele agira sozinho, com a ajuda de apenas três assistentes. Esses três assistentes tinham agora se transformado num problema, já que todos acreditavam que iriam receber pelo menos algumas centenas de milhares de libras em dinheiro vivo. Todos tinham planos instantâneos para o dinheiro e continuavam a fazer perguntas sobre o assunto. Ele não tinha uma idéia clara de como transformar os quadros em dinheiro.

Mais tarde, nesse mesmo dia, dois holandeses iriam se registrar num hotel na zona norte. Tinham feito contato com ele através de um homem chamado Mousey Furlong, que já fora dono de um negócio de ferro-velho, com carroça e cavalo, e que agora vendia heroína para crianças e adolescentes. Abanou a cabeça quando pensou em Mousey Furlong. Não gostava do tráfico de heroína, era arriscado demais, havia gente demais em cada negociação, e ele detestava a idéia de ter crianças fissuradas na sua porta, crianças magras, de rosto pálido e olhos imensos. Além do mais, a heroína também virava o mundo de ponta-cabeça, significava que homens como Mousey Furlong tinham contato com holandeses, e isso, pensou, era um estado artificial de coisas.

Mousey falava do Rembrandt como se fosse uma nova e lucrativa droga em Dublin. Os holandeses tinham interesse no Rembrandt, disse Mousey, mas precisavam examinar a tela. Estavam com dinheiro disponível e poderiam pagar assim que vissem a obra. Falariam do resto do espólio mais tarde, acrescentou Mousey.

Os holandeses também deviam estar muito atentos, supunha ele; se tinham mesmo o dinheiro com eles, seria fácil mostrar-lhes o pôster a distância, ver o dinheiro e depois amarrá-los e sair andando com o saque, deixando que voltassem para a Holanda com um pôster muitíssimo bem emoldurado. Não tinha intenção de mostrar o Rembrandt aos holandeses sem antes avaliar sua capacidade de pagamento; não, ele mostraria primeiro um Guardi e o Gainsborough, para provar que tinha as telas.

Um roubo era muito simples. Você roubava dinheiro e ele era instantaneamente seu; e você guardava o dinheiro em algum lugar seguro. Ou então você roubava jóias, ou aparelhos eletrônicos, ou cigarros em grande quantidade, e tinha como se livrar deles. Havia gente em quem você podia confiar, um mundo inteiro lá fora que sabia como organizar uma operação assim. Mas essas pinturas eram diferentes. Isso envolvia confiar em pessoas desconhecidas. E se os dois holandeses fossem policiais? O melhor a fazer era esperar, depois se mover com muita cautela, em seguida esperar de novo.

Levantou-se do sofá e foi até a pequena janela que dava para a sacada. Depois saiu para a própria sacada. Ele meio que esperava reparar numa figura se escondendo no espaço sinistro lá de baixo, um homem solitário ao lado de uma moto, mas não havia ninguém, aquele vazio de novo, como se o mundo tivesse sido jogado fora para sua felicidade, ou para assustá-lo. Supunha que Cassidy contara aos colegas sobre o apartamento, e talvez a polícia não precisasse mais de ninguém vigiando, já que tinha o detetive na mão, o qual, imaginava ele, contribuía semanalmente para o fundo beneficente da Garda com o dinheiro que ele lhe pagava. Era o bastante para deixá-lo com ânsia. Perguntou-se se já não seria hora de tomar alguma providência a respeito de Cassidy, mas queria esperar até vender os quadros. Aprendera, com o tempo, que era sempre mais aconselhável lidar com uma questão por vez.

Voltou para dentro e deitou-se no sofá. Fixou a vista no teto e não pensou em nada. Ele dormia bem à noite e nunca ficava cansado a essa hora, mas se sentia cansado agora. Deitou-se de lado, pôs uma almofada sob a cabeça e, sabendo que faltavam ainda algumas horas para a cunhada voltar, foi pegando aos poucos no sono.

Quando acordou, estava nervoso e desconfortável; a perda da concentração e do controle o perturbava, e ele sentou-se para olhar o relógio. Tinha dormido meia hora apenas, mas percebeu que havia sonhado de novo com Lanfad e se perguntou se algum dia pararia de sonhar com o reformatório. Fazia vinte e quatro anos que saíra de lá.

No sonho, lá estava ele de novo, entre dois policiais, sendo internado pela primeira vez, conduzido através dos corredores. Só que não era ele aos treze anos, era ele agora, depois de anos e anos fazendo o que queria, casado, acordando de manhã com o som dos filhos, vendo televisão à noite, roubando, fazendo planos e negócios. E o que o perturbou no sonho foi a sensação de estar feliz de se ver trancafiado, de ter ordem na vida, de seguir regras, de ser vigiado o tempo inteiro, de não ter de pensar demais. Enquanto era levado pelos corredores, no sonho, sentira-se resignado, quase satisfeito com a situação.

Tinha se sentido assim durante boa parte do tempo em que cumpriu sua única sentença de adulto no presídio Mountjoy. Sentira falta da mulher e do primeiro filho, falta de poder ir aonde quisesse, mas não se importou de ficar trancado todas as noites, gostava de ter todo aquele tempo para si. Ali não acontecia nada de imprevisível, e isso o deixava satisfeito; os outros presos sabiam que não deviam chegar muito perto dele. Detestava a comida, mas não prestava atenção nela, e detestava os guardas, mas eles também sabiam que era melhor tomar cuidado com ele. Quando a mulher ia visitá-lo, uma vez por semana, fazia questão de não demonstrar nada, nenhuma emoção, nenhuma sensação de quão solitário e isolado ele se sentia às vezes. Em vez disso, conversavam sobre o que iria acontecer quando ele saísse, enquanto ela punha lentamente o dedo em sua boca, um dedo que tinha retorcido lá no fundo dela para que ele pudesse sentir e manter seu cheiro; ele deixava que ela falasse dos vizinhos e da família e fizesse tudo de novo para ele. Depois, pegava na mão dela para que o cheiro ficasse com ele pelo resto do dia.

Os primeiros tempos em Lanfad eram os que mais lhe vinham à mente. Talvez porque o reformatório ficasse no interior e até aquele momento ele nunca tivesse saído da cidade. Ficou aturdido com o lugar, com sua frieza e antipatia, com o fato de que teria de ficar ali três ou quatro anos. Não se tinha permitido sentir nada. Nunca chorou e, quando ficava triste, obrigava-se a não pensar em nada por um tempo; fingia não estar em lugar nenhum. Foi assim que lidou com seus anos de Lanfad.

Durante o tempo em que ficou ali, apanhou só uma vez, e isso foi quando o dormitório inteiro foi levado para fora, um a um, e apanhou na palma das mãos com uma tira de couro. Em geral, contudo, deixavam-no em paz; seguia as regras quando sabia que havia risco de ser apanhado. Percebeu que era fácil fugir nas noites de verão, contanto que esperasse até estar tudo calmo, escolhesse o parceiro certo e não fosse longe demais. Aprendeu a assaltar a cozinha e assegurou-se de que não fosse uma atividade freqüente, para o caso de terem armado uma cilada para ele. Enquanto pensava nisso, agora, deitado no sofá, percebeu que tinha gostado de ficar sozinho, distante dos outros, de não ser nunca o que era pego saltando de uma cama para a outra ou se engalfinhando numa briga quando o irmão encarregado entrava.

Em uma de suas primeiras noites lá, houve uma briga no dormitório. Ouviu quando começou e depois algo mais ou menos assim: "Diga isso de novo e eu te arrebento", frase seguida de berros de incentivo. Tinha de haver briga; havia energia demais no dormitório para que não acontecesse nada. Embora estivesse escuro, dava para ver silhuetas, movimento. Ele também podia escutar a respiração entrecortada e o arrastar de camas, depois a gritaria vinda de todos os lados. Não se mexeu. Logo se tornaria seu estilo, não se mexer, mas nesses primeiros anos ainda não tinha desenvolvido um estilo. Tinha incertezas demais para fazer qualquer coisa. Assim, quando a luz foi acesa e um dos irmãos mais velhos, o Irmão Walsh, chegou, ele não precisou correr para voltar para a cama, como os demais, mas ainda assim sentiu medo do irmão, que desembestara pelo dormitório com ar ameaçador. Já havia então um silêncio absoluto. O Irmão Walsh não falou com ninguém, mas andou em volta das camas olhando para cada menino como se fosse avançar. Quando olhou para ele, o irmão não soube o que fazer. Os olhares se encontraram, se afastaram e se encontraram de novo.

Por fim, o irmão falou.

"Quem foi que começou? Apresente-se quem começou."

Ninguém respondeu. Ninguém se apresentou.

"Vou apanhar dois meninos ao acaso e eles vão me dizer quem começou, não se preocupem que eles vão me dizer direitinho, e vai ser pior para quem começou a briga não se apresentar agora." Seu sotaque era estranho.

Ele não conseguia pensar no que fazer, a não ser fingir furiosamente que aquilo não estava acontecendo de jeito nenhum. Se fosse o escolhido, não saberia o que dizer. Não sabia o nome de ninguém e não tinha visto por tempo suficiente o provocador da briga, quem quer que fosse, para poder identificá-lo. Além do mais, não conhecia as regras, não sabia se os meninos tinham um acordo para nunca denunciar os outros, fosse o que fosse. Ficara intrigado com a forma como eles se conheciam pelo nome. Parecia impossível. Enquanto pensava nisso, ergueu a vista e viu que havia dois garotos em pé ao lado das respectivas camas, os olhos baixos. Um deles tinha a parte de cima do pijama rasgada.

"Certo", disse o Irmão Walsh. "Vocês dois vêm comigo."

O irmão voltou para a porta e apagou as luzes, deixando atrás de si puro silêncio. Ninguém nem sequer cochichou. Deitado, ele escutava. Os primeiros ruídos saíram abafados, mas logo depois escutou um berro, um grito e o som inconfundível de uma correia, depois nada e aí um uivo de dor. Perguntou-se onde estaria acontecendo o castigo e concluiu que só poderia ser no corredor em frente ao dormitório, ou na escada. Depois a surra se tornou regular, com gritos e gemidos. E logo o som de vozes dizendo "Não!" infindáveis vezes.

Todo mundo no dormitório permaneceu quieto; ninguém fez um ruído. A surra não parou. Por fim, quando os dois garotos abriram a porta e tentaram achar o caminho da cama no escuro, o silêncio tornou-se ainda mais intenso. Eles deitaram, chorando e gemendo, e os outros não fizeram um ruído. Ele bem que gostaria de saber o nome dos meninos castigados e se perguntou se ficaria sabendo pela manhã, e se eles teriam um aspecto diferente por tudo que acontecera.

Nos meses seguintes, pareceu-lhe inacreditável que os garotos em volta pudessem perder todo e qualquer senso de cautela e se esquecessem do que tinha acontecido naquela noite. As brigas irrompiam regularmente no dormitório escuro e a meninada gritava, saía da cama e tornava-se vulnerável aos castigos quando as luzes se acendiam e o Irmão Walsh, ou outro qualquer, às vezes até dois deles, paravam na soleira, observando todo mundo correr de volta para a cama. E todas as vezes os principais culpados confessavam e eram levados para fora, onde recebiam punição.

Aos poucos, os irmãos foram reparando nele; percebendo que não era como os outros, e gradualmente começaram a confiar nele. Ele, porém, nunca confiou nos irmãos nem permitiu que qualquer um se aproximasse demais. Contudo, aprendeu a parecer ocupado e respeitoso. Durante o tempo em que ficou ali, nunca fez um amigo, nunca deixou ninguém se aproximar dele. No começo, quando teve problema com Markey Woods, um cara mais velho que ele, e maior, deu tratos à bola até achar uma forma de lidar com a questão.

Não era difícil conseguir um companheiro, alguém que trabalhasse para você em troca de proteção e atenção. Ele descobriu um sujeito magro e rijo, chamado Webster, mas não lhe contou o que tinha em mente. Disse-lhe apenas para insinuar a Markey que havia cigarros escondidos no brejo, a uma boa distância, mas ainda no perímetro da escola. Permitiu que Markey ameaçasse Webster e dissesse que, se ele não o levasse até o esconderijo, iria apanhar. Até que um dia se viu ao lado de Markey e de Webster andando rumo aos limites externos e remotos de Lanfad. Ele havia dito a Webster que, a um determinado sinal, atacasse e simplesmente derrubasse Markey no chão. Fizera experimentos com nós e cordas, tinha roubado um pedaço de corda da oficina, de modo que sabia como amarrar as pernas de Markey rapidamente, esticar a corda até as mãos e amarrá-las também. Essa seria a parte mais difícil, porém com as pernas amarradas Markey podia se debater quanto quisesse, pois não teria a menor chance.

Toda essa operação levou mais tempo do que imaginava, já que Markey revidou com murro atrás de murro, atemorizando Webster, que acabou sendo de pouca utilidade. No fim, conseguiu imobilizar Markey no chão, amarrou um punho com a corda e deu um puxão tão forte que quase lhe quebrou o braço, depois o virou de bruços para atar os dois punhos. Tinha chegado à conclusão de que não havia motivo para tentar surrar Markey. A surra não significaria nada para ele, razão pela qual tinha levado uma venda e um alicate pequeno, também achado na oficina. Assim que pôs a venda, virou Markey de costas e disse a Webster para chutá-lo nas costelas; enquanto Webster fazia isso com gosto, Markey, de boca escancarada, rugia ameaças.

Depois de estudar a boca de Markey por um instante, enquanto ele continuava rugindo, aproximou-se rápido com o alicate e apertou com força um dos dentes de cima, do lado esquerdo. Ainda que Markey, chocado, tenha cerrado a boca na mesma hora, o alicate continuou segurando o dente.

Ele começou então a afrouxar e puxar o dente, preocupado agora com o barulho, com os berros histéricos de Markey. Sabia que o alicate tinha exatamente um único dente preso entre as alavancas, mas não conseguia entender por que estava demorando tanto tempo para soltar e extrair o dente. Em sua única visita ao dentista, percebera a simplicidade e a eficiência de uma extração ao ver o dente sair tão rápido.

De repente, em vez de pôr pressão no alicate para tentar afrouxar o dente, ele fez o dente ir para trás e para frente, depois puxou o alicate com força. Markey soltou um berro. Estava terminado. O dente saíra. Webster, quando se aproximou para examiná-lo, estava quase tão pálido quanto Markey.

Ele tirou a venda de Markey e mostrou-lhe o dente. Sabia que era importante não deixá-lo sair muito rápido e que devia mantê-lo amarrado, sangrando um pouco, enquanto falava baixinho com ele, dizendo que, se alguém na escola voltasse a pôr um dedo nele ou em Webster, arrancaria mais um dente até sobrarem só gengivas. Mas, explicou ele, se um dos irmãos soubesse do que tinha ocorrido, não tiraria apenas um dente, iria direto para seu pinto. Será que tinha entendido? Foi com o alicate até as pernas de Markey e apertou em volta do pênis. Falava docemente e Markey soluçava. Entendeu bem?, perguntou. Markey fez que sim com a cabeça. Não estou ouvindo, disse ele. Entendi, disse Markey, entendi, sim. Ele soltou o alicate, desamarrou o garoto e obrigou-o a voltar com eles para a escola, como se fossem amigos.

Dali em diante, os outros meninos em Lanfad ficaram com muito medo dele. Logo não se sentia mais ameaçado. Querendo, podia interromper brigas, tomar partido de alguém que estivesse sendo amedrontado ou deixar que um garoto ficasse dependente dele por uns tempos. Mas nunca deixou nenhuma dúvida de que isso não significava nada para ele, de que sempre estaria pronto para ir embora, distanciar-se de alguém, incluindo Webster, a quem precisou assustar para que desistisse de ser seu amigo.

Os irmãos permitiam que trabalhasse no charco, e ele adorava isso, o silêncio, o trabalho moroso, a extensa faixa de planura até o horizonte. E de voltar cansado para casa no fim do dia. No último ano, eles lhe deram permissão para que trabalhasse na fornalha, e foi trabalhando ali — deve ter sido no inverno de seu último ano — que se deu conta de algo que não sabia até então.

Não havia muros em volta de Lanfad, mas todos sabiam que qualquer um que ultrapassasse um determinado ponto seria punido. Todos os anos, na primavera, à medida que as noites ficavam mais longas, os meninos tentavam escapar, iam para a estrada principal, mas sempre eram encontrados e levados de volta. Todas as casas da região pareciam ter silhuetas nas janelas, prontas para apontar aos irmãos os garotos fujões. Uma vez, no seu primeiro ano, dois meninos que fugiram foram castigados diante da escola toda, mas isso não parecia dissuadir os outros de querer escapar. Quando muito, as fugas incentivavam os demais. Ele achava difícil acreditar que as pessoas fugissem sem um plano, uma forma específica de chegar sem ser notado a Dublin e quem sabe à Inglaterra.

Naquele último inverno, dois garotos que eram um ou dois anos mais velhos que ele já não agüentavam mais. Eles se metiam em encrenca todos os dias e não pareciam ter medo de nada. Lembrava-se dos dois porque uma vez tinha conversado com eles sobre fugir, o que faria e para onde iria. Interessou-se pela conversa porque eles disseram que sabiam onde conseguir bicicletas, e ele acreditava que essa era a única forma de escapar, começar a pedalar lá pela meia-noite, uma hora da manhã, e ir direto para o barco. Acrescentou, sem pensar muito no assunto, que antes de partir bem que gostaria de enfiar um ou dois irmãos nas labaredas da fornalha. Seria muito fácil de fazer, disse ele, se você tivesse dois outros garotos ajudando, pusesse a mordaça e agisse rápido. As chamas eram tão fortes, disse ele, que não deixariam vestígios. Eles se desfariam em fumaça. Com sorte, daria para enfiar quatro ou cinco no lugar onde normalmente entrava o combustível. Ninguém ficaria sabendo de nada. Daria para começar com um daqueles irmãos velhos e trêmulos. Ele disse isso da mesma forma distante e deliberada como dizia tudo. Reparou nos dois garotos olhando desconfortáveis para ele e percebeu que tinha falado demais. Súbito, ergueu-se para ir embora e se deu conta de que também não devia ter feito isso. Arrependeu-se de ter falado com eles.

No fim, os dois garotos escaparam sem bicicleta nem plano e foram pegos. Ouviu falar disso quando levava um balde de turfa para o refeitório da irmandade. O Irmão Lawrence o parou e contou. Ele fez um sinal de cabeça e seguiu seu caminho. Ao jantar, viu que os dois garotos ainda não estavam lá. Supôs que estavam sendo mantidos num outro lugar. Depois do jantar, como sempre, foi até a fornalha.

Só um pouco mais tarde, perto da hora de apagar as luzes, quando estava cruzando a trilha para ir buscar mais turfa, é que escutou um barulho. Soube na hora o que era, era o som de alguém apanhando e chorando. Não conseguiu decifrar de início de onde vinha, mas depois entendeu que era do salão de jogos. Viu as luzes acesas, mas as janelas eram altas demais. Voltou esgueirando-se até a fornalha para apanhar um banquinho; colocou debaixo da janela. Quando olhou, viu que os garotos que tinham tentado escapar estavam de bruços numa mesa velha, com as calças arriadas até os tornozelos, levando lambadas do Irmão Fogarty nas nádegas. O Irmão Walsh estava de pé, na frente da mesa, segurando com as duas mãos o menino que apanhava.

De repente, enquanto via essa cena, reparou em outra coisa. Havia um velho armário iluminado, no fundo do salão de jogos. Era usado para guardar coisas que ninguém mais queria. Agora havia dois irmãos lá dentro, e a porta achava-se aberta, para que tivessem uma visão bem nítida dos dois meninos sendo castigados. Ele podia vê-los da janela — o Irmão Lawrence e o Irmão Murphy — e deu-se conta de que os dois que aplicavam o castigo deviam estar cientes da presença dos outros, mas talvez não soubessem o que faziam no armário.

Estavam ambos se masturbando. Tinham os olhos focados na cena em frente — o garoto sendo punido e chorando toda vez que era atingido pela correia. Não conseguia se lembrar de quanto tempo ficou ali, olhando para eles. Mesmo antes disso, detestava ver qualquer garoto punido. Odiava a própria impotência em meio ao silêncio e ao medo. Mas tinha quase se convencido de que esses castigos eram necessários, que faziam parte do sistema natural de disciplina do qual os irmãos estavam encarregados. Agora sabia que havia mais coisa envolvida, algo que não entendia e sobre o qual não conseguia refletir. A imagem ficara em sua cabeça como se tivesse tirado uma foto dela: os dois naquele armário iluminado não pareciam homens de autoridade, eles se pareciam mais com velhos cães ofegantes.

Deitou de novo no sofá, sabendo que estava repisando tudo para não pensar nas pinturas. Levantou-se, espreguiçou-se, coçou-se e depois voltou a sair para a varanda. A sensação é de que alguma coisa atrás dele o chamava: queria deixar a mente em branco, mas tinha medo. Sabia que se tivesse feito o roubo sozinho, teria jogado fora, queimado ou atirado todas as telas no meio-fio. Quando conseguiu finalmente sair de Lanfad, levou consigo a sensação de que por trás de tudo havia uma outra coisa, um motivo escondido, talvez, ou algo inimaginável e escuro, que a pessoa que se apresentava era meramente um disfarce para outra pessoa, que algo dito era apenas um código para outra coisa. Havia sempre camadas e, por trás delas, ainda mais camadas secretas, com as quais você podia topar ou que se tornariam mais aparentes quanto mais perto você olhasse.

Em algum lugar da cidade, ou em outra cidade qualquer, havia alguém que sabia como se desfazer dos quadros, receber o dinheiro e dividi-lo. Se pensasse bem no assunto, se afundasse no sofá, concentrado no assunto, será que também saberia? No entanto, toda vez que ponderava sobre isso, chegava a um beco sem saída. Tinha de haver um jeito. Perguntou-se se poderia ir falar com os outros que participaram do roubo — e eles estavam tão orgulhosos de si, naquela noite tudo tinha dado perfeitamente certo — e explicar o problema. Mas ele nunca havia explicado nada a ninguém, até então. Uma explicação espalharia o boato de que estava enfraquecendo. Além do mais, se ele não conseguia solucionar o problema, muito menos os comparsas. Eles só serviam para fazer o que lhes era ordenado.

Examinou o terreno baldio na frente do prédio. Tudo ainda deserto. Perguntou-se se a polícia tinha decidido que não havia necessidade de vigiá-lo, porque ele cometeria erros, agora, sem o incentivo dela. No entanto não é assim que a mente da polícia funciona, pensou. Quando via um policial, um advogado ou um juiz, via os irmãos de Lanfad, uma gente que adora autoridade, que faz uso dela, que mostra poder de um jeito que mal disfarça elementos ocultos e vergonhosos. Voltou a entrar no apartamento e, na pia da cozinha, abriu a torneira de água fria e molhou o rosto.

Talvez, pensou, fosse tudo muito mais simples do que imaginava. Os holandeses viriam, ele os conduziria até os quadros, eles concordariam em lhe pagar e o levariam até onde estava o dinheiro. E depois? Por que não tirar o dinheiro deles e esquecer os quadros? Mas os holandeses deviam ter pensado nisso também. Talvez o ameaçassem e deixassem bem claro que, se ele rompesse o acordo, seria um homem morto. Ainda assim, não tinha medo deles.

Não conseguia decidir se os holandeses eram uma armadilha ou não. Sentou-se e descobriu que faria qualquer coisa para evitar pensamentos que não levavam a uma conclusão. Não confiava em ninguém. Esse pensamento lhe restituiu as forças e ele se sentiu quase orgulhoso de não sentir amor por ninguém — talvez amor não fosse a palavra —, não sentia necessidade de proteger ninguém. A não ser, pensou, a filha Lorraine, agora com dois anos. Tudo nela era lindo, e ele aguardava com prazer o momento de se levantar e descobrir que ela também estava acordada e à espera dele. Gostava quando ela dormia no andar de cima. Queria que ela fosse feliz e segura. Não sentia o mesmo pelos outros filhos. Sentira, porém, a mesma coisa pelo irmão mais novo, Billy, só que Billy morrera num assalto, esfaqueado e deixado no chão, sangrando até morrer. Supunha não sentir muito mais coisas por Billy agora e sabia como fazer a mente parar de pensar nele.

Se conseguisse se ver livre dos quadros, ficaria tudo bem, pensou. Poderia voltar ao normal. Talvez devesse arriscar com esses holandeses, tentar arrumar um jeito de tirar o dinheiro deles em troca dos quadros sem maiores complicações. Mas, pensou, não deveria fazer isso. Tinha de ter muito cuidado.

Ele não bebia e não gostava de bares, mas o hotel em que tinha dito a Mousey para pôr os holandeses possuía um bar calmo e uma ótima entrada lateral perto do estacionamento. Ainda assim, sentia-se inseguro, vendo uma americana espalhafatosamente vestida pedir um drinque no bar e perguntando-se se ela seria da polícia. Cruzou o olhar com ela e desviou a vista o mais rápido que pôde. Da perspectiva da polícia, pensou, fazia sentido enviar uma mulher vestida como uma americana ao bar. Também fazia sentido que Mousey Furlong tivesse entrado em acordo com a polícia e esse fosse seu primeiro passo rumo à reabilitação. Logo mais, a mulher de Mousey abriria uma escolinha ou uma loja chique de bebidas com todo o dinheiro conseguido com a heroína, e o casal iria angariar fundos beneficentes todo Natal. No entanto, a americana podia ser apenas uma turista, e Mousey podia não ter mudado tanto assim.

Quando os dois holandeses apareceram, reconheceu-os na hora. Nunca saíra da Irlanda em toda a sua vida, e nunca, até onde tivesse conhecimento, tinha conhecido um holandês. Mas eles eram holandeses, pensou, eles pareciam holandeses. Não podiam ser outra coisa. Fez um sinal de cabeça. Eles também o conheceriam, imaginou.

Escreveu num papel "Fiquem aqui" e entregou para o mais magro, assim que ele sentou. Encostou o dedo nos lábios. Depois saiu para o estacionamento e sentou no carro. Isso daria a ambos algo em que pensar, imaginava, fossem ou não holandeses. O estacionamento estava vazio. Ficou atento ao menor movimento, mas ninguém apareceu e nenhum carro entrou. Esperaria um pouco mais, depois de decidir que não cederia à tentação de ir conferir a frente e o saguão do hotel. Era importante, sabia, permanecer calmo, continuar escondido, fazer o menor número de movimentos necessários. Não jogava xadrez, mas certa vez tinha visto um jogo na televisão e gostara dos modos lentos, cuidadosos e calculados dos enxadristas.

Estavam ambos tomando um café, quando voltou. Esperou o barman sair de perto e escreveu num papel: "O dinheiro está na Irlanda?". Um deles fez que sim com a cabeça. "E então?", escreveu. "Nós temos que ver", foi a resposta. Depois, tendo conferido de novo que o barman não estava no campo de audição, disse em voz audível: "Vocês precisam conferir os quadros. Eu preciso conferir o dinheiro".

Tentou parecer controlador, ameaçador, e perguntou-se se os holandeses teriam uma forma diferente de fazer isso. Talvez, pensou, usar óculos, ser magrinho e tomar café significasse ser briguento na Holanda. De toda maneira, pareciam profissionais. Fez um gesto para que o seguissem até o estacionamento. Dirigiu primeiro até a North Circular Road, depois desceu pela rua Prússia até o cais. Atravessou o rio e pegou o caminho de Crumlin. Ninguém no carro disse uma palavra. Ele esperava que não tivessem a menor idéia de em que parte da cidade estavam.

Pegou uma lateral, depois uma viela, entrando numa garagem cuja porta fora deixada aberta. Saltou e baixou a porta corrediça da garagem. Estavam agora no escuro. Assim que achou o interruptor e acendeu a luz, fez um sinal para que os holandeses ficassem dentro do carro. Saiu para um pequeno quintal e bateu no vidro da janela da cozinha. Lá dentro, havia três ou quatro crianças sentadas em volta de uma mesa e uma mulher de pé na pia; o homem parado ao lado dela virou-se e disse alguma coisa. Era Joe O'Brien. As crianças levantaram imediatamente, pegaram os pratos e as xícaras e saíram da cozinha sem olhar para a janela. Joe, percebeu ele, tinha treinado bem as crianças. Também a mulher juntou suas coisas e saiu.

Joe O'Brien abriu a porta e saiu para o quintal sem falar. Foram até perto da garagem e deram uma olhada nos holandeses através de uma pequena janela encardida. Estavam ambos imóveis, sentados no capô do carro.

A um gesto seu, Joe O'Brien entrou na garagem e acenou para que os dois holandeses o seguissem. Saíram para a rua e entraram por uma porta um pouco mais distante, no quintal da casa vizinha. Havia um velho à mesa da cozinha, lendo o *Evening Herald*, que se levantou para deixá-los entrar quando Joe deu uma batidinha na janela. E voltou imediatamente a ler seu jornal. Eles fecharam a porta, passaram pelo velho e foram lá para cima, para o quarto dos fundos.

Não sabia se aquele olhar de desconforto fazia parte do temperamento dos holandeses ou se eles haviam ficado desconfortáveis só depois, algo que não era comum. Eles deram uma espiada no quarto de cima como se tivessem tido permissão de dar uma rápida olhada no espaço sideral. Ele ficou tentado a perguntar se era a primeira vez que viam um quarto, enquanto Joe punha a escada junto à pequena abertura do forro que dava no sótão, subia e descia trazendo dois quadros — o Gainsborough e um dos Guardis. Os dois holandeses olharam atentamente as telas. Ninguém disse nada.

Um deles tirou um caderninho e escreveu: "Onde está o Rembrandt?".

Ele arrancou o caderno bruscamente e escreveu: "Pague por estes dois. Se não surgir nenhum problema, a gente leva vocês até o Rembrandt amanhã." O holandês pegou o caderno de volta e escreveu: "Nós viemos até aqui pelo Rembrandt". Na hora, com o holandês ainda com o caderno na mão, ele escreveu: "Você é surdo?". Ambos leram isso com todo o cuidado, como se tivesse algum significado profundo e oculto, franzindo o cenho em uníssono, a fisionomia magoada e espantada.

Pegou o caderno de novo e escreveu: "O dinheiro?". Quando devolveu o caderno ao holandês, reparou que o comentário seguinte estava escrito numa letra muito melhor. "Temos de ver o Rembrandt." Ele arrancou o caderno e escreveu rápido, de forma quase ilegível: "Compre antes estes quadros". O outro holandês pegou o caderno e escreveu com caligrafia infantil: "Nós viemos até aqui para ver o Rembrandt. Como não há Rembrandt, temos de pedir instruções. Assim que for possível, entramos em contato pelo Mousey".

De repente, ele percebeu que esses dois homens estavam falando sério sobre as regras estabelecidas. Ele tinha concordado em lhes mostrar o Rembrandt e agora violara as regras. Isso fora feito em nome da cautela. Ele não iria enfraquecer ou ajustar suas táticas, e sim mover-se lentamente, assumindo o mínimo de risco possível. Os holandeses sabiam agora que estava de posse das outras telas roubadas e presumia que não estavam sendo seguidos pela polícia, embora não pudesse ter certeza absoluta disso. Ainda que, pelas fisionomias sombrias, indicassem que o contrato corria perigo, tinha certeza de ter feito a coisa certa, ciente, nesse tempo todo, de que Joe O'Brien o observava. Sentiu um anseio de agarrar um dos caras, amarrá-lo e mandar o outro buscar o dinheiro, senão mataria o comparsa, mas estava sob a impressão de que os dois holandeses tinham essa eventualidade e muitas outras possibilidades cobertas. Eles não agiam no impulso; tinha plena consciência de que saberiam o que fazer, caso resolvesse trilhar esse caminho. Era, pensou, um erro lidar com estrangeiros, mas não havia ninguém na Irlanda com inclinação ou dinheiro suficiente para pagar dez milhões por uns poucos quadros.

Ao atravessar a casa de volta e passar pelo dono, na cozinha, eles continuaram calmos. Era a calma de ambos que o perturbava, que o segurava, que o fazia pensar. E, depois, que o deixou incapaz de pensar. Não dava para dizer nada sobre esses dois homens. Era difícil imaginar que já tinham estado presos, a menos que os presídios holandeses ensinassem tratamentos de pele e maneiras impenetráveis. Quem quer que fosse o mandante, pensou, escolheu os dois não só pela calma que, acreditava ele, mascarava uma dureza de aço como também pela habilidade em diferenciar um Rembrandt verdadeiro de um falso.

Talvez isso fosse tudo o que sabiam, o resto deixariam para criminosos de verdade. Talvez fossem professores de arte, na verdade tinham o mesmo ar de alguns dos homens que apareciam na televisão para falar do valor, para a humanidade, dos quadros que ele havia roubado.

Não queria que os holandeses se fossem sem uma nova promessa ou um atrativo. Fez sinal para dizer que Joe O'Brien os levaria de volta ao hotel, depois pediu o caderno e escreveu: "No mesmo dia, na semana que vem, eu estarei com o quadro aqui". Um dos holandeses escreveu em resposta: "Nós temos que pedir instruções". Ele acenou para Joe O'Brien e jogou as chaves do carro para ele.

Perguntou-se se não seria boa idéia fazer Joe assustar os dois outros cúmplices do roubo, dizendo-lhes que não estavam sendo enganados nem nada parecido, mas que precisavam entender que seria muito melhor baixar o tom e não esperar dinheiro rápido, e deixar bem claro que quaisquer exigências ou mesmo pedidos de dinheiro vivo seriam tratados energicamente.

Joe O'Brien era o único homem com quem tinha trabalhado que sempre fazia exatamente o que lhe mandavam, que não perguntava nada, que nunca expressava dúvidas e nunca chegava atrasado. Também entendia de coisas como fiação, cadeados, explosivos e motores de carro. Quando quis estourar os miolos de Kevin McMahon, o advogado, mandá-lo para o reino do além, Joe O'Brien foi o único homem a quem contou seu plano.

Isso foi quando seu irmão Billy foi acusado de roubo. Tinha assistido, no tribunal, a McMahon se pavonear e se exibir como advogado da acusação e obter uma condenação com base numa prova fabricada. E depois, quando Billy foi acusado de assassinato, McMahon expôs a família toda, dizendo coisas em tribunal que não eram da conta de ninguém e que deviam ter sido ditas pelo próprio Billy, ou pela mãe, ou por alguém que os conhecesse bem, que soubesse coisas demais sobre eles. McMahon não parecia estar apenas cumprindo um dever, parecia estar gostando.

Pagou um bom dinheiro para assustar dois jurados a ponto de descumprirem seu dever e deixar Billy livre, mas ao ouvir a súmula de McMahon decidiu que acabaria com ele, como advertência a outros promotores do mesmo tipo e quem sabe alguns juízes também. Teria sido fácil meter uma bala nele, ou surrá-lo, ou queimar sua casa, mas, em vez disso, resolveu mandar McMahon para os céus quando estivesse no carro, para lembrar a todos que mais gente além do IRA podia plantar bombas nos carros. Acontecia na Irlanda do Norte o tempo todo; o resultado, pensou, sempre ficava bom na televisão. Daria aos demais integrantes da profissão legal algo em que pensar.

Até agora, sorria ao pensar a respeito. Que tolas eram essas pessoas! Quanto mais ganhavam, mais descuidadas ficavam. McMahon deixava o carro toda noite na entrada de casa. E, uma vez mais, a calada da noite ajudara. Entre três e quatro da madrugada, em dias de semana, nada se mexia naquelas ruas. Era como se os mortos dormissem. Havia silêncio e você podia fazer qualquer coisa. Joe O'Brien levara cinco minutos para pôr o mecanismo embaixo do carro e ligá-lo ao motor.

"Vai explodir assim que ele ligar o motor", Joe O'Brien tinha dito, sem nunca perguntar por que McMahon estava indo pelos ares. Ele nunca demonstrava nenhum tipo de curiosidade. Fazia de tudo. Ele se perguntava se Joe era assim em casa. Se a mulher lhe pedisse que lavasse a louça, ficasse em casa cuidando dos filhos enquanto ela ia para o *pub*, ou que a deixasse enfiar o dedo dela no cu dele, será que ele diria apenas sim?

No fim, a bomba não explodiu quando McMahon ligou o carro, mas quinze minutos depois, quando o promotor já havia alcançado uma avenida movimentada. Não tinha matado Mc-

Mahon, apenas explodido suas pernas, e isso, ele pensou, era um resultado melhor, já que McMahon saltitando nos tribunais em pernas de pau era um lembrete diário a seus iguais do que poderia facilmente acontecer a eles também. McMahon morto seria esquecido muito rápido.

Lembrava-se de ter se encontrado com Joe O'Brien alguns dias depois e de que não fizeram menção a McMahon nem ao carro até que ele disse a Joe que o caso, denunciado pelo primeiro-ministro como uma ameaça à democracia, dava à expressão "ficar sem pernas"* um novo significado. O'Brien limitou-se a dar um sorriso momentâneo, mas não disse nada.

Um dia depois de os holandeses terem visto os primeiros dois quadros, Mousey Furlong foi visitá-lo de novo. Mousey vinha com ar triste, como um padre decepcionado pela quantidade de pecados no mundo.

"Os holandeses", disse ele, "são diferentes. Eles ouvem o que você diz e acham que vai fazer como falou, ao pé da letra. Assim são os holandeses. Não têm imaginação."

"Quando é que eles voltam?", perguntou a Mousey.

"Vai precisar de muita coisa para eles voltarem."

"Muita coisa o quê?"

"Não subestime os dois", disse Mousey. "Um daqueles cavalheiros de ontem poderia matá-lo com as mãos nuas em instantes. Ele é o melhor que há."

"Qual deles?", perguntou a Mousey.

"Aí está o problema", disse Mousey. "Eu não sei."

"E quem é o outro?"

"Ele é o especialista em arte e não ficou muito impressio-

---

* No original, "getting legless": estar completamente bêbado. (N. T.)

nado com o que você lhe mostrou. Os quadros não valem porra nenhuma."

"Como é que você sabe que esses caras são legítimos?"

"Porque são holandeses", disse Mousey. "Se um holandês for enfiar uma faca nas suas costas, ele avisa com algumas semanas de antecedência, e não há nada que você possa fazer porque, no dia aprazado, a faca dele vai se encontrar com as suas costas. Assim são os holandeses. Quando dizem segunda-feira, vai ser na segunda-feira, se eles dizem que vão pagar é porque vão pagar, e se querem ver o Rembrandt, então não há por que eu explicar, certo?"

"Quem quer o quadro?"

"Um magnata do tráfico de drogas quer ser a única pessoa do mundo, exceto alguns poucos amigos chegados, a olhar para ele", disse Mousey. "Assim são os holandeses. Eles não são como nós. Querem esse quadro do mesmo jeito que um de nós quer uma semana nas Canárias, uma bela viagem ou uma fazenda em Baldoyle."

Dois dias antes da data marcada para a apresentação do Rembrandt aos holandeses, ele teve sua reunião semanal com o detetive-inspetor Frank Cassidy. Reparou, ao vê-lo aproximar-se, que andava com mais vivacidade que o normal. Estava com uma pasta na mão.

"Você foi promovido?", perguntou. "Vai conduzir o primeiro-ministro nas visitas a seu eleitorado?"

"Tem certeza de que estamos seguros, aqui?", perguntou Cassidy.

"O policial é você. Eu sou apenas um pobre criminoso."

Cassidy entrou no apartamento.

"Você está encrencado."

"Acharam Shergar?"

"Eu digo encrenca grossa", disse Cassidy. "Tem um dedo-duro na sua área."

"Eu não tenho uma área."

"Tem, sim", disse Cassidy, e tirou um pequeno gravador da pasta. Olhou em volta, em busca de uma tomada.

"Lembra-se do Mansfield?", perguntou Cassidy, enquanto desligava a televisão e ligava o gravador na tomada.

"O camarada que acha que não parece da polícia? O sujeito que parece da polícia e tenta dar uma de hippie da Irlanda do Norte?"

"Exato", disse Cassidy. "Ele mesmo."

"O que tem ele? Anda fazendo trapaça com as despesas dele de novo?"

"Não, ele tem um novo amigo, um companheiro de copo."

Cassidy mexeu na fita.

"E o que isso tem a ver comigo?"

"Ele tem bebido um bocado com essa nova companhia", disse Cassidy.

"Malcolm MacArthur?"

"Não." Cassidy levantou-se e olhou tranqüilamente para ele. "Mansfield tem bebido com sua mãe."

Na mesma hora, sua mente se fixou num ponto distante, algo ao mesmo tempo remoto e preciso. Sorriu por instantes.

"Tomara que ele esteja pagando, porque estou sem nada."

"Tá, tá pagando, sim", disse Cassidy.

Ele tinha baleado alguns poucos caras e, uma vez, esfaqueou um sujeito que depois morreu, mas jamais estrangulara alguém. Agora, bem que gostaria de ter aprendido essa arte.

"Quer ouvir ou não?", perguntou Cassidy.

"É para isso que eu pago a você."

"Então, sente-se."

De início não havia nada, só som de estática e de alguma coisa batendo no microfone, depois silêncio completo, quebrado pelos giros da fita no gravador barato.

"Aumenta", disse ele.

Cassidy ergueu a mão para que ficasse quieto. Devagar, ouviu-se uma voz, uma voz de mulher, mas ele não conseguia decifrar as palavras. Depois ficou óbvio que alguém estava mexendo no aparelho, mudando de lugar, levando para mais perto dela até que a voz da mãe pudesse ser ouvida e cada palavra compreendida. Ela andara bebendo.

"Eu não vejo muito meu filho. Sempre ocupado, muito ocupado, isso eu garanto, sem vadiar nunca, como faz tanta gente. E a área é violenta, violenta e desordeira, eu gostaria de dizer que tenho vizinhos adoráveis, mas não tenho. Os ratos estão por toda parte. Eles não deveriam falar com o Departamento de Habitação da Corporação, e sim com o departamento de roedores, porque são todos ratos. E todos sabem que se um deles algum dia deixar o cachorro fazer cocô na frente da minha casa, meu filho cuida dele. De um jeito implacável e pesado. Se por acaso alguém me der uma olhada enviesada, sabe o que esperar. De modo que me sinto segura, aqui."

Depois disso o som ficou abafado de novo. Havia alguém se movendo. Deu para ouvir bebida sendo despejada num copo, a dose dupla de gim da mãe, imaginava, o tilintar de cubos de gelo, em seguida uma generosa porção de tônica. Aí, o ruído de uma lata de cerveja sendo aberta. E de novo a voz dela incompreensível quando se afastou do microfone oculto e, depois de um tempo, fácil de entender, quando ela sentou de novo na cadeira. Estava no meio de uma frase.

"... onde as coisas são seguras e nenhum integrante da Guard sabe como se mexer. Claro, ele sempre vai lá, a vida toda ele foi lá. Sabe o caminho mesmo no escuro. Ah, as coisas que estão enterradas lá embaixo! Daria para governar o país com aquilo. Claro que eles podem olhar para o outro lado. Poderiam olhar todos os dias do ano e não iriam achar nada. Ele é um sujeito calado, sabe? Não fuma. Nunca bebeu na vida. Tem um jeito meio de raposa. Essa é a natureza dele e não há nada que se possa fazer. Em todo caso, não sei onde estaria sem ele. O outro irmão não prestava. Não prestava mesmo! Billy não prestava para nada."

Podia imaginá-la nesse momento dando um belo gole na bebida, olhando para a falsa lareira a gás como se a vida a tivesse tornado triste. No silêncio que se seguiu, a fita terminou.

"Pronto, é isso", disse Cassidy. "Não posso deixar a fita com você. Tenho de levar de volta antes que dêem pela falta."

"Eles disseram para você tocar para mim?", perguntou.

"Quem?"

"Os patrões."

"Estou lhe fazendo um favor", disse Cassidy. "Sua mãe é dedo-duro."

"Obrigado", disse ele, entregando a Cassidy o dinheiro num envelope. Cassidy desplugou o gravador e o pôs de volta na pasta.

Os três carros que usava eram sempre estacionados em lugares improváveis, nunca associados com ele e sua raça. No começo da noite, conferiu para ver se não estava sendo seguido. Andou até um estacionamento no centro da cidade e depois, fora da visão das câmeras de circuito interno, no último andar a céu aberto e quase sempre vazio, aguardou para ver se alguém iria aparecer. Depois de dez minutos sem ser perturbado, sem ter aparecido ninguém, desceu as escadas, saiu para a rua e tomou um táxi até onde um de seus carros estava estacionado.

Nessa noite, foi até as montanhas, parando o carro no acostamento a intervalos regulares para ver se havia alguém seguindo. Eram apenas nove e meia da noite. Queria voltar cedo o bastante para não ser notado. Uma vez fora da estrada principal, não havia trânsito; qualquer carro que estivesse a sua procura o veria, tinha de continuar vigilante, pronto para fazer meia-volta se houvesse a menor suspeita de estar sendo seguido. Quando finalmente parou o carro e desligou o motor, o silêncio era absoluto, um silêncio que lhe chegava como se fosse poder. Se alguém se aproximasse ou se mexesse, ele ouviria. Mas, enquanto isso, estava sozinho.

Podia trabalhar sossegado. Levara uma pá e uma lanterna escondidas debaixo do banco traseiro do carro. Sabia onde estava, tudo fora cuidadosamente assinalado. Enquanto estivesse vivo, esses quadros poderiam ser levados de volta à cidade sem problema. Se alguma coisa acontecesse com ele, os quadros nunca seriam achados, continuariam escondidos para sempre. Joe O'Brien conhecia a área onde estavam enterrados, mas não o lugar exato.

Ele subiu por uma pequena clareira até que o solo à esquerda começou a inclinar. Depois contou sete árvores, virou à direita, contou mais cinco e pouco mais adiante veio um terreno acidentado guarnecido de árvores em volta.

Mesmo com o chão macio, cavar não foi fácil. Arfava, parava e apurava os ouvidos em busca de sons, mas só ouvia o silêncio e um vento brando soprando nas árvores. Logo ficou sem fôlego com o exercício. Mas gostava de trabalhar desse jeito, sem ter de pensar nem ser incomodado por outros. Gostaria de poder fazer isso toda noite, para que a voz da mãe se apagasse da lembrança. Não a voz gravada que parecia se infiltrar através da grossa proteção que pusera em torno de si. Uma voz anterior, mais aguda e mais persistente, uma voz na qual, durante boa parte da vida, conseguira não pensar, uma voz que ele não permitia que entrasse no seu dia consciente.

Havia vácuos curiosos quando tentava se lembrar da manhã em que fora condenado pelo juiz a terminar os estudos em Lanfad. Não fazia a menor idéia, por exemplo, de como chegara ao tribunal. Achava que um carro da Garda devia ter ido buscá-lo, mas não tinha lembrança disso. Não acreditava que tivesse ido sozinho, não se lembrava da intimação e tampouco como sabia que aquele, e não outro dia qualquer, era o dia de sua audiência no tribunal. A vida que levara em casa, no curto período antes de Lanfad, também era um vácuo. Não tinha a mínima lembrança da mãe mencionando o tribunal nem a embrulhada em que ele se metera.

As coisas de que se lembrava vinham depois da sentença, quando os policiais se aprontavam para levá-lo embora. Os outros acusados ainda não tinham se apresentado, os assistentes sociais e o pessoal que cuidava dos sursis estavam ocupados com pastas e papéis. O juiz esperava. Tudo isso estava bem nítido na sua mente. Passou-se quem sabe um minuto, em seguida alguém fez sinal para que ele fosse atrás dos policiais. Não houve algemas nem nada parecido.

Quando se afastou do banco dos réus com os policiais, a mãe apareceu de lugar nenhum. E estava, deu para ver, de péssimo humor. Tinha o cabelo despenteado e o casaco aberto. Começou a gritar. Ele recuou até perceber que ela não estava gritando com ele, mas com o juiz.

"Ai, Deus Todo-Poderoso, ó Senhor, o que eu vou fazer?", berrava ela.

Havia muita gente em volta para que os policiais pudessem detê-la a tempo. À força, ela abriu caminho até o banco dos réus.

"Ele é o melhor filho, o melhor garoto, não levem meu filho embora, não levem meu filho para longe de mim, não levem meu filho para longe de mim!"

Ela continuou a gritar essas mesmas palavras quando a polícia a pegou e tentou impedir que se aproximasse do banco dos réus. Os braços sacudiam para todos os lados. Quando parecia que a polícia a tinha sob controle, ela se libertou e deixou o casaco na mão deles. E ficou ainda mais furiosa.

"Dê uma segunda oportunidade a ele, excelência."

Um dos policiais o segurou de um lado, enquanto os outros se juntavam para impedir que a mãe se aproximasse mais do juiz. Eles a mantinham presa pelos braços e levaram-na para fora através da multidão, ela gritando para que a deixassem em paz. Quando viu o filho, ao passar, tentou se libertar para poder tocá-lo, mas ele se afastou dela. A mãe gritava sem parar. Quando o puseram no camburão, ela bateu nas janelas, mas ele tomou todo o cuidado para não olhar seu rosto. Não queria vê-la quando o veículo partisse.

Durante os anos em que ele ficou internado em Lanfad, ela o visitava a cada poucos meses. De início, adotou uma atitude beligerante com os irmãos e acabou tendo de ser arrastada para fora. Depois veio a fase em que ficavam ambos sentados frente a frente, ela sem dizer muita coisa, mas suspirando e tentando segurar na mão do filho, até ele puxá-la. Às vezes, fazia perguntas, mas ele nunca contava nada para ela. Quando os irmãos lhe disseram que escrevesse contando quando iria sair, ele informou a data errada na carta. Voltou sozinho e não demorou a sair de casa. Quase não viu a mãe até Billy se meter em encrenca. A única maneira de ver Billy era vendo a mãe. A essa altura, já tinha começado a dar dinheiro a ela.

Continuou cavando, trabalhando de modo rápido e mecânico, parando um segundo para se concentrar mais e manter outras idéias ao largo, até que a pá começou a bater intermitentemente na moldura de um dos quadros. Foi trabalho duro puxá-los. Eles estavam protegidos por montes de plástico. Tirou todos de lá e encheu o buraco de novo. Depois largou a pá e voltou ao carro. Permaneceu imóvel tanto tempo quanto conseguiu, conferindo para ver se não havia ninguém mais em volta.

Por alguns momentos ficou impressionado com o quanto seria feliz se tudo fosse escuro e vazio como ali, se não houvesse barulho nenhum no mundo e ninguém vivo para fazer nenhum som, apenas essa calmaria e um silêncio quase perfeito. Ele ficaria feliz com a idéia de que tudo poderia continuar sendo assim para sempre.

Levou os quadros até o carro. Deixaria com os outros no sótão do vizinho de Joe O'Brien. De todo modo, sentia-se deprimido a respeito deles, e arrependido de tê-los roubado. A idéia de que não tinha poder sobre eles nem sobre os holandeses ou Mousey o fazia sentir-se em perigo, mas ao mesmo tempo lhe dava um destemor estranho, uma sensação de que poderia fazer qualquer coisa, tendo a chance. Sentiu uma onda extraordinária de energia ao voltar para a cidade.

Assim que os quadros foram guardados em segurança, caminhou pelo sul da cidade até sua casa e entrou sem fazer barulho. Tirou os sapatos e deixou-os no hall. Todos já tinham ido dormir. Silenciosamente, subiu as escadas, contente de que fosse uma casa nova, cujos degraus não rangiam.

Abriu a porta do quarto que Lorraine dividia com a irmã e entrou. Ela continuava ocupando o berço e ele pôde ver pela luz da escada que dormia a sono solto. Sabia que não devia tocá-la nem acariciar seu rosto, para não acordá-la ou perturbá-la. Olhar para ela bastava. Ajoelhou-se, para ficar mais perto dela, e ficou assim pelo tempo que pôde, observando a filha. Depois saiu pé ante pé e fechou a porta sem fazer barulho.

De manhã, foi ver a mãe. Em geral ela estava um trapo de manhã, semivestida, fumando um cigarro atrás do outro, bebendo xícaras de chá frio. Abriu a porta para ele e voltou para a sala de estar sem cumprimentá-lo.

"Eu trouxe um dinheiro para você", disse ele.

"Senta."

"Eu não vou ficar."

"Tudo bem."

Ela começou a tossir; quando terminou o acesso, pareceu subitamente melhor, mais relaxada.

"Eu faria um chá para você, só que..."

"Eu não quero chá", respondeu ele.

"Eu diria que você está ocupadíssimo."

"Mãe, eu tenho que lhe dizer uma coisa."

"Então diga."

"Não é para você ficar falando de mim com as pessoas. Você pode nos meter numa encrenca danada."

"Eu sei muito bem disso. Eu mesma odeio conversa fiada. Já temos o que baste."

"Não é para você ficar falando de mim", repetiu ele, a voz mais baixa e o tom mais direto que antes.

Ela tomou um gole de chá.

"Seria melhor você parar com a bebedeira de uma vez", aconselhou ele. "Vou ter de dizer lá no Dock para ficarem de olho em você."

"Eles têm um medo danado de você. Acho melhor ficar bem longe deles."

"Sei, ótimo. Vou dizer a eles que lhe sirvam uma ou duas doses, mais nada."

"Eles não ficariam contra mim."

"Você devia parar de beber."

"Bom, todos nós devíamos parar de fazer alguma coisa."

"E, mãe, nunca diga nada de mau a respeito do Billy a ninguém."

"A respeito do Billy? O que eu poderia dizer sobre ele? Meu próprio filho! Que o Senhor tenha piedade dele."

"Nada, é isso que você tem que dizer a respeito dele, mãe. Nada. Entendeu bem?"

"Algo de ruim? Você está dizendo que eu falei algo de ruim?"

"Isso mesmo, você disse uma coisa ruim sobre ele e eu fiquei sabendo."

"Não acredito..."

"Mas eu acredito. Está me ouvindo? Eu processo você se disser mais uma palavra. Entendeu bem?"

"Você devia parar de se culpar pelo Billy."

Ela o fitou e sacudiu a cabeça.

"Você está se consumindo por isso. Não foi culpa sua", disse ela.

"Fica quieta. Não quero ouvir nem mais uma palavra contra ele."

"Desiste, filho. Não foi culpa sua. Ninguém pôs a culpa em você."

"De qualquer forma, eu disse o que tinha de dizer."

Levantou-se e pôs um maço de notas sobre a mesa.

"Agora vou indo. Mas não quero ouvir mais nenhum resmungo seu."

"Você é muito bom por cuidar de mim desse jeito."

Assim que saiu da casa da mãe, percebeu que nunca mais poderia fazer negócios com Mousey Furlong. Era como se tivesse ido à casa dela para imergir no uso da razão. Ao se afastar, sentiu que estava pensando com clareza pela primeira vez em meses. Também teve, enquanto caminhava para o centro da cidade, aquela fantástica sensação de que se tornara curiosamente invisível. Acreditava que ninguém o via nem reparava nele; ninguém se lembraria dele. Estava, sentia, no auge do poder.

Queimaria os quadros, todos eles. Estava seguro de que era a coisa certa a fazer. Com Joe O'Brien, armaria um roubo espetacular e assim poderiam pagar aos dois cúmplices, depois de avisá-los de que não deveriam pedir sua paga até eles terem recebido o dinheiro, mas sem explicar que os quadros não poderiam ser vendidos, que o risco era muito alto. Se não vissem isso como uma sábia medida, Joe O'Brien poderia ajudá-los a ver.

Levaria os quadros no carro, numa noite qualquer, trabalharia sozinho, sem explicar nada a ninguém. Escolheria um lugar especial para eles, o lugar mais vazio. Poderia até ir na direção dos extensos trechos de charco que havia a oeste, mas era improvável. Permaneceria fiel a suas montanhas, ao grande vazio de aridez que existia ao sul de Dublin. Levaria acendedores tipo palito, e não gasolina, para poder queimar cada quadro devagar, vendo as telas encolher com as chamas e reservando a velha azeda de Rembrandt para o fim, até que tudo virasse uma pilha de cinzas. No lugar onde o quadro fora pendurado, ficaria um nítido vazio. As pessoas que fossem até lá para vê-lo não veriam mais nada. Pouco importava. O que importava era a pequena chama flamejante que começaria à noite, um som assobiado, como se alguma coisa velha e seca estivesse pegando fogo, e, então, devagar, enquanto ele olhava de cima, a pintura desapareceria, e depois também a moldura começaria a queimar. Ele voltaria para a cidade renovado, sem medo, sorrindo consigo mesmo pelo que fizera. Agora tinha a solução. E a certeza de que tomara a decisão certa.

Uma canção

Noel ficou de motorista no fim de semana que passaram em Clare, pois era o único entre os amigos músicos que não bebia. E os amigos iriam precisar de um motorista; a cidade estava cheia demais de estudantes e turistas ansiosos, acreditavam eles; os pubs eram impossíveis. Por duas ou três noites, concentrariam as atenções em pubs desertos do interior ou em casas particulares. Noel tocava flauta irlandesa com mais habilidade que talento e sempre se saía melhor acompanhando outros músicos do que quando tocava sozinho. Sua voz, no entanto, era especial, mesmo que não tivesse nada da força e da individualidade da voz da mãe, conhecida de todos eles por uma gravação feita no começo dos anos 70. Ele sabia fazer harmonia perfeita com qualquer pessoa, mover-se um tom acima ou abaixo e vagar livremente em torno da outra voz, não importava que tipo de voz fosse. Costumava brincar dizendo que na verdade não tinha voz, tinha ouvido, e naquele pequeno mundo todos concordavam que seu ouvido era impecável.

No domingo à noite, a cidade estava insuportável. A maioria dos visitantes, tinha dito o amigo George, era do tipo que derruba cerveja em cima da gaita-de-foles irlandesa. Até mesmo alguns dos pubs mais conhecidos do interior estavam perigosamente cheios de forasteiros. Corria à boca pequena, por exemplo, que haveria uma sessão vespertina no Kielty, e agora que a noite vinha chegando, era seu dever resgatar os amigos e levá-los para uma casa particular, na outra ponta de Ennis, onde teriam paz para tocar.

Assim que entrou no pub, viu no recuo de uma janela um deles tocando o *melodion* e o outro o violino, e ambos o acolheram com um piscar mínimo de olho e um nítido franzir do sobrolho. Havia gente ao redor de ambos, de dois outros violinistas e de uma jovem na flauta. A mesa em frente estava abarrotada de copos cheios e semicheios de cerveja.

Noel recuou e olhou em volta, antes de ir até o balcão para comprar um clube soda com limão; a música havia animado a atmosfera do pub, tanto que até o pessoal de fora, mesmo quem não sabia nada de música, tinha um brilho estranho de contentamento e desembaraço no olhar.

Viu um de seus outros amigos no balcão, esperando uma bebida, e acenou tranqüilamente para ele, antes de se aproximar para lhe dizer que logo mais iriam embora. O amigo concordou em ir com eles.

"Mas não conte a ninguém que estamos indo", disse Noel.

Assim que der para partirmos de forma decente, pensou, e isso podia levar uma hora ou mais, ele levaria todo mundo para o interior, como se estivesse resgatando almas.

O amigo, depois de ter sido atendido, aproximou-se de Noel com um caneco de *lager* na mão.

"Vejo que você está na limonada", disse com um sorriso azedo. "Aceita outra?"

"É clube soda com limão", explicou Noel. "Você não teria como pagar."

"Tive de parar de tocar", contou o amigo. "Ficou demais. A gente devia ir assim que desse. Tem bastante bebida no outro lugar?"

"Está perguntando para a pessoa errada", respondeu Noel, adivinhando que o amigo bebera a tarde toda.

"A gente pode comprar bebida no caminho", sugeriu o amigo.

"Estou pronto para ir assim que os rapazes estiverem", disse Noel, fazendo um gesto de cabeça na direção da música.

O amigo franziu o cenho e tomou um gole de cerveja, depois ergueu a vista, examinou o rosto de Noel por alguns instantes e olhou em volta antes de se aproximar mais para lhe falar sem ninguém escutar.

"Ainda bem que você está só no clube soda. Imagino que saiba que sua mãe está aqui."

"Eu me viro bem", disse Noel, sorrindo. "Hoje vai sem cerveja."

O amigo se afastou.

Sozinho de novo no balcão, Noel calculou que, como tinha vinte e oito anos, significava que não via a mãe fazia dezenove. Nem sequer sabia que ela estava na Irlanda e, ao olhar em volta com cuidado, não achou que fosse reconhecê-la. Os amigos sabiam que os pais dele tinham se separado, mas nenhum deles conhecia o rancor da separação e os anos de silêncio que se sucederam.

Não fazia muito tempo, Noel ficara sabendo pelo pai que, nos primeiros anos, a mãe escrevera várias cartas e que o pai devolvera cada uma delas sem abrir. Ele se arrependera profundamente de ter dito, em resposta, que gostaria que o pai o tivesse largado, não a mãe. Ele e o pai mal haviam se falado, desde então, e Noel decidiu, ouvindo a música crescendo e acelerando o ritmo, que iria visitá-lo quando voltasse a Dublin.

Descobriu que, sem perceber, tinha terminado o drinque muito rápido; voltou até o balcão, que estava cheio de gente, e tentou obter a atenção de John Kielty, o dono, ou do filho, o jovem John; queria se manter ocupado enquanto pensava no que fazer em seguida. Sabia que não poderia sair do bar e ir embora; seus amigos dependiam da carona dele e, de qualquer maneira, não queria ficar sozinho. Teria de continuar ali, sabia, mas escondido nos bastidores, na sombra, para não ter de encontrá-la. Havia umas poucas pessoas no bar que sabiam quem ele era, supunha, já que freqüentava o lugar havia mais de dez anos, todo verão. Esperava que não tivessem reparado nele ou, se tivessem, que não fossem dizer à mãe que seu filho, a mais de trezentos quilômetros de casa, estava entre os presentes, que ele entrara por acaso no mesmo bar.

Por muitos anos ouvira a voz dela no rádio, as mesmas poucas canções tiradas de seu velho álbum, agora em CD, duas delas em irlandês, todas lentas e evocativas, uma voz grave e doce, uma enorme confiança e fluência. Conhecia seu rosto da capa do disco e de memória, claro, mas também de uma entrevista feita em Londres, quem sabe dez anos antes, pelo *Sunday Press*. Tinha visto o pai queimar o exemplar daquele fim de semana, mas, dissimuladamente, comprara outro e recortara a entrevista e a grande fotografia impressa do lado. O que mais o chocou foi saber que sua avó em Galway ainda estava viva. Mais tarde ficou sabendo que o pai tinha proibido que ela o visitasse, assim como tinha proibido, tão logo sua mulher fugira para a Inglaterra com outro homem, que ele visitasse a avó. Sua mãe dizia na entrevista que voltava sempre à Irlanda e viajava até Galway, para ver a mãe e as tias, com quem aprendera todas as canções. Não mencionou que tinha um filho.

Nos meses subseqüentes, ele examinou várias vezes a foto, reparando no sorriso sagaz, no seu desembaraço diante da câmera, na vivacidade ofuscante dos olhos.

Quando ele começou a cantar, já no final da adolescência, e a qualidade de sua voz foi reconhecida, participou de uma série de álbuns para fazer harmonia e *backingvocal*. Seu nome saía com o de outros músicos. Sempre olhava a capa dos CDs como se fosse a mãe, perguntando se algum dia ela compraria um disco desses; imaginava a mãe olhando descuidada para os nomes citados na contracapa, descobrindo o seu, parando um instante, lembrando quantos anos ele teria, curiosa de saber sobre o filho.

Comprou outro clube soda com limão, virou-se e enfrentou os freqüentadores, tentando definir onde ficar. De repente, descobriu que sua mãe estava olhando diretamente para ele. Na escassa luz do bar, não aparentava ser muito mais velha do que a foto no *Sunday Press* a fizera parecer. Estava no começo dos cinqüenta, ele sabia, porém com a franja comprida e o cabelo acaju poderia ser uns dez ou quinze anos mais nova. Ele absorveu a mãe com calma, com imparcialidade, sem sorrir nem lhe oferecer qualquer sinal de reconhecimento. O olhar dela era quase franco e curioso demais.

Ele olhou na direção da porta e do sol se pondo; quando voltou a olhá-la, ela continuava concentrada nele. Estava com um grupo de homens; alguns, pela forma de vestir, deviam ser moradores locais, mas ao menos dois deles eram de fora, talvez ingleses, pensou. E havia também uma mulher mais velha cuja origem não conseguiu adivinhar, sentada com eles.

Súbito, reparou que a música cessara. Deu uma olhada em volta, para o caso de os amigos estarem guardando os instrumentos, mas viu que estavam todos olhando para ele, como se esperassem alguma coisa. Ficou espantado de ver que a mulher do dono, Statia Kielty, estava no bar. A regra, ela explicava a todos os freqüentadores, era nunca ficar atrás do balcão depois das seis da tarde. Statia sorriu para ele, mas Noel não tinha certeza de que ela o conhecesse pelo nome. Ele era, pensou, um dos garotos que vinham de Dublin algumas vezes por ano. No entanto era difícil de dizer, com ela; Statia tinha um olho crítico e não perdia nada.

Ela lhe fez um gesto para se afastar para o lado, a fim de ter uma visão melhor dos freqüentadores. Ao mesmo tempo, bradou alto o nome da mãe de Noel, tentando chamar sua atenção.

"Eileen! Eileen!"

"Estou aqui, Statia", sua mãe respondeu. Havia um leve traço de inglês no sotaque.

"Estamos todos prontos, Eileen", disse Statia. "Quer cantar agora, antes que encha demais?"

A mãe dele baixou a cabeça e ergueu-a de novo, com a expressão séria, balançando-a para Statia Kielty como se lhe dissesse que não achava que pudesse, mesmo estando pronta para tentar. John Kielty e o jovem John, a essa altura, tinham parado de servir, e todos os homens no balcão estavam olhando para a mãe de Noel. Ela lhes ofereceu um sorriso de menina, afastou a franja para trás e baixou a cabeça de novo.

"Agora silêncio!", gritou John Kielty.

A voz dela, quando surgiu, não parecia vir de nenhum lugar. Até mesmo nas notas graves era mais poderosa que a voz da gravação. A maioria das pessoas no *pub*, pensou Noel, devia conhecer uma ou duas versões mais simples da música, e alguns talvez também conhecessem a versão da mãe. Mas agora, no entanto, a interpretação era mais ardente, toda apojatura, floreios e mudanças súbitas de tom. Ao passar para o segundo verso, ergueu a cabeça e sorriu para Statia, que havia parado ao lado do balcão, de braços cruzados.

Noel acreditava que ela tinha começado com muita intensidade, que seria impossível atravessar os oito ou nove versos sem perder alguma coisa, sem ser forçada a baixar a voltagem. Porém ela seguiu em frente, e ele percebeu que estava errado. Seu controle da respiração nos agudos era surpreendente, embora fosse a naturalidade com a língua o que fazia a diferença; era sua primeira língua, como devia ter sido a dele, mas o irlandês dele já estava quase esquecido. O estilo dela era o velho estilo, só que com mais eletricidade, quase declamatório às vezes, sem grande interesse pela doçura da melodia.

Ele não pretendia sair de onde estava, mas descobriu que se aproximara bastante e que era a única pessoa entre o grupo dela e o balcão. A canção, como muitas outras velhas canções, era sobre amor não correspondido, mas diferente das outras na sua crescente amargura. Não demorou para que se tornasse uma canção sobre traição.

Ela estava de olhos fechados enquanto trabalhava os trinados e as notas longas. Às vezes, deixava um segundo entre um verso e outro, não para recuperar o fôlego e sim para avaliar o bar e seus freqüentadores, deixar que ouvissem sua própria imobilidade enquanto a música ia para sua lenta e desesperada conclusão.

Ao dar início a estrofes de puro lamento, de novo a mãe olhou fixamente para ele. A voz tornou-se ainda mais ardente, mas sem jamais se utilizar de excessos dramáticos ou efeitos forçados. Ela não tirou os olhos de Noel quando chegou ao último e famoso verso. Ele, por seu lado, tinha idealizado um jeito de cantar por cima da voz dela. Imaginou, orgulhoso, como isso poderia ser feito, como a voz dela se esquivaria do acompanhamento e quem sabe até o tirasse do prumo, mas ele acreditava que, se estivesse preparado para cantar um pouco mais acima ou abaixo, quando ela fizesse isso, poderia dar certo. No entanto, sabia que devia ficar quieto e ouvir em silêncio, com os olhos dela nos seus; tinha consciência de que estavam todos fascinados com a interpretação dela de um amor que levara seu norte, seu sul, seu leste, seu oeste e, agora — tinha baixado de novo a cabeça e praticamente falou as últimas palavras —, levara seu Deus.

Ao terminar, meneou a cabeça para John Kielty e Statia e virou-se modestamente para os amigos, sem registrar os aplausos. Quando Noel reparou em Statia Kielty olhando para ele com um sorriso caloroso e familiar, percebeu que ela sabia quem ele era. E deu-se conta então de que não poderia ficar. Teria de chamar os outros, tentar destilar uma impaciência natural; teria de fazer parecer normal que a mãe ficasse com os amigos e que ele saísse com os seus.

"Minha nossa, isso foi forte", disse um deles quando Noel se aproximou do vão da janela.

"Ela é de fato uma voz e tanto", respondeu Noel.

"Você vai ficar aqui ou o quê?", perguntou seu amigo.

"Eu disse aos outros que levaria vocês até Cusshane assim que fosse possível. Estão todos esperando vocês."

"Então vamos terminar a bebida", disse o amigo.

Enquanto eles se preparavam lentamente para a partida, Noel não tirava o olho de Statia Kielty. Ela saíra de trás do balcão e fora abordada por alguns clientes para um papo educado, mas estava obviamente indo falar com a mãe dele. Poderia levar um tempo até ela contar à mãe que Noel estava no *pub*. Na verdade, ela podia nem mencionar nada. Entretanto, podia ser a primeira coisa que diria. E isso talvez fosse suficiente para fazer sua mãe se levantar e procurar por ele no salão, ou dar um sorriso suave, meio indiferente, sem se mexer da cadeira nem mudar a expressão do rosto. E ele não queria que nada disso acontecesse.

Virou-se e viu que os amigos ainda não tinham terminado suas bebidas; mal tinham guardado os instrumentos.

"Eu espero vocês no carro", disse. "Estou parado bem aí na frente. Não se esqueçam de pegar o Jimmy no balcão. Eu vou levá-lo também."

Quando um dos músicos o olhou perplexo, percebeu que

o que dissera soara falso e que ele falara muito rápido. Deu de ombros e abriu caminho por entre a clientela aglomerada na porta do *pub*, certificando-se de não olhar para ninguém. Lá fora, na aproximação do primeiro carro com os faróis acesos, percebeu estar tremendo. Sabia que teria de ter o maior cuidado para não dizer mais nada e fingir que fora uma noite normal. Tudo seria esquecido; eles tocariam e cantariam até de madrugada. Sentou-se no carro e esperou no escuro a chegada dos outros.

O ponto crucial

Descendo a escada, Nancy olhou a fotografia e perguntou-se quando seria apropriado tirá-la de lá. O papel de parede tinha sido colocado fazia muitos anos e o espaço por trás da moldura acabaria se soltando. Isso a fazia lembrar, ainda mais nitidamente, de que os vestígios em volta — as poucas peças de mobília pesada e escura, o trabalho em gesso no hall, os dois ou três óleos — e os andares sobre a velha mercearia de destilados da praça Monument já tinham tido momentos de esplendor, quando eram o lar da família de George. O hall estava agora cheio de caixas, o gesso não fora repintado, a velha mobília fora deixada nos aposentos que ficavam sobre o depósito ao lado, George morrera e a mãe dele, sentada em pose nobre numa ampla cadeira, na velha foto, se fora para o túmulo fazia mais tempo ainda. Não havia mais necessidade, pensou, de uma foto do adolescente George, com roupas demais, parado atrás da mãe. Qualquer dia tiraria aquilo da parede e guardaria no depósito.

Naquela manhã, sozinha na caixa registradora porque Catherine, que trabalhava com ela, fazia um intervalo, Nancy pegou uma mulher roubando. Tinha notado a mulher parada no corredor do meio, sem cestinho, apenas um saco de compras esfiapado. Começou a folhear um catálogo de comidas congeladas, mas o tempo todo de olho na mulher. Quando esta avançou para a saída, Nancy moveu-se rápido e ficou na porta, bloqueando o caminho.

"Ponha tudo aqui." Nancy apontou para a prateleira ao lado da caixa.

A mulher não se mexeu enquanto Nancy se virava e trancava a porta.

"Rápido, vamos, rápido!"

A mulher tirou dois pacotes de biscoito amanteigado da bolsa e jogou-os no chão.

"No futuro", disse Nancy, "você pode fazer seus roubos nas Lojas Dunne. Eles têm um monte de biscoitos por lá. Abra a bolsa para eu ver se tem mais alguma coisa."

"Você se acha o máximo", comentou a mulher, abrindo a bolsa para inspeção. "Com seu mercadinho de merda. Você não tem nada pra vender aqui."

"Agora vai", disse Nancy, destrancando a porta.

"Você não passa de uma mascate, idêntica a sua velha mãe."

"Se não sair neste instante", advertiu Nancy, "eu chamo a polícia."

"Ouviram só? Ela ficou toda chique na praça."

"Vê se vai para casa", insistiu Nancy.

"Você ainda vende os Woodbines aos picados?", perguntou a mulher. Estava pronta para ir. O rosto ficara vermelho de raiva.

Havia outra cliente andando sossegadamente no corredor central do supermercado, fingindo que não estava escutando nada.

"Nenhum de vocês nunca limpou a bunda no andar de cima. Eu sei lá como é que os Sheridan agüentaram vocês!", gritou a mulher.

Nancy aproximou-se mais dela e empurrou-a para a praça Monument.

"Vê se agora você vai embora", disse. "Sobe lá para o morro, que é o seu lugar."

Nancy fechou a porta e voltou em silêncio para a caixa registradora, como se tivesse uma tarefa urgente a cumprir. Reparou nos pacotes de biscoito amanteigado no chão e foi pegá-los; alguns tinham quebrado e não seria possível vendê-los. Colocou-os de lado, apanhou o catálogo de comida congelada de novo e estudou-o com uma concentração furiosa. Ninguém na cidade tinha o menor interesse em comida congelada, pensou, a não ser pelos palitos de peixe. Ainda assim, folheou as páginas do catálogo, esperando que sua única cliente se aproximasse da caixa. Quando a mulher finalmente pôs o cesto na bancada, sua postura sugeria que ouvira algo profundamente ofensivo. Nancy torcia para que não morasse no morro e que não tivesse ouvido seu comentário final para a ladra. Nunca tinha visto essa mulher na loja. Não lhe pareceu conveniente tentar fazer uma gracinha; em silêncio, Nancy foi digitando o código de cada objeto que a freguesa tirava do cestinho de arame e, com gestos lentos, passava para sua própria sacola de compras. A mulher usava uma boina verde de tricô. Quando Nancy lhe deu o troco, ela manteve os olhos baixos e a boca bem fechada. Depois que ela se foi, Nancy parou na vidraça para vê-la atravessar a praça a passos rápidos.

Gerard, quando chegou da escola, quis deixar a mochila ao lado da caixa registradora e sair imediatamente, sem falar.

"Você não pode deixar a mochila aqui", disse Nancy. "Suba e deixe lá em cima."

"Eles estão me esperando", retrucou o menino, apontando um grupo de garotos parados ao lado do monumento.

"Leva lá para cima", ela repetiu.

"Cadê as meninas?", ele perguntou.

"Música."

Ele fez uma careta, depois saiu pela porta do mercado e abriu a porta do hall. Nancy ouviu seus passos subindo a escada e logo em seguida martelando de novo os degraus na descida. Quando escutou a porta do hall bater, foi até a janela para ver em que direção o filho ia; reparou numa jovem com um carrinho de bebê que estava parada, olhando fixo para ela, como se ela fosse um boneco ou um modelo vestindo roupas da última moda. A jovem mascava chiclete e, aos poucos, seu olhar foi ficando mais ousado, quase malicioso. Nancy virou-se, afastou-se de quem quer que fosse a garota e foi para os fundos do mercado.

A cena vivida no banco tinha ficado com ela, feito uma brotoeja, ou o efeito colateral de algum medicamento forte. Nancy sabia que George não tinha deixado dinheiro nenhum porque, um mês antes do acidente, quando ela mencionou que talvez pudessem trocar de carro, ele respondera sem a menor cerimônia — "sem a menor cerimônia" era uma das expressões que ele usava — que não tinham dinheiro. Qualquer que tenha sido o tom usado, não deixava espaço para que ela sugerisse que fossem ao banco pedir um empréstimo. Sabia agora que ele não obteria um empréstimo do banco porque já hipotecara o supermercado, a casa em cima e a loja ao lado, e os pagamentos se equiparavam ao lucro auferido e às vezes o excediam.

O gerente, Roderick Wallace, escrevera para ela e concordara em recebê-la no banco. Nancy gostava de seu bigode bem aparado e de seu sorriso fácil. Nunca tinha falado com ele antes, havia apenas sido cumprimentada simpaticamente, depois do expediente, quando ele passeava com seu pequinês pela praça. Wallace pediu desculpas várias vezes por tê-la feito esperar, na hora em que ela entrou na sala. Quando se sentou, ele pediu desculpas de novo.

"Não, não", protestou Nancy. "Acabei de chegar. Não esperei nada."

Ele olhou para ela com um interesse repentino e depois desviou a vista para as altas janelas que davam para a praça.

"Seja quem for que fez o tempo, não fez o suficiente", disse ele.

"Ah, isso bem que é verdade", concordou ela.

O gerente continuou olhando para a janela, vistoriando as regiões mais altas como se prestes a chegar a uma conclusão a respeito de algo. Nancy viu que sua escrivaninha estava totalmente vazia, exceto por um mata-borrão e uma caneta. Não havia nenhum papel ou pasta, tampouco um telefone à vista.

Wallace começou a resmungar palavras que ela já se habituara a ouvir.

"Sinto muitíssimo pelo ocorrido. Deve ter sido um choque tremendo. Não pude acreditar quando soube. E tão rápido, tão rápido! Aquela curva é pavorosa. Eu mesmo já tinha notado... Mas nunca pensei... De todo modo, sinto muitíssimo pelo ocorrido."

"Obrigada", disse ela, baixando os olhos para a bolsa e para os sapatos de salto alto.

Roderick Wallace estudou a parede atrás dela por alguns momentos, antes de tornar a falar.

"Imagino que esteja ocupada, agora, e que deseje ir logo aos fatos."

"Isso mesmo", disse ela, e sorriu.

"Pois é", disse ele, ainda olhando para a parede, "recebi um cheque da revenda de carros, Rowe e Irmãos. Parece que a senhora comprou uma caminhonete de segunda mão."

Wallace disse essas palavras com uma ênfase que pareceu estranha a Nancy. Ele franziu os lábios. As sobrancelhas, achava ela, eram peludas demais.

"Bom, nós vamos honrar esse cheque, quero que saiba logo."

Ela tentou lembrar se por acaso tinha feito algum outro cheque nos últimos tempos. Dois ou três, lembrou, nos últimos dias. O gerente franziu o rosto e cerrou o cenho como se um pensamento difícil tivesse acabado de lhe ocorrer. Ela ficou olhando para ele, à espera do que viria a seguir, mas ele se virou para a janela de novo e não disse nada. Mais tarde, ela quis ter falado com ele sobre aquilo de que precisava, ou o que iria fazer, e em determinados momentos, nos dias subseqüentes, desejou ter saído pé ante pé da sala nessa altura da conversa e fechado a porta sorrateiramente atrás de si, deixando-o sozinho com suas idéias.

O gerente endireitou-se na cadeira.

"Nosso problema é que não temos tido depósitos. Em vez disso, estamos recebendo cheques para essa conta, mas dinheiro que é bom, não tem; tem menos que dinheiro nenhum."

Ele parou e sorriu, como se achasse engraçada a idéia de ter menos que dinheiro nenhum.

"Se fôssemos uma entidade beneficente", continuou ele, "claro que seria uma situação fantástica, porque distribuiríamos dinheiro a nosso bel-prazer."

Avaliou a reação de Nancy enquanto cobria a boca com a mão.

"É verdade, isso sobre os cheques", disse ela. "É que eu tenho que manter o negócio indo."

"Pode deixar que ele vai mesmo", falou Wallace secamente.

Ela fez um esforço para soar mais como negociante.

"Quero dizer, se for para vender, seria melhor vender como um negócio em funcionamento."

O silêncio mais longo aconteceu nesse momento. Ela começou a fazer algo que não fazia havia anos. Era um hábito que tinha quando a mãe a irritava, bem como no seu primeiro emprego e com George, mas só no primeiro ou segundo ano de casamento. Com o dedo, delineou a palavra FODA na saia, calmamente, sem chamar a atenção, mas com deliberação. Depois fez de novo. E quando acabou, delineou outras palavras, palavras que nunca tinha dito em voz alta. Manteve o olhar firme no gerente do banco e, de modo desapercebido, continuou escrevendo palavras invisíveis com o dedo.

"Um negócio em funcionamento", repetiu ele, sem deixar espaço para resposta. Não era nem um comentário nem uma pergunta, e ficou pendurado ali no ar, entre os dois. O gerente pareceu contemplar a frase, até repeti-la.

"Um negócio em funcionamento."

Dessa vez, havia um quê de dúvida, até mesmo de reprovação, na voz dele.

"Quer dizer, seria mais fácil vender como um negócio", disse ela.

"A senhora já procurou se aconselhar?", perguntou ele.

"Não. Estou gerindo o supermercado da melhor forma que posso e agora, como recebi uma carta de vocês, vim ver o que era."

Falar desse jeito lhe dava coragem, fazia com que se sentisse quase rebelde.

"Gerir é uma boa palavra, sem dúvida", disse ele, franzindo os lábios de novo. "Agora, se o gerente das Lojas Dunne, o da Davis Mill ou o da Barley Fed Bacon da Buttle chegassem aqui e dissessem que estavam gerindo um negócio, eu saberia exatamente do que estavam falando."

A voz dele foi sumindo, mas não antes de ela ter detectado um sotaque de Cork. Susteve o olhar do gerente enquanto escrevia outra palavra, a mais indecente que já tentara, começando do joelho para cima.

"Um dos meus problemas, e espero que a senhora entenda", começou ele de novo, juntando as mãos na frente como alguém sendo entrevistado na televisão, "é que não tenho o dia todo. Estou com três cheques assinados pela senhora em nosso banco e eles podem parecer de pequeno valor para a senhora, mas não são valores pequenos para nós. No entanto, vamos honrá-los. E vamos encerrar por aqui, não tem mais cheque nenhum, daqui para a frente. No lugar dos cheques, eu gostaria de ver os pagamentos sendo feitos no dia aprazado, sem falta. É esse o negócio que eu gerencio."

Ele abriu uma gaveta da escrivaninha e pegou uma agenda, ou caderneta de endereços, e folheou. Ficou absorvido naquilo por vários minutos, antes de olhar para ela.

"A senhora entendeu bem, senhora Sheridan, entendeu o que eu disse?"

Não passou pela cabeça dela chorar, mas depois imaginou se ele não teria se levantado para consolá-la e sugerido uma medida mais leniente, caso ela tivesse desabado e se mostrado uma viúva sofrida. Em vez disso, ela ficou mais agressiva.

"Quer dizer que agora eu vou embora e pronto?", perguntou.

"Bom, se a senhora não se importa", disse ele, com o sotaque de Cork de repente bem pronunciado.

Ela voltou para casa e fez uma lista de todos os seus fornecedores, para saber quais deles seriam mais tolerantes com pagamentos atrasados e de quais não poderia abrir mão. Marcou-os em ordem prioritária. De início, pensou em abrir outra conta bancária em Bunclody ou Wexford, pegar um talão de cheques com eles e sacar os cheques lá. Mas ocorreu-lhe que todos esses gerentes de banco deviam estar em conluio; saberiam o que ela estava querendo fazer. Em vez disso, tirou cinqüenta libras da caixa registradora no dia seguinte e, deixando Catherine no comando da loja, foi até Wexford, andou até o banco Munster & Leinster e pediu um empréstimo bancário de cinqüenta libras, pagáveis à Leiteria Erin, seu fornecedor de leite. O funcionário concedeu o empréstimo sem fazer nenhuma pergunta e cobrou duas libras. Ela voltou para casa e enviou o dinheiro pelo correio para a leiteria. Isso, pensou, os manteria de boca fechada por uns tempos.

Esperou dias tentando ver se conseguia vislumbrar Betty Farrell, do *pub* Croppy Inn, passando em frente à vitrine. Ou se por acaso cruzava com ela na praça. Betty tinha ido visitá-la várias vezes na caixa registradora, quando não havia ninguém no mercado, tinha segurado sua mão e lhe dito que, se algum dia precisasse de alguma coisa, era só pedir. Nancy achava que essa era só uma forma de expressar simpatia, mas ainda assim ficou perplexa de Betty ter repetido a mesma coisa todas as vezes.

No fim, acabou ligando para Betty e combinaram que ela iria à residência dos Farrell no fim do expediente do dia seguinte.

Quando Betty atendeu, Nancy surpreendeu-se com as roupas que ela usava e se perguntou se teria se aprontado só porque receberia visitas. Usava um tailleur largo de lã fina numa espécie de tom arroxeado que Nancy nunca tinha visto. E quando Betty a levou ao andar de cima, sobre o *pub*, espantou-se com a amplidão das duas salas de porta corrediça e com a modernidade e o brilho de tudo. Havia uma bandeja numa mesinha com xícaras em cima.

"Sente ali, Nancy", disse Betty, "enquanto eu vou buscar o chá."

Nancy nunca tinha estado naquela sala. Encontrava Betty na rua, na praça, na catedral ou em ocasiões sociais. Conhecia Jim, o marido de Betty, desde pequena, mas sabia que ela não era da cidade. Ao olhar em volta, Nancy reparou que o tapete no chão estava desbotado, no entanto o desbotado parecia contribuir para o ar de opulência. A mesma coisa com o papel de parede; dava a impressão de ser velho e desbotado, mas sem parecer surrado, e isso significava, pensou ela, que era tudo novo e tinha custado um bom dinheiro.

"Eu fiz pé firme, Nancy", disse Betty depois de servir o chá. "Eu disse ao Jim: 'Ou a gente reforma esta casa, ou então vamos construir algo no campo, onde ninguém saberá o que fazemos'. Mas claro que Jim, tendo nascido aqui, não quis nem pensar no assunto. De modo que eu trouxe os decoradores e andei olhando uns leilões. Tem um leiloeiro muito bom em Kilkenny. O melhor."

Nancy reparou que as meias de Betty eram translúcidas, com uma estranha falta de cor, nem escuras nem completamente transparentes. Depois de falarem um tempo sobre os filhos e sobre os problemas de morar na cidade, onde ninguém tinha um jardim, Nancy soube que era tempo de dizer a Betty o motivo de ter ido vê-la. Começou contando sua visita ao gerente do banco.

"Ah, ele é meio qualquer nota", disse Betty.

"Quer dizer que você usa outro banco?"

"Pois é, o Jim sempre foi cliente do Provincial."

"Betty, não quero amolar você com as voltas e reviravoltas do caso, mas preciso de alguém para cobrir meus cheques, não cheques meus, cheques de fregueses, de gente que eu conheço."

"Pode trazer, Nancy", disse Betty, "ou mande a Catherine até aqui com eles, ou então a gente manda alguém apanhá-los quando você quiser, ou onde você quiser, e depois cobre. É para isso que servem os vizinhos."

"Você tem certeza mesmo?"

"Bom, eu devia perguntar ao Jim", disse Betty, "mas eu sei o que ele vai dizer. Vai dizer exatamente o que acabei de dizer. Ele estudou com o George e claro que conhece você desde o dia em que nasceu. Ele não foi o máximo com a sua irmã na Inglaterra?"

"Foi, foi sim", disse Nancy, "mas isso já faz um bom tempo."

"Bem, a gente gostaria de ajudá-la, só isso", disse Betty.

"Eu ficaria muito agradecida, e não vai ser por muito tempo."

"Você sempre foi muito capaz, Nancy", disse Betty. "O Jim sempre me disse, desde a época em que você era do Comitê da Catedral, que tinha estofo para ser uma verdadeira empresária."

"Ele falou isso?", perguntou Nancy, com voz crispada, mas Betty não respondeu, limitou-se a sorrir vagamente, cruzou as pernas e recostou-se no sofá com um suspiro generoso.

"Fico feliz que você tenha vindo", disse ela.

À noite, depois que os filhos iam para a cama, ela os deixava um pouco sozinhos para que trocassem de roupa e conversassem um pouco, antes que ela subisse e entrasse primeiro no quarto das meninas e em seguida no quarto de Gerard. Nancy fazia parecer bem casual, mas era parte do ritual deles, algo que a morte de George não havia interrompido nem no qual tivesse interferido. Ela fazia perguntas e ouvia as respostas deles, coisa que não podia fazer quando chegavam da escola. Nancy contava quem tinha estado na loja e eles lhe contavam coisas sobre a escola, os professores e os amigos. Ela tomava cuidado para nunca criticar nem dar conselhos demais, tentava soar mais como irmã que mãe deles. De modo que quando Gerard lhe disse que gostaria de arrancar o couro do velho Mooney, que dava aulas de latim e ciências, ela apenas disse, em voz baixa: "Ah, você não devia dizer essas coisas, Gerard".

"E o que você quer que eu diga?", o menino perguntou.

"Eu não sei. Minha nossa, eu não sei mesmo." Depois riu.

"Bom, mas é isso que eu gostaria de fazer", insistiu Gerard, pondo as mãos atrás da cabeça.

"Tudo bem pensar", disse ela. "Só imagino que não seria bom dizer para gente demais."

Ela conhecia o horário de Gerard, conhecia com quem suas

filhas tinham se sentado na escola, de quem gostavam e de quem não gostavam. Por seu lado, ela falava sobre roupas que talvez comprasse, sobre um casaco que tinha visto. Mas havia duas coisas que nunca mencionava a eles nesses curtos papos noturnos. Eles nunca falavam de George nem do que ele morrera; e ela nunca disse a eles que tinha parado de fazer pagamentos ao banco, que só pagava os fornecedores que julgava essenciais e que estava juntando todo dinheiro vivo que conseguia ganhar no fundo da gaveta da cômoda do quarto, debaixo dos lençóis bons. Acreditava que Roderick Wallace iria cercá-la aos poucos, mesmo depois que descobrisse que ela estava resgatando os cheques no Croppy Inn. Levaria um tempo até ele perceber que deveria ter banido seu direito de remir a dívida bem mais cedo. Ele nunca mais veria um centavo dela e ela não responderia mais a suas cartas, quando chegassem. Guardaria o dinheiro vivo com ela, para que nenhum outro banco pudesse repassá-lo a Wallace. Em seis meses, teria o suficiente para mudar para Dublin, alugar uma casa e viver em paz, enquanto aprendia datilografia e estenografia, ou alguma outra habilidade qualquer que a ajudasse a conseguir um emprego.

Começou a se imaginar como secretária de um executivo, recebendo telefonemas, anunciando visitas, datilografando suas cartas e vestindo-se lindamente, a essência da eficácia. Alguém como Tony O'Reilly, ou o sujeito que dirigia a Air Lingus ou a Sugar Company. Não contou a ninguém sobre suas dificuldades ou sonhos, nem mesmo à irmã e ao cunhado. Ficava na caixa registradora do supermercado e, no final de cada dia, punha o dinheiro onde ninguém o acharia.

A sogra ainda era dona da mercearia quando George quis abrir um supermercado, o primeiro da cidade. Nancy não participara das negociações entre mãe e filho, mas agora, a caminho de Bree, às oito horas da noite de uma sexta-feira, desejou ter se envolvido. A sogra queria que todos os antigos fregueses continuassem sendo bem atendidos: tanto os que moravam fora da cidade, tinham conta fazia anos e recebiam as compras em casa às sextas-feiras como os outros que iam à cidade no sábado, tomavam um trago no pequeno bar ao lado da loja e pagavam as contas quando podiam. George fez pé firme em relação à loja de destilados. Manteria a licença de venda de bebida alcoólica para ser consumida fora do estabelecimento, mas transformaria o pequeno bar num depósito. As pessoas teriam de ir a outro lugar para tomar o seu drinque de sábado à noite, disse à mãe. E decidiram que, com o tempo, iriam eliminar todas as cadernetas e pedir aos fregueses que pagassem em dinheiro. Porém, na questão das entregas, George teve de desistir. Bons fregueses de longa data que não tinham transporte próprio não poderiam ser deixados ao léu, ele concordou com a mãe. Agora tanto George como a mãe estavam mortos e coubera a Nancy, no volante de uma perua de segunda mão, ir a Bree carregada de caixotes de compras.

Logo depois de ter se casado com George, ele passava as noites de quinta e sexta fazendo entregas, eram de dez a quinze por noite, e ele sempre voltando tarde para casa. Aos poucos, com os anos, os pedidos foram diminuindo. Alguns tinham se mudado para a cidade, outros comprado carro. Ela reparou que alguns desses velhos e fiéis fregueses, nos últimos tempos, evitavam o supermercado deles. Mesmo quando se encontravam com ela ou com George, na rua, eles pareciam constrangidos e distantes, ansiosos para se afastar.

Restaram a Nancy sete ou oito fregueses, a maioria de idade, que faziam o mesmo pedido toda semana e o mesmo comentário a cada visita. Alguns, ela sabia, não compravam o suficiente dela para que se considerasse a principal fornecedora, e muitas vezes pensava que continuavam a comprar dela por caridade. Eram eles que sentiam pena dela. No entanto, eram tão simpáticos e agradecidos quando chegava com a entrega nas sextas à noite que não tinha coragem de dizer que seria muito melhor para ela não ter de sair dirigindo em estradinhas lamacentas uma vez por semana, como se fosse uma enfermeira distrital. A morte de George teria sido o momento ideal para dar um basta. Teria parecido natural suspender as entregas, mas esse fora o período em que ela muito tolamente decidiu não mudar nada e deixar tudo como antes. Ainda não sabia que George a deixara à mercê do gerente do banco.

Enquanto dirigia, repassou os nomes das pessoas que ainda tinha de visitar: Paddy Duggan, que morava sozinho numa casinha minúscula que nunca mais vira uma limpeza desde a morte da mãe; Annie Parle e sua irmã meio idiota, que moravam perto da ponte Sangrenta, com cinco porteiras para abrir e fechar antes de chegar à velha casa da fazenda; as gêmeas Patsy e Mogue Byrne, que todos os dias jantavam batatas na manteiga, arroz branco e ameixas cozidas. Nenhuma das duas, pensou, jamais tirou a touca. Os seis Sutherland — uma irmã, três irmãos e a mulher de um dos irmãos, mais uma prima ou uma tia que estava sempre de cama — compravam o pão da semana com ela, às sextas-feiras, pagavam uma vez por mês e nunca pediam mais nada, exceto tempero e vidros grandes de geléia de morango — cada um tinha o seu, eles não dividiam. E havia Mags O'Connor, do sorriso sofrido, sozinha ao pé do fogo, com seus dois cachorros, numa casa de dois andares no fim de um caminho acidentado. Ela devia ter algum dinheiro ou uma aposentadoria da Inglaterra, porque o seu era o maior pedido de todos, incluindo bolo de carne de pato, suco de *grapefruit*, biscoitos, latinhas de salmão e vidros de patê de galinha e de presunto.

Lá pelas dez da noite, faltava apenas entregar os pedidos de Mags O'Connor e dos Sutherland. Nancy estava com frio, cansada, e gostaria muito de dizer a esses fregueses que eles tinham de achar um método melhor de ter as compras entregues em casa. Ao se aproximar da casa de Mags O'Connor, notou que havia dois carros estacionados; um deles com placas da Inglaterra. Quando saltou da perua, um cão pastor veio até ela abanando o rabo, seguido por outro que encostou o focinho nela. Tirou os caixotes do banco de trás da caminhonete e se dirigiu para a porta que estava, como sempre, semi-aberta.

"E vejam só quem chegou." Mags usava sempre o mesmo cumprimento. "Esta mulher", disse ela para as três visitas que estavam à mesa da cozinha, "esta mulher é a salvação da minha vida. Nem sei onde eu estaria sem ela. E como é que vai você, Nancy?", perguntou.

Nancy cumprimentou-a e esperou.

"Jovem e sempre bem, como sempre", elogiou Mags, fazendo seu comentário habitual, enquanto as caixas eram postas num canto. "Você vai tomar um chá, Nancy", continuou ela, "porque eu tenho gente para fazê-lo para você."

Ela era uma mulher de ossatura grande que em geral parecia gentil e disposta a sorrir, mas que nesse momento olhava imperiosamente para as visitas.

"Vamos tomar um chá", disse ela, "e esperar enquanto eu apresento você para minhas duas sobrinhas, Susan, de Dublin, e Nicole, de Sheffield, e ali está Frank, que é casado com Nicole e não tem um único osso irlandês no corpo e nem por isso é pior que os demais, se bem que eu acho melhor você não dizer a ninguém que eu falei isso."

Nancy se perguntou se ela teria bebido alguma coisa, mas percebeu que eram as pessoas que a deixavam tagarela.

"Pegue as xícaras e os pires bons", disse ela, quando as duas sobrinhas começaram a fazer o chá, "e venha sentar aqui, Nancy. Eu estava justamente falando a elas de você e do pobre George, e estava dizendo que a velha senhora Sheridan foi a mulher mais simpática da cidade toda, não havia ninguém mais simpático, e, é claro, você também é muito simpática. Eu estava justamente dizendo isso, não estava, meninas? Imagino que a essência do que eu estava falando é que todos os Sheridan eram e continuam sendo muito simpáticos. Por isso, é uma pena que não estivesse escutando atrás da porta, porque não teria ouvido nada de mau a seu respeito."

Nancy se perguntou se não estaria imaginando coisas. No silêncio que se fez, ela pensou ter visto uma das sobrinhas, de costas para todos, se sacudindo de riso.

"Ah, me mostre a caderneta antes que eu esqueça", disse a velha, "para eu poder ver quanto devo. Eu guardo o dinheiro comigo, de modo que seria muito fácil alguém me roubar. Philly Duncan, que mora um pouco mais acima, é quem vai à agência do correio para mim de tempos em tempos. Se não fosse por você, aquele rádio ali e Shep e Molly, eu já estaria no asilo do condado."

Ela respirou fundo e depois deu um gole no chá.

"E como é que vai você, Nancy?", perguntou.

"Estou muito bem, *miss* O'Connor, muito bem."

"É sempre bom ver você. Escrevi para as meninas e disse o mesmo para Philly Duncan, falei que Nancy nunca iria desistir. Eu conheço os Sheridan e ela não vai abrir mão, ou vem até aqui ou arranja alguém para fazer a entrega. Eles sempre foram muito bons negociantes, os Sheridan."

Ela parecia séria, o maxilar resoluto, enquanto cutucava o fogo.

"E sempre têm os melhores produtos, você não encontra um pão melhor do que o deles, o mais fresco, e não há nada que não tenham, mas acho que a cidade passou por muitas mudanças, muito trânsito, segundo me dizem, e muito dinheiro. Na verdade ouço as publicidades das Lojas Dunne no rádio, mas não iria gostar deles, eles não são da cidade e não conhecem ninguém. Os Dunne nunca vão chegar a seus pés, Nancy."

Quando o chá acabou, Mags O'Connor perguntou se Nancy não gostaria de tomar um pequeno cálice de xerez.

"Ajuda no caminho de volta", disse ela.

Até Nancy recusar, havia aparecido uma bandeja, levada por uma das sobrinhas, uma garrafa e cinco cálices.

"Pedi às meninas, e elas são muito boazinhas, pedi a elas que comprassem um presente para você, como prova de agradecimento."

Mags apresentou um pequeno pacote embrulhado em papel vermelho brilhante e entregou a ela.

"Não se esqueça de que é apenas uma lembrancinha", disse Mags, enquanto Nancy abria o embrulho para achar um frasco de colônia 4711. Mags sorriu e meneou a cabeça quando Nancy agradeceu.

"Os Sheridan sempre foram gente muito boa", disse.

Eram mais de onze da noite quando Nancy partiu com um princípio de chuva. Ao alcançar a estrada, sabia que se virasse à esquerda poderia estar em casa em vinte e cinco minutos e talvez ainda pegasse Gerard acordado. Se virasse à direita, teria mais cinco quilômetros de estrada e depois mais uma estradinha até os Sutherland para entregar três panelas grandes, quatro filões de pão, seis jarras de geléia e seis vidros de tempero. Percebeu, assim que a idéia lhe veio à mente, que iria virar à esquerda e voltar para casa. Ainda poderia, pensou, vender o pão no supermercado na manhã seguinte.

Uma noite, uma semana depois, Nancy ficou espantada com a pergunta de Gerard, querendo saber se ela iria se casar de novo. Nancy lhe disse que era a última coisa que teria lhe passado pela cabeça.

"Pois não é o que eu tenho escutado."

Por fim, depois de muitas negaças e provocações, contou que a irmã e ele tinham visto a mãe por três vezes num papo muito sério com Birdseye, o caixeiro-viajante.

"Nós só estávamos conversando sobre negócios, Gerard", disse ela. "Não me venha com besteiras."

"Isso é o que todas elas dizem", respondeu o garoto.

Durante os dias seguintes, ele fez questão de deixar um pacote de biscoitos Birdseye sobre a mesa, no lugar onde ela sentava. Nada poderia fazê-lo parar com isso, de modo que Nancy ignorou o filho, surpresa com a confiança e ousadia dele e incerta quanto à resposta que poderia lhe dar.

Não queria que ele soubesse de nada a respeito das conversas que estava tendo com Birdseye, o mais popular e tagarela dos caixeiros-viajantes que visitavam a loja. Ele terminava todas as frases com um "madame", como se fosse nome de batismo. Mesmo quando George era vivo, ele escolhia Nancy para longas conversas quando vinha anotar as encomendas, contava as novidades e falava dos planos de expansão e da movimentação interna das Lojas Dunne. Era um sujeito pequeno e rechonchudo, com um rosto largo e simpático. George sempre ria depois que ele ia embora, dizendo que era um vendedor nato, que qualquer um compraria dele porque parecia tão inofensivo.

Ela não sabia por que resolvera explicar as circunstâncias todas só para ele. Quem sabe pela sua mansidão, pelo fato de ele morar longe, num lugar onde ninguém a conhecia — isso contava ponto também —, mas principalmente porque sabia que ele a ouviria sempre, sem perder detalhe nenhum. Ela não lhe contou sobre o dinheiro aumentando aos poucos no fundo da gaveta porque não saberia qual seria a reação dele. Mas contou-lhe todo o resto, e ele olhava fixo para ela, concentrado em cada palavra, à espera da informação seguinte.

"Eu volto amanhã, madame", disse ele. "Vai estar aqui às quatro? Eu volto amanhã e venho com muitas novidades para a senhora, madame."

Voltou no dia seguinte, numa hora em que Catherine também estava trabalhando, e cochichou com Nancy assim que chegou, querendo ver o depósito que ficava do outro lado do hall. O velho balcão do armazém de bebidas continuava no lugar, assim como a janela com as cortinas cerradas que dava para a praça, mas o salão estava cheio de porcarias. Ele vistoriou o local em silêncio, absorvendo cada detalhe.

"Certo", disse ele. "Eu estava certo, ontem, madame, mas precisava de uma noite de sono para pensar, depois liguei para um camarada que eu conheço, não falei para ele em que cidade era, mas ele concordou comigo, madame, de modo que já tenho a solução. Só tem uma coisa que a senhora pode fazer. Investimento baixo, madame, e dinheiro rápido. Esse é o ponto crucial."

Estavam parados no velho salão empoeirado. Ele olhou para ela qual um pequeno animal prestes a atacar, e ela susteve o olhar. Ficou perplexa pela seriedade e confiança de Birdseye.

"Fritas, hambúrgueres, madame, frango, peixe empanado", disse ele.

"Com certeza não posso vender fritas", retrucou ela, "os meninos reclamam que eu mal sei fritar uma batata."

"Tem máquinas por aí que são baratas e fazem tudo pela senhora, madame."

"E o que você quer que eu faça? Que eu passe o dia todo fritando batata?"

"As vendas de fim de semana seriam as melhores, acho eu", disse Birdseye.

"Eu não posso ficar aqui plantada, vendendo fritas", disse Nancy.

"Bom, para ser franco, nesse caso a senhora vai parar na beira da estrada, madame."

"Muito obrigada", disse ela. "Essa foi uma ajuda e tanto."

"A senhora poderia reformar o depósito em dois tempos", continuou ele, o olhar fixo nela com puro entusiasmo.

"Sabe", suspirou ela, "que eu adoraria me mandar desta cidade e nunca mais voltar?"

"Pense um pouco mais a respeito, madame", aconselhou ele, dando mais uma olhada em volta da sala. "Este lugar aqui é campeão."

O sábado seguinte foi a primeira noite do novo bar do Hotel Grace, e hordas encheram a praça Monument à uma e trinta. Uns poucos sentaram em volta do monumento e outros se juntaram na frente do supermercado. Nancy não conseguiu dormir e ficou preocupada que o barulho chegasse aos quartos dos fundos, onde os filhos dormiam.

Naquela noite tinha cruzado com Wallace, que passeava com seu cachorro na praça. Ele devia saber, pensou, que ela não pagara a prestação devida, mas ainda assim sorriu para ela, até mais calorosa e educadamente que o habitual. Por uns momentos, chegou a pensar que ele iria parar e trocar umas palavrinhas. O que veio se somar ao pavor que tinha dele e à determinação de nunca mais entrar naquele escritório.

Nancy não tinha o número do telefone de Birdseye. Sabia que ele morava perto de Waterford e que era casado, com filhos pequenos, e sabia também que ele andava por Kilkenny, Carlow, Wexford e todos os lugares entre essas localidades. Ela teria de aguardar até que ele voltasse para lhe fazer as perguntas que estavam em sua cabeça desde a última vez em que tinham se falado. Quanto dinheiro poderia ganhar vendendo fritas? Em quanto tempo? Quanto custaria deixar o lugar pronto para isso? E quanto tempo levaria para fazer a reforma? Não conseguia dormir, pensando nessas perguntas não respondidas.

Dois homens cantavam debaixo de sua janela, e outros vieram fazer companhia, de modo que agora havia um grupo aos berros estridentes cantando:

> *Seus olhos reluziam como brilhantes*
> *Faziam pensar que era rainha*
> *Com o cabelo sobre os ombros*
> *Preso numa fita de veludo negro.*

Nancy continuou deitada, esperando que aquilo acabasse, mas quando a música terminou, eles soltaram uma ovação e começaram de novo:

> *Fique em paz, minha adorável Dinah, mil vezes adieu.*
> *Estamos deixando a Terra Santa e as moças que todos amamos.*

Um dos cantores, com uma voz mais alta que os outros, começou a trovejar palavras, e Nancy sabia, deitada no escuro, o que viria ao final da primeira estrofe — um enorme berro em uníssono de "Bela moça que és!" —, antes de continuarem cantando. Nancy perguntou-se se os vizinhos também estariam acordados e se faria diferença ligar para a polícia.

Quando a cantoria aumentou de volume, ela foi até a janela, abriu as cortinas e subiu a metade inferior do vidro. Achou que o simples ruído seria uma distração para eles, quem sabe até os silenciasse, mas eles continuaram cantando. Ela viu que havia uns cinco ou seis rapazes e duas moças ao lado deles.

"Com licença! Com licença!"

De início, ninguém escutou, mas depois uma das moças apontou para ela e os cantores recuaram até a rua, para poder vê-la.

"Com licença, mas estamos tentando dormir e há crianças aqui."

"Nós não estamos impedindo ninguém de dormir", um deles gritou.

"Este é um país livre", acrescentou o rapaz ao lado.

Os outros olhavam para cima em silêncio total.

"Já é tarde", disse ela. "Será que vocês todos não poderiam ir para casa agora?"

Ela sabia que tinha sido fina demais.

"Vocês escutaram a porra da majestade aí?", gritou um deles.

"Como ela é altiva, como é poderosa!"

Nancy não sabia se deveria continuar na janela ou se deveria entrar. Viu quando um dos rapazes se distanciou do grupo. Ele era, pensou, o mais vociferante. Não o reconheceu quando tomou a direção do monumento e começou a gritar com ela.

"Você já tem muito *la-di-la*! Tem essa porra desse *la-di-la* de rica!"

Nancy saiu da janela e fechou a cortina, mas pelo visto isso enfureceu ainda mais o vulto na praça.

"E o seu buraco fundo!", rugiu o rapaz. "Olha o buraco fundo!"

"Chega, Murt", rugiu um dos amigos.

Porém ele não queria parar.

"Como é que vai seu buraco gordo? Seu buraco fundo e gordo?"

Quando Birdseye apareceu de novo, na semana seguinte,

ela lhe pediu que voltasse às seis horas, quando o supermercado já estaria fechado. Estava com todas as perguntas prontas, assim como ele tinha todas as respostas. Ficou combinado que Nancy iria a Dublin na quinta-feira para ver os equipamentos que teria de instalar e para discutir os termos da negociação com a pessoa que iria lhe vender o material. Birdseye garantiu que faria todos os contatos e arranjos.

"Rapidez, madame, rapidez é a essência do negócio", disse ele.

Assim que ele saiu, ela subiu, ligou para Betty Farrell e lhe pediu o nome e o número do antiquário de móveis de Kilkenny que ela recomendara. Betty lhe deu o número rapidamente, sem fazer pergunta nenhuma. Quando ligou, o telefone foi atendido pelo dono, que concordou em ir até lá na tarde seguinte para ver o que ela tinha para vender.

Era um homem alto, de cabelos grisalhos, com um ar brando de professor de escola do interior. Ela o levou até a sala em cima do mercado, onde ficava a velha mesa de jantar. Ele passou o dedo na madeira de cima e ajoelhou-se para ver a mesa por baixo.

"A senhora quer vender a mesa?", perguntou.

"E as duas mesinhas laterais, se o preço for bom", disse ela. "E tenho mais umas coisinhas também."

Ela o levou até a sala de estar e mostrou-lhe a tela em cima do consolo da lareira.

"Para ser bem sincero com a senhora", disse ele, "eu não venderia esse quadro. A senhora nunca mais o terá de volta."

"Vou vender se o preço for bom", afirmou ela. "Tenho outro no andar de cima."

"Vai ser difícil dar um preço para eles", disse o homem. "Eu posso levar um bom tempo até conseguir o comprador certo."

"O senhor não é comprador?"

"Eu negocio."

"Bem, tenho livros também. O senhor negocia livros?"

Até anoitecer, ele tinha duas listas prontas. Uma delas com apenas três itens: uma mesa de jantar georgiana com duas mesinhas laterais; dois óleos do rio Slaney, de Francis Danby; e uma primeira edição do livro *História do condado de Wexford*, de Hore. A outra lista tinha quinze ou dezesseis itens de menor importância.

"Agora desça aqui de novo", disse ela. "Esse candelabro aí no hall existe desde sempre."

Ele anotou na lista número dois.

"E então?", ela lhe perguntou ao levá-lo para a porta.

"Bem", disse ele, "eu volto e lhe dou um preço."

"Dinheiro vivo."

"A senhora parece que está querendo fugir", disse ele.

"Como?"

"É a primeira vez que eu vejo alguém pedir dinheiro vivo para vender tanta coisa."

Nancy foi a Dublin na quinta-feira, deixou o carro no jardim de St. Stephen e se encontrou com a pessoa indicada no Hotel Russell. O homem tinha o mesmo olhar de Birdseye, ansioso, amistoso, positivo, entusiasmado.

"Olha só", disse ele, "esse sujeito da rua Thomas pode lhe vender tudo aquilo que precisar e fazer as instalações também. Ele é honestíssimo e sabe o que faz. Ele exige pagamento no ato em dinheiro vivo."

Parou de falar e examinou-a, para ter certeza de que ela tinha entendido tudo. Nancy não se mexeu.

"A senhora vai precisar de um freezer imenso", continuou ele, "e eu conheço alguém que tem um, e vai precisar também de um fornecedor, e é aí que eu entro. Tudo pronto e preparado, congelado, entregue uma vez por semana. De novo, dinheiro vivo no ato."

De repente, ele parecia áspero, quase ameaçador, como se estivesse oferecendo uma amostra de como seria se o dinheiro não aparecesse.

"Pode pesquisar, se quiser", disse ele, "mas não vai encontrar nada melhor."

Nancy fez a única pergunta que a preocupara durante todo o trajeto até Dublin.

"Eu quero saber o seguinte", disse ela. "Quanto custa um dos seus sacos grandes de batata congelada e quantas porções de fritas eu consigo com ele? E quanto o senhor está cobrando por um hambúrguer congelado?"

Ele se ofereceu para anotar tudo, mas ela insistiu que, se ele soubesse os números de cabeça, que lhe desse. O homem deu os detalhes bem devagar até que ela disse para parar porque precisava fazer algumas contas de cabeça.

"Não preciso pesquisar nada", disse ela, depois de alguns momentos. "O senhor vai ser meu fornecedor."

"É só isso que tem para me dizer?", perguntou ele, flertando com ela pela primeira vez.

"É só", respondeu ela, sorrindo.

O homem no depósito da rua Thomas era pequeno, gordo e alegre. E já estava com as medidas da loja, que Birdseye havia pedido para ela lhe passar. Agora mostrava um desenho e os planos que tinha para a sua *chip shop*, para a lanchonete que seria capaz de instalar em vinte e quatro horas contadas no relógio, disse ele, trabalhando dia e noite.

"A senhora nem vai se dar conta", disse ele, rindo baixinho. "Só tem mais uma coisa que eu preciso, além de uma perna nova." Ele piscou, numa dor falsa, enquanto tocava a perna e ria. "Precisamos de um nome. Vamos pôr a senhora na ribalta."

"Para a loja?"
"Precisamos fazer uma bela placa iluminada."
"O Monumento", declarou ela. "Vamos chamar de O Monumento."
"Muito bem", disse ele, anotando. "Estaremos prontos em duas semanas. E eu preciso de metade do dinheiro na semana que vem, e a outra metade quando tiver terminado o trabalho."
"Em dinheiro vivo", disse ela.
"Certíssimo", respondeu ele.

O homem de Kilkenny começou a tergiversar ao telefone.
"Não dá para dar um preço nas telas, de jeito nenhum. Ninguém sabe quanto elas valem. Precisam ser vendidas num grande leilão, em Dublin", disse ele.
"Então por que o senhor não compra e depois leva a leilão?"
"Como eu expliquei, o quadro maior pode chegar a valer cinco ou seis vezes mais do que eu poderia lhe dar."
"Sorte sua", disse ela.
"Mas não é assim que eu trabalho. Eu pago um preço justo", afirmou ele friamente.
"Se o senhor me fizer uma oferta decente, eu aceito. E se me pagar na hora o preço justo, em dinheiro vivo, eu não reclamo se ficar milionário."
"Eu ligo amanhã."

Ela não contou a ninguém que planejava abrir uma *chip shop* no depósito ao lado do supermercado. Pensou em contar a Betty Farrell, mas resolveu que era melhor não, presumindo que Betty reagiria com pouco entusiasmo à aventura. De todo modo, continuou trocando os cheques com os Farrell e juntando o dinheiro. Não tratou mais com o banco. Quando, finalmente, entrou num acordo com o homem de Kilkenny, que lhe ofereceu mais dinheiro do que ela esperava, foi vê-lo em pessoa. Ele lhe entregou em silêncio um envelope cheio de notas de vinte libras, o suficiente para pagar o freezer, as máquinas e sua instalação, bem como a placa e a decoração. Mas ela também precisava de dinheiro para comprar os suprimentos, pagar os funcionários e manter o negócio funcionando. Embora não quisesse tocar no dinheiro acumulado, sabia que, se pusesse suas economias no Credit Union, poderia tomar emprestado o dobro do valor do depósito.

Jim Farrell, ela sabia, era do comitê do Credit Union. Ela pediu a Betty que perguntasse a Jim se o Credit Union poderia lhe fazer um empréstimo em dinheiro ou lhe dar um cheque que Jim e Betty sacariam em nome dela.

"Jim vai providenciar para que seja em dinheiro", falou Betty mais tarde, naquele mesmo dia, "mas você vai ter de ir à reunião, e os outros membros do comitê, diz Jim, são muito xeretas, vão querer saber tudo sobre o seu negócio, mas Jim diz que é para você não se importar com ninguém e não abrir a boca sobre a parte do dinheiro vivo."

Pensou uma vez mais em confiar em Betty, mas percebeu que, assim que dissesse em voz alta o que tinha em mente, poderia perder a coragem. Não disse nada. Betty, ela se deu conta, devia estar bem curiosa; admirava a amiga por não ter feito a pergunta diretamente.

Um dia depois de ter depositado o dinheiro no Credit Union, esperou sua vez de enfrentar o comitê e pedir um empréstimo. Embora não tivesse reconhecido ninguém na sala de espera, assim que entrou no gabinete deles reconheceu quatro dos cinco homens que compunham o comitê. Jim Farrell tentou ser prático, deixando claro que todos ali a conheciam e queriam lhe dar as boas-vindas no Credit Union. Nancy não gostou dos outros, que não tiravam o olho dela enquanto Jim Farrell falava, e compreendeu que se opunham a quem pedia empréstimo um dia depois de fazer o primeiro depósito. Nancy sabia que não a poupariam de perguntas e que fariam um relato completo para as mulheres ao voltar para casa.

"Eu diria que as Lojas Dunne tiveram um grande impacto sobre seus negócios", começou Matt Nolan, um dos membros do comitê.

"Um certo impacto, sim." Perguntava-se, agora, se teria posto batom demais.

"Eu diria que está comendo o pão que o diabo amassou ali na praça, e sem estacionamento privado", continuou ele.

Ela o fitou com um olhar neutro e não disse nada.

"Nós todos respeitamos George e Nancy como negociantes", disse Jim Farrell, "de modo que se ninguém mais tiver perguntas a fazer..."

"É engraçado que a senhora nunca tenha vindo procurar o Credit Union antes", Matt Nolan insistiu. "E", ele ergueu a mão, "se você me dá licença, Jim, eu diria que talvez seja muito difícil para uma mulher sem experiência assumir um negócio. De modo que fico preocupado com a expansão pretendida. Gostaria de saber quem a aconselhou e também de ter mais dados."

Um dos outros integrantes do comitê, o que ela não conhecia, acendeu um cigarro. Nancy lembrava-se de Matt Nolan como um jovenzinho que ia à loja de sua mãe comprar doce e sorvete. Há trinta anos usava o mesmo terno brilhante, pensou ela, o mesmo corte oleoso de cabelo e o mesmo pino de lapela do clube dos abstêmios.

"De modo que, se a senhora pudesse...", continuou ele, mas Jim Farrell interrompeu-o no ato.

"Nancy, muito obrigado por ter vindo e, uma vez mais, bem-vinda ao Credit Union. Nós entraremos em contato se precisarmos de mais alguma informação."

Quando ela se levantou, Matt Nolan a olhou com ressentimento. Ela sabia o que lhe ia pela cabeça: ela se casara com um integrante da família Sheridan e tivera a petulância de ir pedir dinheiro emprestado fiando-se no nome deles.

Mais tarde, naquela noite, quando estava na sala de estar depois de passar um tempo com os filhos, recebeu um telefonema de Betty Farrell dizendo-lhe que o empréstimo fora aprovado. Jim levaria o dinheiro para ela no dia seguinte.

Nancy pegou a caminhonete, foi até Dublin e entregou metade do dinheiro para o sujeito da rua Thomas; procurou as duas moças que havia despedido e ofereceu-lhes o emprego de volta, deixando claro que o horário de expediente seria diferente. Sabia que as moças precisavam do emprego. Com a ajuda dos filhos, intrigados com a súbita necessidade de arrumação, retirou todas as caixas e outras inutilidades do local e fez várias viagens até o aterro sanitário levando entulho. Achou um homem para fazer a pintura e pagou em dinheiro quando ele terminou. Discutia cada detalhe com Birdseye quando ele ia anotar os pedidos para o supermercado. Ligou para o amigo de Birdseye para conversar sobre os suprimentos de que iria precisar nas duas primeiras semanas após a abertura. Depois, não havia mais nada a fazer, a não ser manter o silêncio.

Dois dias depois, o freezer foi instalado e logo depois os suprimentos chegaram — caixas de hambúrgueres, de peixe empanado, de fritas congeladas. Ninguém reparou nos homens levando o freezer para dentro da loja, mesmo em plena luz do dia; e Gerard, que gostava de saber tudo o que estava acontecendo, nem pensou em olhar dentro do depósito para ver o que mudara. Ela mantinha as cortinas do armazém cerradas.

O homem da rua Thomas chegou na sexta-feira, às oito da noite. Ela havia feito as entregas um dia antes para poder estar lá quando ele chegasse. Ele tinha uma perua e, assim que Nancy parou na porta, outro carro estacionou, com cinco homens dentro.

"Eles são todos da Inglaterra e estão loucos para fazer hora extra, de modo que eu lhes disse que, se quisessem fazer hora extra, eu daria horas extras para eles. E prometi que estariam em casa para a última cerveja da noite, amanhã. Vai ser tudo vapt-vupt." E deu um risinho.

"E quando é que vocês vão dormir?", perguntou ela.

"Ninguém aqui vai dormir muito", disse ele. "A gente dorme no chão mesmo, mas vamos precisar de comida à vontade por volta da meia-noite e de novo lá pelas oito da manhã. Salsicha, bacon, chouriço, ovos, tudo a que temos direito."

"E quando é que eu vou aprender a usar essas máquinas?", perguntou ela, enquanto os homens traziam as coisas para a loja.

"São cinco estágios para fazer fritas", respondeu ele, "e o mesmo se aplica ao peixe empanado, mas com os hambúrgueres é diferente. Se me arranjar um papel e uma caneta, eu anoto tudo para a senhora."

"Quando é que vou poder abrir?"

"Quando sairmos daqui, às nove da noite, amanhã, é só a senhora esquentar o óleo e botar pra quebrar."

"O senhor está falando em abrir amanhã à noite?"

"E aqui vai uma dica para a senhora. Tenho um ventilador aqui que funciona que é uma maravilha. Vou pôr no canto da vidraça. Aqueça o óleo o máximo que conseguir e jogue as batatas. Depois de alguns minutos, quando elas estiverem quase prontas, abra a janela, ligue o ventilador e todo mundo nesta cidade vai sentir o cheiro e aparecer para comprar, como se fosse um *terrier* atrás de uma rabada."

Nancy foi até a cidade, encontrou as duas moças e perguntou se elas não queriam trabalhar algumas horas depois das nove da noite no dia seguinte. Nenhuma das duas lhe perguntou por que o supermercado ficaria aberto até tão tarde. Quando voltou, fez os filhos desligarem a televisão e contou a eles o que iria acontecer.

"E batata frita dá dinheiro?", perguntou Gerard.

"E você vai trabalhar lá?", perguntou uma das filhas.

"E a gente vai ficar com o supermercado também?", disse Gerard.

Ela deixou que descessem para ver o início dos trabalhos.

"Quem está sabendo sobre isso?", quis saber Gerard, com todos eles parados no hall, enquanto os homens traziam caixas pesadas. Nancy surpreendeu-se que ele soasse como o pai.

À meia-noite, ela convidou os operários a irem até a cozinha, onde tinha posto a mesa para eles. Fizera uma quantidade imensa de frituras, conforme o pedido, e aqueceu diversas latas grandes de feijão. Em pouco tempo, porém, a comida sumiu, o chá foi tomado e ela teve de começar tudo de novo, fritando mais tiras de bacon e salsichas, aquecendo mais latas de feijão, descendo até o mercado para pegar mais pão e fazendo mais chá. Os homens falavam e riam entre si, reparando nela apenas quando oferecia a eles mais comida. Um deles tinha uma tatuagem comprida e azul no braço, no formato de uma âncora.

Nancy acordou à noite com o ruído de marteladas e furos sendo abertos. Quando se vestiu e desceu, às sete horas da manhã, encontrou Gerard já ali, sentado, vendo o trabalho. Ele mal cumprimentou a mãe. O lugar era uma montoeira de fios e pó de serra, mas já era possível distinguir um balcão e uma área para cozinhar. Ela se perguntou como iria conseguir lidar com o supermercado o dia todo, o que diria quando as pessoas fizessem perguntas — gente que teria visto os trabalhos pela porta fatalmente aberta do depósito, pensou, já que os homens entravam e saíam a todo momento para pegar algo na van estacionada na rua.

"A gente vai precisar de um café reforçado", anunciou o chefe da equipe.

"Vocês trabalharam a noite toda?", perguntou ela.

"Os maus não têm descanso", disse ele, rindo.

"Você vai mesmo abrir hoje à noite?", perguntou Gerard.

"Vou."

"Mas tem um bocado de trabalho para ser feito antes", disse ele.

Depois do café-da-manhã, enquanto pensava em como seria o dia, foi falar com o chefe da equipe.

"Sabe aquela placa?", perguntou.

"O Monumento. Estou com ela aqui", disse ele.

"Será que podia deixar para colocar só no fim? Quer dizer, não ponha a placa até que tudo o mais esteja no seu devido lugar."

"Pode deixar", disse ele.

Ela viu o olhar desconfiado que Gerard lhe deu.

Nancy abriu o supermercado às nove e meia, como de hábito, e recebeu o lote de pães. As meninas saíram cedo para passar o dia com amiguinhas de escola, mas Gerard ficou zanzando pelo depósito e se recusou a sair. Catherine chegou às dez; ambas pararam na caixa registradora como se não estivesse acontecendo nada de mais. Aos sábados o supermercado fechava mais tarde e era o dia mais movimentado. Mesmo quando a martelação e a perfuração se tornaram intensas, Catherine não lhe fez pergunta nenhuma. Parecia sonolenta demais para reparar que havia algo estranho acontecendo. Nancy esperava que alguém entrasse no supermercado procurando uma explicação para os trabalhos no depósito ao lado, mas não apareceu ninguém.

Na hora do almoço, deixou Catherine sozinha no mercado e fez mais uma leva de frituras, bacon, salsichas e batatas que eles haviam pedido. No fundo, esperava que o chefe da turma, o homem da rua Thomas, viesse lhe dizer que tinham se esquecido de levar uma peça vital do maquinário, que tinham detectado um problema imprevisto ou que tinham calculado mal o tempo que levariam para acabar a obra. Mas eles continuaram sorridentes e confiantes. Enquanto comiam, ela desceu de novo. Gerard estava sozinho no depósito, sentado numa cadeira. Eles olharam todas as máquinas novas e examinaram o forro, que era um labirinto de fios semiconectados; ela abriu o recipiente de aço onde as batatas seriam fritas e ambos inspecionaram a área onde deixariam o óleo da fritura escorrer e de onde poderiam pôr as *chips* em saquinhos, que também tinham sido providenciados pelo fornecedor. Lá em cima, havia recipientes de plástico prontos para o sal e o vinagre, bem como os vermelhos em forma de tomate, que usaria para o ketchup.

Examinando a nova maquinaria ao lado de Gerard, não percebeu de início que as cortinas para o depósito haviam sido puxadas e que havia duas mulheres olhando fixo para ela. Nancy recuou para as sombras até as duas seguirem caminho, depois fechou-as rapidamente.

"O que é que você tem?", perguntou Gerard.

"Eu vou voltar lá para cima. Não fale com ninguém", respondeu ela.

"Você está com cara de quem vai ser presa."

"Gerard, se alguém lhe fizer perguntas, você sabe, qualquer pessoa da cidade, diga que é para vir falar comigo. E não abra a boca com elas."

"Certo", disse ele, como se estivesse assumindo o controle. "Volte lá para cima. E se alguém ligar querendo falar comigo, diga que não estou."

Às seis horas, quando deixou Catherine no comando de novo, as filhas voltaram do passeio e simplesmente deram uma olhada indiferente para o depósito, sem manifestar o menor interesse pelo que estava acontecendo. Gerard, porém, ficou lá, olhando fixo para a reforma; parecia que se tirasse os olhos dali tudo viraria fumaça. Os operários agora queriam sanduíches de presunto, chá e biscoito de chocolate.

A nova loja estava quase pronta; nada dera errado. Dois dos trabalhadores estavam pondo a placa, recortando a pedra em cima da porta e da janela do depósito, fazendo furos. Encostada na parede, estava a longa placa branca de plástico com "O Monumento" em letras vermelhas.

"Espere até ver isso aceso", o chefe disse a ela.

Nancy continuou na sombra, esperando a qualquer momento um ajuntamento de gente.

"Ânimo!", exclamou ele. "Talvez nem aconteça."

"Vai acontecer, sim", Gerard interrompeu. "Vai acontecer às vinte e uma horas de hoje."

"Você não tem lição de casa para fazer?", perguntou a mãe, mas de repente a atenção de ambos concentrou-se na colocação da lista de preços no mesmo plástico quebradiço da placa em cima da porta, com a lista do que estava disponível e quanto custava, informação que Nancy havia dado ao chefe da turma alguns dias antes.

"Vamos acender este também", disse ele. "E esses são os preços que a senhora me deu, mas pode mudá-los facilmente. Vou deixar uns números extras. E, antes que a senhora abra, tenho dois conselhos para dar. O primeiro é paciência. Paciência. O óleo leva tempo, as fritas levam tempo, o peixe empanado leva tempo e os hambúrgueres levam tempo. O freguês quer a comida na hora e o cheiro da fritura faz os olhos dele marejarem e a boca salivar. Não preste a menor atenção, esse é meu conselho à senhora, porque ele vai ser o primeiro a espalhar a notícia de que as fritas estavam cruas ou que o empanado não ficou crocante. Portanto, esse é o primeiro conselho. E o segundo é o seguinte. Quando estiver fazendo o saquinho de fritas, ponha algumas a mais, não custa nada e é simpático, tipo melhor custo-benefício, e todo mundo vai amar. Aí estão dois conselhos muito úteis."

"A gente cobra pelo ketchup?", perguntou Gerard.

"Não", respondeu ele. "Sal, vinagre e ketchup são de graça."

"O que a gente faz se alguma coisa encrencar?", perguntou Nancy.

"A gente não vai sair daqui sem pegar uma bacia de fritas para ir comendo na estrada. De modo que vai ter que funcionar. E acho melhor a senhora começar a descongelar os hambúrgueres. Não vai querer dar indigestão em ninguém.

Ela fechou o supermercado às oito, uma hora antes; Catherine foi para casa sem ter expressado o menor interesse pelo que estava ocorrendo na porta ao lado. As duas filhas de Nancy desceram bem na hora em que a placa estava sendo parafusada em cima da porta e a luz por trás dela foi acesa. Já estava escuro na praça. Ela, Gerard, as meninas e o chefe da turma atravessaram a rua e se aproximaram do monumento; Nancy viu o quão iluminada, moderna e alinhada era sua *chip shop*.

O óleo já estava esquentando, os hambúrgueres e o peixe empanado descongelavam e o primeiro saco de batatas já cortadas e congeladas esperava no chão o momento de o óleo ficar quente o suficiente para os pedaços serem jogados e fritos. Nancy subiu para pegar alguns panos de limpeza e começou a esfregar todas as superfícies, enquanto as moças limpavam as vidraças e Gerard varria o chão. Estavam abertos para o público.

O chefe da turma tinha razão quando disse que era preciso paciência. Ele estava ao lado dela quando jogou a primeira leva, e pôde ver quando Nancy recuou assustada, na hora em que as batatas cruas caíram no óleo fervendo com um grande chiado.

"Agora", disse ele, "mais uma regra de ouro. Fritas vigiadas nunca ficam prontas."

"Quanto tempo elas demoram?", perguntou Gerard.

"Quinze minutos", disse ele. "Nem mais, nem menos. A mesma coisa para o peixe empanado e para o hambúrguer na chapa."

Enquanto as batatas fritavam, os homens foram saindo um por um do banheiro, onde haviam se lavado e feito a barba. Nancy já pagara a segunda parcela, mas estava com um envelope para cada um deles, com uma gorjeta dentro.

"Bom, tem uma coisa que eu esqueci e cuja falta a senhora não notou", disse o chefe da turma. "Portanto, pare de olhar para as batatas um minutinho e pense. Olhe em volta."

Todos olharam em volta, enquanto as batatas chiavam. Nancy não conseguiu pensar em nada.

"E se alguém pedir uma limonada ou uma Pepsi? O que a senhora vai fazer?"

"Está tudo na geladeira", respondeu ela.

"Certo, mas se a senhora olhar para a lista que eu lhe dei, ela incluía uma máquina automática de refrigerantes. E onde é que ela foi parar?"

"Eu sei lá!", disse ela.

"Esqueci de trazer." Ele riu.

Eram quase nove horas da noite quando Nancy tirou do óleo quente a primeira leva de fritas com a nova e grande ferramenta de metal.

"Você já está craque no assunto", elogiou o chefe da turma.

Ela reparou que algumas pessoas passando em frente à loja davam uma parada para espiar o que havia lá dentro. Enquanto servia uma porção de fritas e despejava vinagre, viu Betty Farrell passar, olhando na direção dela por um segundo e se afastando rápido. Nancy reconheceu várias outras pessoas que passaram diante da vitrine, mas ninguém a cumprimentou ou entrou na loja.

Assim que o peixe com fritas ficou pronto e embalado, os homens foram para a van e para o carro. Ela apertou a mão de cada um deles e agradeceu.

"Para mim, um abraço", disse o chefe da turma. Ele lhe deu um beijo no rosto.

Nancy, Gerard e as moças acenaram para eles, que tomaram o rumo de Dublin.

"Você está com aquela cara de novo", disse Gerard para a mãe.

"Que cara?"

"De quem está prestes a ser presa."

Na quarta-feira seguinte o funcionário do planejamento apareceu e na quinta ela recebeu uma visita do encarregado da saúde. Ambos, pensou ela, se comportaram como cães de caça farejando tudo. Nenhum dos dois a olhou diretamente; falavam com ela olhando para o teto ou para o chão. O funcionário do planejamento lhe disse que teria de fechar. Tinha havido reclamações, disse ele, mas, mesmo que não tivesse havido, ela não tinha permissão de abrir uma *chip shop* na praça. Ela podia, claro, pedir permissão para abri-la, mas levaria tempo. Nesse meio-tempo, teria de cessar as vendas. O funcionário da saúde examinou o freezer por um bom tempo, cheirou o óleo e seguiu seu caminho sem dizer uma palavra.

Dois dias depois, recebeu uma carta do departamento de saúde apontando suas infrações contra as leis sanitárias. Na mesma manhã, abriu uma carta dos advogados do banco, dizendo que haviam iniciado um processo contra ela.

Aquela noite, ela foi de carro até a esquina da rua Irish, receosa de ir a pé e encontrar alguém disposto a lhe perguntar sobre a *chip shop* ou se queixar do lixo. Bateu na porta de Ned Doyle; quando a mulher dele atendeu, inspecionou Nancy bem devagar, com cautela.

"Não sei se ele está em casa", disse ela. "Vou ver. Acho que ele saiu."

Nancy olhou para ela com fisionomia inflexível.

"Eu vou ver", disse ela.

Ned Doyle apareceu no hall só de meias, a camisa um pouco aberta no peito, o cabelo desalinhado e um *Evening Press* na mão.

"Nancy, você me pegou numa hora ruim", disse ele. "Mas entre."

Ele abriu a porta de uma saleta acarpetada, cuja mesa e aparador estavam cobertos de caixas e papéis.

"Eu não vou tomar muito do seu tempo, Ned", disse ela.

Tirando de uma poltrona os papéis e livros acumulados, ele fez um gesto para que ela sentasse. Nancy não sabia o que fazer em seguida, consciente de que poderia explicar muito melhor o que queria de pé. Ainda assim, sentou-se, e ele sentou do outro lado da mesa, numa cadeira de madeira.

"Quer dizer que você sabe o que eu vim fazer aqui, Ned?"

"Sei, Nancy. Não tem sentido dizer que não sei. Tem havido muitas queixas dos lojistas da praça Monument sobre o barulho e o lixo. E claro, as leis, tem um mundo de leis a respeito."

Ela gostaria de estar de pé, para poder continuar olhando-o atentamente. Sentia-se desprovida de dignidade, sentada diante dele desse jeito. Tudo que podia fazer era permanecer em silêncio.

"Acho que não foi a melhor saída, Nancy, abrir uma *chip shop*."

Ela não disse nada, mas escutou o tiquetaque do relógio no consolo da lareira. Na parede oposta, havia uma foto de Ned cumprimentando o presidente De Valera.

"Seria de se imaginar", disse ele, "que George tivesse deixado vocês numa situação confortável."

"É mesmo, Ned?"

"E você sabe que uma lanchonete como aquela", ele pareceu preocupado por alguns instantes e hesitou, antes de continuar, "uma lanchonete como aquela, vendendo fritas depois de os pubs terem fechado, digamos assim, não é o tipo de coisa que alguém associaria com os Sheridan."

"Eu não sou um dos Sheridan, Ned."

"Longe de mim sugerir que há algo de errado nisso, Nancy."

"Eu sei disso, Ned", disse ela, sustentando o olhar.

De novo, houve um silêncio entre ambos, mas ela sabia que tinha de ser a primeira a falar, agora que o forçara a desviar os olhos. Pressentiu o remorso dele pelo que dissera.

"Quer dizer que é isso que o Fianna Fáil faz? Deixa as viúvas sem trabalho?"

"Ora, Nancy." Ele ergueu a mão.

"É isso que o partido faz, Ned?"

"Nancy, você abriu sem obter permissão do planejamento e não consultou ninguém."

"Você vai ter trabalho se tentar me fechar, Ned."

"Nancy, isso não é da nossa alçada."

"Ah, não é? E qual foi a lei que deu o estacionamento para as Lojas Dunne? Eu diria que isso requer uma certa coragem, Ned."

Assim que disse isso, percebeu que fora longe demais. Agora quem tinha a vantagem era ele, e ele a manteve, meneando a cabeça para si mesmo, em silêncio, com ar preocupado. Os Sheridan sempre tinham apoiado o Fine Gael; ela sabia que ele sabia disso. Ned conhecia a filiação de todo mundo na cidade. Porém o Fine Gael não tinha mais nenhum poder; todo o poder estava nas mãos do Fianna Fáil.

Rapidamente, achou as cartas do banco, ressaltando a extensão de suas dívidas, e a carta do advogado do banco, ameaçando-a. Entregou-as a Ned. Ele tirou os óculos do bolsinho da camisa e leu o que diziam. Nancy, observando Ned, pensou que ele teria a mesma idade que ela; lembrou-se de que ele largara a escola ainda muito novo e se perguntou como ele teria conseguido comandar o Fianna Fáil na cidade, e se tornado mais poderoso que qualquer político eleito. Por instantes, pensou em perguntar a George, que sempre sabia essas coisas, esquecendo-se de que ele tinha morrido.

"Puxa, Nancy", disse Ned, "como foi que você se meteu nesse enrosco?"

"Veja a data da primeira carta, Ned. George só me deixou dívidas, e a mãe dele foi quem assinou os pedidos. De modo que foram os Sheridan que deixaram o enrosco. George me deixou com três filhos e uma dívida colossal."

Ela nunca pensara em sua situação com tamanha crueza, mas agora tinha consciência de que a sinceridade de suas palavras era mais eficaz que as lágrimas.

"Não existem bens? Um investimento ou economias?", perguntou Ned.

"Nada, a não ser o que há nessa carta."

"Você poderia vender."

"A dívida é maior que o valor da propriedade."

"Certo, mas como é uma dívida com o banco, eles fariam um trato."

"E o que eu faria depois disso, Ned, onde eu iria morar?"
Ele entregou-lhe as cartas de volta.
"E o que você quer que eu faça?", perguntou.
"Diga para eles me darem um tempo."
"Eles quem?"
"Fale para o cara do planejamento e para o cara da saúde me deixarem em paz, e fale a verdade para os negociantes da praça, como diz você. Pergunte a eles se gostariam de me ver na rua, porque é onde eu vou estar. Em vez do lixo, terão a mim."
"Você está pedindo demais, Nancy", disse ele.
Ela estava prestes a lhe dizer que já fora feito antes, mas pensou duas vezes e não disse nada; deu uma de pobre e humilde.
"Bom, eu vou ficar na rua, na beira da estrada, com três filhos pequenos", disse ela, com tristeza.
"Me dê alguns dias", disse ele, "mas não prometo nada. Você devia ter vindo nos consultar antes de abrir a loja."
Nancy não se conteve.
"Mas claro que eu sabia o que você iria me responder."
Levantou-se.
Ao abrir a porta para ela, ele hesitou uns instantes no hall.
"Ainda assim, apesar de todos os percalços", disse ele, "nosso país deslanchou, você não acha? Quer dizer, nós progredimos bastante."
Por alguns dias, Nancy ficou com isso na cabeça, como se fosse a forma de ele lhe dizer que iria ajudá-la. Implícito, aí, pensou ela, estava o fato de Ned e ela terem nascido em famílias que não sabiam coisa nenhuma sobre bancos, advogados ou habite-se, e que agora discutiam abertamente esses assuntos. Tinha de ser um progresso, pensou, sobretudo se fosse possível arranjar alguma coisa.

Uma semana depois, ele veio lhe dizer que poderia ajudá-la, mas que tudo teria de ser feito cuidadosa e silenciosamente. Ela teria de pedir o habite-se e, caso fosse recusado, entrar com uma apelação. Levava um tempo, disse ele, mas não precisaria fechar. Contudo, teria de acatar todas as regras sanitárias. De novo, poderia ir aos poucos e prometer sempre um pouco mais. Tinha de escrever imediatamente para o departamento sanitário dizendo-se disposta a acatar todos os regulamentos. O departamento levaria um tempo para tornar a visitá-la e, aos pouquinhos, Nancy poderia satisfazer todas as exigências. Ele era um sujeito difícil, o funcionário da saúde, disse Ned.

Nesse dia, ela prometeu a si mesma que iria visitar Betty Farrell e pedir desculpas, ou se explicar. Por várias vezes, Betty tinha passado pela vitrine sem dar aquele seu aceno costumeiro. Nancy não precisava mais sacar cheques com eles, uma vez que, com a *chip shop*, tinha muito dinheiro em caixa, mais do que seria seguro. Combinou então um encontro com o gerente do banco e, mais tarde, naquela mesma semana, levou consigo, ao ir vê-lo, em dinheiro vivo, o equivalente a um mês de prestação, prometendo pagar a mesma quantia todo mês, até a dívida ser saldada. No caminho, atravessando a praça, havia preparado um discurso para o sr. Wallace — planejava finalizar dizendo que era pegar ou largar. Em vez disso, a simpatia dele impediu-a de fazer qualquer discurso, e ela simplesmente entregou o dinheiro, que incluía notas sujas e amassadas. Observou-o contar as notas, depois pegou o recibo, apertou a mão dele e saiu.

Aos poucos, ela aprendeu quais eram as horas de funcionamento mais lucrativas, descobriu que poderia vender bastante na hora do almoço, entre meio-dia e duas da tarde, depois fechar até as oito da noite e continuar aberta até que os pubs fechassem, e até mais tarde, nos fins de semana. Perguntava-se como ninguém se dera conta de quanto dinheiro se podia fazer com uma *chip shop*, mas não contou a ninguém, nem mesmo a Birdseye, como eram altos os lucros.

Quando ela lhe disse, porém, que o supermercado era um peso morto e que iria fechá-lo, Birdseye pediu-lhe que esperasse. Tivera uma outra idéia, falou, e voltaria a procurá-la quando tivesse os detalhes.

"Você me ouviu da última vez", disse ele, "e, se tiver bom senso, vai me ouvir de novo."

Quando voltou, uma semana depois, ele lhe disse que deveria fechar o supermercado e abrir uma loja para vender destilados, vinhos, cerveja, cigarros e mais nada.

"Eu tenho vinho para vender aqui", disse ela. "Ninguém nunca olha para as garrafas, a maior parte já azedou, de tanto tempo que está na prateleira. Ninguém compra isso."

"Mas isso vai mudar", afirmou ele. "As pessoas vão começar a tomar vinho, depois passarão a tomar cerveja em casa. Pode acreditar em mim."

Ele lhe enviou um amigo de Waterford, que lhe mostrou os resultados de uma pesquisa de mercado.

"Seja a primeira na cidade", aconselhou ele. "Encha a vitrine com vinhos e cervejas, mais as ofertas especiais, e as pessoas virão feito moscas. Vai dar de dez a zero na venda de presuntada e detergente. A margem de lucro é alta, se você conseguir o atacadista certo. E é um belo negócio limpo. Além disso, não precisará abrir antes das nove da manhã."

Uma vez mais, ela não contou a ninguém, exceto a Nicole, a sobrinha de Mags O'Connor, que, como Nancy descobriu, havia voltado para sempre para casa. Quando a encontrou um dia na rua, disse-lhe que iria fechar o supermercado.

"Nossa, ela vai sentir muito a sua falta. Ela adora as sextas-feiras porque é o dia em que você faz a entrega."

"Diga que eu vou vê-la de todo modo", disse ela. Porém sabia que, a exemplo de sua promessa de ir ver Betty Farrell, era pouco provável que fosse. A essa altura, Betty e Jim Farrell já haviam passado por ela várias vezes na rua, sem falar com ela.

Alguns de seus fornecedores tinham parado de lhe entregar os suprimentos porque ela devia demais. Nancy esperou até faltarem poucos dias para o fechamento do supermercado para contar aos outros. Nenhum deles aceitou receber os mantimentos de volta, de modo que ela pediu ao amigo de Birdseye que levasse os não-perecíveis a um preço irrisório. E, na semana seguinte, com algumas prateleiras novas e luzes mais vivazes, instaladas por outro amigo de Birdseye, Nancy abriu o Sheridan's Off-Licence e encheu a vitrine com ofertas especiais. Já na primeira semana, o movimento foi alto. Catherine parecia preferir a nova mercadoria. Nunca tinha posto vinho na boca, disse, mas gostou do gosto. O atacadista tinha lhe dado algumas garrafas grátis. Um dia, quando Nancy lhe disse qualquer coisa, ela quase sorriu.

"O Natal", disse Birdseye para elas, quando passou de novo para vê-las, "o Natal é quando eles limpam tudo."

Até o final do verão, Gerard já tinha uma boa idéia de quanto dinheiro sua mãe estava ganhando. Na maior parte das férias, ele tinha tomado conta sozinho das vendas do almoço, na *chip shop*, e acabara entendendo melhor que a mãe quais eram os suprimentos necessários, com quanta antecedência encomendá-los e quanto custavam. Enquanto ela mantinha todas as cifras na cabeça — e sabia pelo volume de notas crescendo no fundo da gaveta quanto dinheiro estava ganhando —, Gerard se pôs a anotar tudo, o rendimento diário em sete colunas verticais e as despesas semanais com salários, víveres e outras despesas. Continuou fazendo isso mesmo depois de ter voltado às aulas.

"Você paga imposto sobre tudo o que ganha?", perguntou ele. Ela disse ao filho que pagava, embora nunca tivesse pensado em pagar imposto. Ele franziu o cenho e voltou no dia seguinte dizendo, com a voz do pai, que tinha feito umas perguntas e que ela deveria arranjar um contador. Haviam lhe dito, falou, que Frank Wadding era o homem certo. Ele faria a contabilidade para ela.

"Para quem você foi perguntar?", disse ela. "Espero que não tenha dito nada sobre o negócio com ninguém."

"Só fiz umas perguntas, mais nada. Não disse nada a ninguém."

"Para quem você perguntou?"

"Para alguém que talvez entenda do assunto."

Quando começara a lidar com dinheiro, Gerard havia reparado logo que, pagas as prestações do banco e do Credit Union, uma grande parte dos lucros sumia. No dia em que ele falou disso com a mãe, num tom quase acusatório, ela se arrependeu de ter-lhe dado tanta responsabilidade. Não tinha escolha, agora, a não ser contar ao filho que a casa onde moravam e tinham seus negócios fora novamente hipotecada e que, apesar do dinheiro que agora entrava, eles estavam afundados em dívidas. Quando Gerard perguntou os números exatos, ela percebeu que o filho tinha ignorado completamente tudo pelo que ela passara e o esforço que fizera. Estava ocupado contando.

A mesa do contador era grande demais para seu tamanho; ele anotou tudo num bloco e depois considerou os números em silêncio, meneando a cabeça como um velho.

"Algumas coisas estão bem claras, de qualquer modo", disse ele, por fim. "Os empréstimos terão de ser reestruturados para que os juros possam ser deduzidos do imposto, e a senhora vai ter que abrir uma companhia limitada e pagar um salário para si. E acho melhor tirar aquele dinheiro de casa o mais rápido possível."

Escreveu cada um dos pontos tão logo os mencionava.

"E vamos ter que ficar em contato o tempo todo, digamos uma vez por semana, pelos próximos meses, para que suas contas possam ser postas em ordem. A se julgar pelo que me apresentou, a senhora tem um negócio valioso."

As meninas não tiveram o menor interesse nem pela loja de bebidas, que vendia bebidas para consumir fora da loja, nem pela *chip shop*, que vendia peixe empanado e fritas. Já o interesse de Gerard nos dois empreendimentos era tão intenso que, durante o ano letivo, Nancy teve de proibi-lo de trabalhar com ela, a não ser aos sábados. No entanto, como o domínio de Gerard sobre os números era muito melhor que o dela, suas contas semanais meticulosamente anotadas, ela o deixou preparar os números que seriam dados ao contador e tratar com o banco, para deleite do sr. Wallace.

"Aquele seu filho Gerard", disse ele a Nancy, num dia em que se encontraram na praça, "vai ser um milionário antes dos vinte e um anos."

Quando ela lhe pediu um talão de cheques, no encontro seguinte, ele concordou imediatamente.

As vendas principais aconteciam nas noites do fim de semana. Quando os *pubs* e as discotecas fechavam, formava-se um aglomerado no balcão, com três ou quatro camadas de gente, à espera do peixe com fritas e dos hambúrgueres. Ela trabalhava tanto quanto as duas moças que empregava e, por mais bêbado ou impaciente que estivesse seu freguês, ela continuava educada e simpática. Adorava tirar dinheiro deles, gostava de lidar com as moedas e notas, e isso era uma coisa que nunca sentira no supermercado, o zelo em volta da caixa registradora. Alguns fregueses eram barulhentos e outros estavam tão bêbados que ou iriam abandonar o peixe e as fritas em algum parapeito ou vomitar na praça Monument. Ela pegava o dinheiro e sorria para eles.

Mas as queixas sobre o lixo e o vômito persistiram, e ela decidiu limpar a praça Monument ela mesma, depois de fechar a *chip shop*, levando uma caixa para recolher o lixo e, depois, um balde de água com sabão para esfregar o vômito. Mesmo que fizesse isso em silêncio, às três da manhã, todo mundo na praça tomou conhecimento, e ela soube que alguns deles se arrependeram de tê-la criticado.

Aos poucos, as pessoas da praça, aqueles que tinham lojas, começaram a entender o quanto ela estava se saindo bem. E correram boatos também, com a ajuda de Ned Doyle, acreditava ela, do volume da dívida que ela herdara. As pessoas pararam de se queixar. Ned Doyle apareceu um belo dia e lhe disse que ela era admirada por todos por manter o negócio funcionando para Gerard.

Quando Nancy via Gerard trabalhar num sábado, ou fazer a contabilidade, dava-se conta de que ele imaginava que, com o tempo, iria herdar o negócio, assim como o próprio pai tinha herdado o negócio da avó. Isso explicava, pensou ela, o motivo de o seu boletim de Natal ter vindo com queixas de cada professor. Gerard acreditava que não precisava prestar atenção na aula de ninguém.

Sentia remorso, agora, de não ter contado a Gerard desde o começo qual era seu plano, o que lhe vinha à mente toda vez que registrava uma quantia na caixa registradora da *chip shop* ou depositava os proventos da loja de bebidas. A vida toda tinha estado à mostra para o público; desde quando a mãe tinha uma vendinha, todo mundo pudera olhá-la de boca escancarada o tempo que quisesse, ou passar por ela sem prestar a menor atenção. Nancy sonhava agora com Dublin, as longas avenidas com árvores dos dois lados e as muitas e muitas casas quase escondidas. Em Goatstown, Stillorgan e Booterstown, ninguém cumprimentava ninguém com aquele misto de familiaridade e curiosidade dali, sempre que alguém botava o pé na porta para sair. Ninguém sabia sobre ninguém, ninguém se sentia no direito de se aproximar de alguém para conversar. Eram apenas pessoas comuns que viviam em casas. E era isso que ela queria, era para o que trabalhava, para se tornar como eles. Pagar suas dívidas, economizar bastante dinheiro e depois vender tudo e partir para Dublin, onde ninguém saberia nada sobre ela, onde ela, Gerard e as meninas seriam apenas pessoas numa casa. Sonhava com uma vida em que ninguém iria parar à sua frente com dinheiro na mão e exigir sua atenção.

No dia em que, logo depois do Natal, foi a Dublin com as filhas para que pudessem aproveitar as liquidações e passar o dia zanzando entre a Switzer's e a Brown Thomas, Nancy reparou que tinham ambas ficado mais altas e que precisavam de tamanhos maiores para tudo. Ficou espantada com o inesperado disso, como se elas tivessem crescido no carro, no trajeto até a cidade. Quando elas surgiram do provador usando roupas novas, elogiou-as e fez com que se virassem, examinou os preços e os ajustes que seriam necessários — percebeu, então, que não tinha olhado para as filhas nos últimos seis meses. Perguntou-se se, quando voltasse para casa, iria encontrar Gerard crescido também, sem que ela tivesse reparado.

Gerard continuou fazendo pé firme em sua decisão de não estudar, apesar do toque de recolher que impôs a ele e de tê-lo proibido de pisar na *chip shop*. Ele não crescera, mas desenvolvera uma forma de andar só dele, um andar meio caído e confiante que ele executava melhor com as mãos no bolso. Começou a falar com as pessoas, até mesmo gente com três vezes a sua idade, de uma forma quase descarada e bastante familiar. Nancy sentia uma imensa ternura por ele ao vê-lo tentar se tornar alguém na cidade.

Ela procurava ter um almoço normal com os filhos quando eles voltavam para casa, à uma hora, e deixava as moças que contratara fazendo todo o serviço na *chip shop*; só reaparecia depois que os filhos iam para a escola de novo. O problema era o que fazer depois das três da tarde. Nunca precisavam dela na loja de bebidas, onde Catherine passava a entender cada vez mais de vinhos; não era difícil encontrá-la cheirando e girando o vinho no fundo de uma taça. Com os atacadistas, Catherine organizara um curso de vinhos no hotel que se tornara bem conhecido. A Nancy, só queria saber de falar de certa variedade de vinho francês recém-chegado, ou da inferioridade, na opinião dela, do Blue Nun. Nancy estava farta disso, mas aumentou o salário de Catherine, já que as vendas tinham crescido.

Assim, tirava uma soneca durante a tarde. E seu sono, pensava, devia ser tão profundo quanto o sono dos mortos, pesado e sem sonhos. Quando escutava os filhos chegando da escola, prometia a si mesma que iria dormir só mais meia hora, não mais que isso. Mas mesmo com a chegada da primavera, ainda ficava na cama até as seis da tarde e achava difícil se livrar do puro prazer pesado das poucas horas de olvido que acabara de experimentar. Odiava ter de abrir a *chip shop* de novo às oito da noite, e achava os fins de semana quase insuportáveis. No entanto a idéia do dinheiro entrando a mantinha funcionando.

Frank Wadding, o contador, continuou lhe dando conselhos. Notando o aumento de lucros da loja de bebidas e a renda constante que vinha da venda de fritas, disse a Nancy que ela já tinha o suficiente para liquidar as dívidas em dois anos, e o suficiente também, acrescentou ele, para que ambos os negócios se tornassem muito valiosos, caso ela quisesse vendê-los ou pedir empréstimo com base neles. Quando ela lhe perguntou quanto exatamente eles valiam, o contador hesitou e disse que não poderia dar um valor exato, mas, pressionado, fez uma estimativa por alto. Ela se deu conta de que, se vendesse o negócio, poderia pagar o banco e o Credit Union e comprar uma casa em Dublin sem ter de trabalhar nem mais um dia.

No verão seguinte, Gerard cobriu as férias de Catherine, na loja de bebidas, e das moças da *chip shop*. Ao final das férias escolares, ele já tinha elaborado, com Frank Wadding, um sistema de contabilidade mais sofisticado para pagar menos imposto e um jeito mais eficaz de lidar com dinheiro vivo. Como ele tinha de voltar à escola, Nancy sugeriu que o filho se concentrasse em contabilidade. Ele deu de ombros e respondeu que já sabia tanto de contabilidade quanto queria.

Nancy notava, com estranheza, quão pouco George era mencionado nas conversas, agora. Ela sabia que, pouco mais de um ano antes, todas as pessoas que a viam na rua sentiam pena e às vezes evitavam olhá-la para não ter de se mostrar solidárias mais uma vez, atravessar a rua para cumprimentá-la e perguntar como ela estava. Agora, era a mulher que tinha uma *chip shop* e uma loja de bebidas, um carro novo e roupas chiques. Suas filhas podiam ter tudo que quisessem, e o filho, ainda que só tivesse dezesseis anos, começara a usar terno.

Porém, apesar do dinheiro, nada podia fazer sumir aquele cheiro de fritura que se espalhava pela casa toda, até os quartos. Ela fez de tudo, instalou novos exaustores, pôs uma nova porta no fim da escada, mandou pintar a casa toda. Quando se queixou para Birdseye, que continuava interessado em seu bem-estar, ele lhe disse que ela estava pagando um preço muito baixo. Mas, quando as filhas começaram a cheirar as roupas antes de ir para a escola e decidiram usar apenas roupas recém-saídas do tintureiro para passear com as amigas, a questão ficou séria.

Foi Gerard quem lhe contou, quase com orgulho, que as irmãs eram chamadas de Fritas pelas colegas de classe e pelos meninos da escola dele. Quando Nancy perguntou às filhas, elas coraram e não disseram nada, culpando Gerard por ter contado. Disseram que era difícil sentir o cheiro de fritura em si mesmas, mas que todo mundo sentia. Quando a mãe perguntou se elas se incomodavam, elas deram de ombros. Ficou óbvio para ela que as filhas estavam mortificadas.

Na sua cabeça, já havia vendido os dois negócios e a casa em cima. Já tinha saldado as dívidas e comprado uma casa em Booterstown, onde ninguém os conhecia e onde nunca mais usaria óleo para fritar nada. Teria um jardim com rosas e lavanda, pensou. Tudo o que fazia, agora, era economizar dinheiro; cada centavo seria posto no banco e serviria para cobrir as despesas por um ano ou dois, quem sabe mais, até ela achar emprego.

Em novembro, Gerard voltou para casa no meio da manhã, na hora em que Nancy estava fazendo pedidos ao telefone. Ele estava usando um terno e parecia muito mais velho que sua idade. Pôs a mala da escola no chão.

"Eu não vou mais precisar disto aqui. Falei para o Mooney ir se foder, e aí eles chamaram o padre Delaney, e eu falei para ele ir se foder também. Mandei todo mundo se foder. Pode apostar que eles vão vir lhe fazer uma visita, mas para lá eu não volto mais, e ponto final."

Nancy viu que ele estava prestes a chorar.

"Gerard, você vai voltar para a escola, sim", disse. "E eu não quero mais ouvir palavrão nesta casa."

"Claro, mas isso não é o que a gente ouve todas as noites da semana?"

"É, e está pagando sua educação, mas eu não quero ouvir palavrão nesta casa."

"Que bela educação!", exclamou ele.

"Bom, se você quer ir para o internato, pode ir, mas vai ter que fazer isso em outro lugar."

"Eu não vou a lugar nenhum. Para mim, a escola acabou." De repente, ele se tornara firme.

"Bom, mas não vá pensando que vai poder trabalhar aqui. Este negócio é meu e eu não quero você."

"Você não vai saber dirigi-lo sem mim", disse ele.

"Então observe, só observe", disse ela.

No fim, Gerard pediu desculpas à escola e durante uns poucos meses reinou uma paz desconfortável entre todos, interrompida apenas pelo boletim do Natal, quase tão ruim quanto o do ano anterior.

"Mas a senhora não acha que tem sorte de ter um filho assim?", perguntou Birdseye, quando ligou para ela. "Ele vai dar pulso firme ao negócio. Está no sangue. Lembro da avó dele, era uma negociante de verdade. E a senhora vai poder descansar, tirar férias e tudo o mais."

Ela se imaginou confinada, uma velha senhora atribuindo importância a coisas insignificantes num lugar onde ninguém a queria. Ou isolada numa casa no interior, ou num pequeno carro na entrada asfaltada, sem nada o que fazer o dia todo, enquanto Gerard, agora casado e com responsabilidades, espicaçado pela mulher, explicava à mãe que precisava transferir os negócios para o nome dele, para poder continuar trabalhando ali. Nancy achava que o cheiro de óleo de fritura iria com ela para o túmulo.

Por toda a cidade acontecia o mesmo, negócios passados de

uma geração à outra e os filhos, assim que iam para a escola, plenamente cientes de sua herança. Aprendiam a ficar atrás do balcão sem nervosismo ou timidez, a abrir a loja pela manhã com calma e orgulho. Já no final da adolescência, acomodavam-se aos ritmos da meia-idade.

Ela reparou que Gerard se desfizera de quase todos os amigos de escola e que isso parecia fazê-lo mais alegre, quase extrovertido. O que ele mais gostava era de cruzar com outros donos de loja e parar para conversar, fazer piadas, trocar zombarias, discutir um novo empreendimento ou alguma notícia. Ela sabia que essa personalidade era frágil e inventada. E que iria endurecer com o tempo; com o correr dos anos, Gerard cresceria e se tornaria ele mesmo.

Nancy observou o filho. Da janela do quarto, numa tarde de final de primavera, ela o acompanhou quando saiu da loja, aonde fora deixar a mala da escola, e atravessou a praça sorrindo para todo mundo. Era um rapaz aberto e sociável, que se sentia em casa ali. Reparou em Dan Gifford saindo de sua loja de artigos elétricos; viu quando Gerard também reparou em Dan e fez uma linha reta até ele. Enquanto os dois começavam a conversar e rir, ela viu Gerard pôr as mãos nos bolsos e empinar a barriga. Sua fisionomia era a de alguém à vontade, esperto, levemente galhofeiro.

Ao começar a se vestir e se preparar para o trabalho da noite, sabia que a próxima batalha seria a mais dura, porém não tinha a menor dúvida quanto a sua determinação. Dentro de um mês ou dois, mandaria pôr a placa de "Vende-se" na sua propriedade da praça Monument. Estava pronta, pensou, para um novo começo.

Um sábado, antes que o movimento aumentasse na *chip shop*, ela contou aos filhos que estava vendendo tudo e que eles se mudariam para Dublin. Tentou não ser muito precisa quanto à data em que iriam vender, ou quando iriam para Dublin, mas fez questão de dizer que todos teriam de freqüentar novas escolas, o que, pensou ela, talvez os fizesse entender que aquilo era para valer. As meninas fizeram várias perguntas sobre onde iriam viver e o que fariam. Nancy tentou ser bem objetiva com elas, para que acreditassem que estava com tudo planejado. O rosto de Gerard foi ficando vermelho, mas ele não disse nada. Mais tarde, quando veio ajudar na loja, comportou-se como se não tivesse acontecido nada de anormal.

As meninas fizeram piadas sobre a mudança e perguntaram mais coisas, nas semanas que se seguiram. Descobriram quais escolas havia, escreveram para uma delas, só feminina, e receberam uma brochura pelo correio. Gerard não fez menção à mudança e calava-se, com ar soturno, toda vez que o assunto era mencionado na frente dele. Nancy percebeu que ele não tinha contado a ninguém porque não tinha a quem contar, já que não era mais muito próximo dos colegas de escola e não tinha intimidade suficiente com nenhum dos negociantes da cidade, a quem tanto admirava.

Nancy encontrou-se com Frank Wadding algumas vezes e deixou para ele a tarefa de conseguir o leiloeiro certo para avaliar a casa. Ficou aliviada quando o leiloeiro apareceu numa hora em que Gerard estava na escola, embora soubesse que seria melhor se ela tivesse permitido que o filho visse o homem, que anotava as medidas da casa. Naquela noite, enquanto jantavam, descobriu que não poderia contar aos filhos sobre a visita do leiloeiro. Seria uma forma de torturar Gerard, que ainda se comportava como se os planos de mudar para Dublin não existissem.

Algumas semanas depois, também num sábado, bastou Gerard entrar em casa para ela perceber que alguém lhe contara que a mãe iria de fato vender o negócio. Gerard parecia à beira das lágrimas e quase não comeu. Todo o gingado tinha desaparecido. Saiu cedo da mesa. Quando estava sozinha na cozinha, as filhas já no quarto, ele apareceu na porta e parou indeciso na soleira.

"Eu não vou poder trabalhar hoje", disse ele, em voz baixa.

"Tudo bem, Gerard." Ela se virou e sorriu para ele. "Tem as duas ajudantes e eu, de modo que é mais que suficiente."

Ele nunca tinha faltado uma noite, depois que se comprometera com o trabalho.

"Está todo mundo falando sobre a gente vender", disse ele.

"É mesmo?"

"Eu achei que estivesse brincando, que só falava em vender para a gente estudar mais, sobretudo eu", disse ele. "Me fazendo sentir que as lojas não estariam aqui esperando por mim. Não me passou pela cabeça que estivesse falando sério."

"Quem é que está falando sobre a venda?"

"Eu encontrei um bando de caras, depois da hora de os pubs fecharem. 'Sua velha está vendendo tudo', aquele cara, o Fonsey Nolan, não parava de berrar. 'Você vai ter de pagar as próprias fritas, daqui em diante'."

"Não liga para ele, não."

"Por que temos que ir para Dublin? Por que estamos mudando?", perguntou Gerard.

"Acho que é um lugar melhor para viver, onde você não vai ser abordado por um grupo de idiotas", disse ela. "E tem muito mais oportunidades lá, para todos nós."

"Não para mim", disse Gerard. "Não há nada lá para mim. Eu pensei que você estivesse brincando."

"Não pensou, não. Você está dizendo isso só por dizer."

"O que nós vamos fazer lá?"

"Você vai obter um bom certificado de conclusão de curso, assim como as meninas, vocês três vão fazer faculdade e eu vou conseguir um emprego."

"Eu não tenho a menor intenção de fazer faculdade", disse ele.

"Será uma ótima chance para você."

"Será que você não ouviu o que eu disse? Eu não tenho a mínima intenção de fazer faculdade. Eu odeio estudar. O que me diz disso?"

"Vamos ver", disse ela.

"Não vamos ver nada", retrucou ele.

"Você não pode trabalhar aqui pelo resto da vida", disse ela. "Isto aqui não é negócio para alguém da sua idade. Você tem que ir a outros lugares, ver um pouco do mundo."

"E não ter nada para onde voltar?"

"Quando tiver mais idade, vai me agradecer por isso."

"Bom, eu posso lhe dizer agora mesmo que jamais vou lhe agradecer. Garanto isso desde já. Agradecer porque não vou pertencer a lugar nenhum, não vou ter um lugar meu, não vou ter nada? Essa é muito boa, de fato!"

Ele ainda estava prestes a chorar.

"De qualquer maneira", continuou, "você não pode vender isto aqui. Foi deixado para nós."

"Não, senhor, isto aqui é meu", afirmou Nancy.

"Meu pai...", começou ele.

"Não me venha com essa", disse ela. "Não me venha com essa, Gerard."

"Se papai soubesse o que você ia fazer."

"Eu falei para você não começar."

"Nossa, como ele deve estar nos menosprezando!", exclamou ele.

"Preciso ir trabalhar agora", disse ela.

"Meu Deus, se o papai visse você agora!"

Nancy passou pelo filho e encontrou as duas moças que trabalhavam na *chip shop* já com a mão na massa, o primeiro óleo da noite quase quente. Ela lhes disse que voltaria em breve e saiu para a praça.

De início, não sabia aonde iria. A maior parte das lojas estava fechando e o trânsito seguia lento. Descobriu-se indo de uma vitrine para outra, em todas as lojas, de início examinando o que havia à venda, como forma de se distrair, mas, depois, mais que outra coisa qualquer, reparando em seu próprio reflexo no vidro, diferente a cada vez, dependendo de a vitrine estar iluminada ou às escuras. Olhou para si como se para uma estranha, para alguém que a fitasse de volta, sem simpatia nem alegria, um olhar quase hostil. Esse olhar a deixou calma, mas continuou indo de vitrine em vitrine, a loja de roupas, o açougueiro, a banca de jornal, todos lugares conhecidos, e seu rosto conhecido também, ficando mais brando, mais relaxado a cada vitrine que passava. Daria uma volta pela cidade toda, pensou, como se nunca mais fosse ter essa oportunidade. E na segunda-feira mandaria pôr a placa dizendo que os dois negócios estavam à venda. Estava segura, pensou. Podia ir para casa agora e começar o trabalho da noite. Seria, imaginava ela, uma noite movimentada, sobretudo mais tarde. Precisaria de toda a sua energia.

"Famous blue raincoat"

Lisa reparou que uma das caixas de discos antigos guardadas num canto da garagem tinha sido deslocada para o lado, deixando um quadrado de cimento descorado na parede. Perguntou a Ted se ele mexera nos discos, mas ele deu de ombros e respondeu que tinha até esquecido que as caixas estavam ali.

"Também não servem mais para nada", disse. "A agulha do toca-discos gastou e acho que não tem como substituir."

"Não importa", retrucou ela.

Quando Luke chegou da escola, passou-lhe pela cabeça perguntar se ele sabia alguma coisa sobre a caixa, mas às vezes o filho era meio difícil, sobretudo quando achava que estava sendo criticado ou acusado de algo, de modo que não tocou no assunto. Pôs a caixa de volta no lugar e passou os dias seguintes trabalhando no quarto escuro, revelando velhos negativos para o novo scanner que fora instalado para ela no quarto de hóspedes. Em breve o líquido e o velho processo de revelação se tornariam obsoletos, e esse espaço escuro e concentrado não seria mais domínio seu, forçando-a a viver na claridade. Esperava poder adiar esse dia o máximo possível.

Agora trabalhava para o Sindicato dos Empregadores sempre que precisavam de fotos de entrevistas coletivas e de festas, mas era mais conhecida pelo trabalho durante a fase áurea da música folk e primórdios do rock de Dublin; suas fotos de Bob Geldof como um astro rebelde e, mais tarde, de Bono como um belo e tosco adolescente ainda apareciam regularmente nas revistas do mundo todo.

Dias depois, ela reparou que alguns discos tinham sido tirados da caixa e largados de lado. Então Ted contou que Luke e um amigo haviam começado a gravar CDs, e talvez tivessem pegado alguns discos velhos para executar o projeto. Ela sorriu consigo mesma ante as correntes paralelas que circulavam pela casa, disco transferido para CD, negativo para disquete. A idéia deixaria Luke horrorizado, já que ele não ouvia sugestões e não seguia o exemplo de ninguém, que dirá da mãe que, com mais de cinqüenta anos, pensou ela, devia lhe parecer uma velha. Mais tarde, quando se lembrou dos LPs, foi até a garagem e examinou as velhas caixas, olhando rapidamente para os discos que Luke tinha separado, imaginando por que ele havia pegado tão poucos e deixado antigos clássicos intocados. Levantou-se, contudo, quando percebeu o que faltava nas caixas e na pilha separada, o que o filho estava procurando. Estremeceu e afastou-se.

Depois que Luke foi dormir, contou a Ted que encontrara os três LPs, os que tinham sido tirados da caixa, no quarto do filho, o primeiro com uma fotografia sua e da irmã e os outros dois com a banda inteira, os quatro integrantes. Os anos em que viajara e cantara com a banda eram raramente mencionados na família, até que ela própria quase acreditou que durante o tempo todo só havia tirado fotos. Sabia que era fácil, mesmo em Dublin, tornar-se uma outra pessoa, mudar para um bairro mais distante e não ver mais ninguém da época em que era cantora, exceto numa fila de ônibus, no aeroporto ou numa reunião de pais e mestres, e então não era difícil acenar, sorrir e fingir que se passara tempo demais para que intimidades ou amizades dos velhos tempos tivessem alguma importância ou significado.

Ted olhava o mundo com tolerância e brandura. Não gostava de problemas, assim como outros não gostavam de mau cheiro ou de uma dor aguda. Sabia que Ted daria um sorriso e balançaria a cabeça se ela dissesse que não queria ouvir nem a própria voz nem a da irmã, que não queria ouvir a banda nunca mais, se conseguisse evitar. E que, portanto, os dois teriam de achar um jeito de explicar a Luke que ele podia gravar o que quisesse das caixas de LPs, exceto músicas da banda de sua mãe.

"Quando explicar a ele", disse Ted, "quem sabe você me explica também."

"Você sabe perfeitamente", retrucou ela.

"Nós não podemos simplesmente dizer a ele para botar os discos de volta", retrucou o marido.

Quando, no sábado de manhã, Luke pediu-lhe dinheiro, ela passou um longo tempo procurando na bolsa e mexendo na carteira. Pensou em lhe dar mais que o dinheiro de hábito como forma de fazê-lo escutar sem ficar irritado, mas se deu conta de que seria um erro. Perguntou-lhe se ele tinha ouvido os discos.

"São fantásticos", disse ele. "Posso colocá-los em dois CDs."

Sua expressão, ao falar isso, era animada e inocente.

"O pai de Ian Redmond tem um deles, de modo que esse eu já escutei um montão de vezes, mas nunca tinha escutado os outros."

"Você nunca me disse nada a respeito", disse ela.

"O papai falou que você fica constrangida com os discos,

mas não tem por quê, embora o som do primeiro seja mais ou menos. Mas você até que não se saiu mal."

"É muita bondade sua me dizer isso."

"Falo sério. Você não era nenhuma Janis Joplin ou coisa parecida, mas era original. Quer dizer, para a época."

"Obrigada, Luke."

"Não sei por que você parou."

"Para ter você, Luke."

"Não, não", discordou ele. "Eu conferi as datas. Você parou muito antes de eu nascer."

Ela o encarou por um segundo, sustentando o olhar do filho, que tinha se tornado mais masculino e confiante enquanto falava. Entregou-lhe uma nota de vinte euros.

"Obrigado", disse ele. "Até o próximo fim de semana eu termino; assim que o pai do Ian deixar a gente usar o *burner*."

"Acho que eu não quero ouvir, Luke."

"Você não se saiu assim tão mal. Juro. Devia escutar algumas das coisas que o pai do Ian toca, como os Irish Rovers e os Wolfe Tones."

Ele sorriu para ela, pegou o casaco e saiu, gritando um último adeus enquanto fechava a porta.

A banda fez uma temporada fantástica, mas não havia registro nenhum, pensou. Talvez houvesse uma ou outra foto para mostrar como eram jovens e alegres, e algumas lembranças de gente que estava na platéia. A banda, comentou um articulista no ano em que chegaram à cena inglesa, era melhor que os Pentangle, tão boa quanto os Steeleye Span e a caminho de passar na frente do Fairport Convention. Isso acabou se tornando um mantra para eles, algo que os fazia rir. Jantares, *roadies* e as cidades inglesas, tudo era classificado em termos parecidos.

Foram a banda de apoio de todos aqueles grupos, e Lisa lembrava com carinho o tempo em que um dos *roadies* da banda tinha sido seu namorado. Aos poucos, porém, foram alcançando o topo da lista, e o álbum que poderiam ter gravado no final daquela primeira temporada de shows teria sido o melhor, pensou ela, teria feito a fama da banda. Se alguém tivesse gravado a banda ao vivo na primavera e verão de 1973, pensou ela, o disco não teria constrangido ninguém.

Elas tinham começado em Dublin, duas irmãs cantando, Julie com sua voz e seus sentimentos profundos, Lisa com uma voz mais fina, mais aflautada, sempre dependente das diretrizes da irmã, apesar de ter um alcance e uma flexibilidade maiores, uma inteligência musical mais vibrante. Estranho como eram diferentes, como Julie se mantinha à parte, detestando os flertes e as associações fáceis; ela tornou-se exímia em sumir para seu quarto assim que a verdadeira energia da noite enchia de anseios todos os outros.

Julie era muito prática em questões de dinheiro; quando a banda foi formada, mais tarde, ela planejou as turnês e os custos; era ambiciosa e guardava rancor. Lisa, apenas dois anos mais nova, levava tudo na brincadeira. Não sofria tanto com cólicas e tensões menstruais, que em Julie causavam depressão, irritabilidade e até uma mudança súbita no timbre de voz.

Foi Julie quem saiu atrás dos dois cantores masculinos, arrastando a irmã a clubes e *pubs* onde havia música, examinando os jovens candidatos como uma especialista em raça olharia uma corrida de cavalos. Julie explicava que não sabia o que estava procurando, mas que não era glamour — não queria um bonitinho qualquer, não queria camisa pólo branca, gente exalando Brut e muito menos carinhas sorridentes, dizia.

"Não me importo nem se o cara for malcheiroso", disse ela. "A gente resolve isso rápido."

Phil, o primeiro novo integrante da banda, era óbvio. Vinha de uma família de músicos; aos vinte e um anos de idade, parecia saber um número infinito de músicas e variações de músicas. Não tinha uma grande voz, mas na guitarra era ágil e original. Elas perceberam que possuía um jeito de mudar uma canção, de mexer num tempo, de variar um acorde, e que sabia trabalhar com a voz delas como arranjador, além de entender mais de sistemas de gravação que qualquer outra pessoa que conheciam. Mas foram os sapatos que levaram Julie a uma decisão. Estava claro que ele era dono daquele par, e só daquele par, fazia anos, e que nunca, pelo visto, se preocupara em dar uma engraxada neles.

Shane, o segundo novo integrante que completaria a banda, era meio improvável. Nascera na Irlanda do Norte. Seu sotaque, segundo Julie, era nauseabundo. Detestava música folk, disse, mas adorava blues e jazz. Só freqüentava os círculos folk, segundo ele, porque gostava de beber. Tinha uma voz aguda, sabia cantar em irlandês, tocava bandolim e *bouzouki*, mas dizia que desprezava os dois instrumentos. Não fez o menor esforço para conquistar as irmãs, embora estivesse louco para pegar o emprego, e isso foi o suficiente para Julie. Ela insistiu que o cabelo ensebado e as roupas molambentas ajudaram na decisão. No primeiro ensaio que tiveram, Shane informou aos outros três que entrara na banda para combater a tendência deles de cantar feito Peter, Paul e Mary.

Começaram a trabalhar numa sala de cima numa travessa da rua Molesworth. Os dois novos integrantes da banda simpatizaram um com o outro, mas só falavam de música, ensaiando novas aberturas, escolhendo repertório, marcando compasso e andamento como se Julie e Lisa não estivessem ali, e, aos poucos, ajeitando tudo para elas, de modo que, no fim, tudo levasse à voz das duas. Os quatro costumavam beber no Kehoe ou no

Lincoln, depois de se apresentarem, mas nunca por muito tempo. Os rapazes sempre tinham algum outro lugar para ir. Naqueles primeiros meses, enquanto se preparavam para o primeiro concerto e a primeira gravação, não se tornaram amigos.

Julie e Lisa trabalhavam as harmonias por instinto, usando o método de tentativa e erro. Embora ambas tivessem estudado um pouco de piano e aprendido rudimentos de teoria musical, nunca usavam nada disso nas canções. Agora viam que seus dois novos colegas sabiam o nome de tudo ao fazer o arranjo das músicas. Shane acabou mostrando que conhecia profundamente todo um corpo de trabalhos que, ainda assim, ele insistia, desprezava — músicas de Tim Hardin, Tom Paxton, Joni Mitchell e Leonard Cohen. Às vezes pegava uma das canções mais doridas de Cohen, ou então uma das mais tolas de Joni Mitchell, e exagerava suas piores qualidades ao som do bandolim.

Depois perceberam que ele também conhecia música clássica.

"Foram os ingleses", disse ele num sotaque ainda mais pronunciado da Irlanda do Norte. "Eles nos ensinaram tudo o que havia. Vocês aí do Estado Livre não sabem de nada."

Encontraram-no dedilhando uma música no bandolim, primeiro devagar, melancólico, depois em ritmo acelerado. Era uma melodia que não reconheceram. Pararam e ficaram vendo Shane encurvado na cadeira, ciente agora de estar tocando para um público, oferecer variações repentinas antes de voltar para a melodia lenta e evocativa que haviam escutado no início.

"É só uma musiquinha de nada", explicou ele, pondo o bandolim de lado.

"A gente sabe disso", disse Julie, "mas o que é?"

"Só uma música que eu achei."

"Com letra?"

Ele ergueu os olhos para ela, sério.

"Você quer que eu cante?"

"É para isso que pagamos a você", disse Julie.

Lisa e Phil recuaram quando Shane começou a tocar de novo, dessa vez mais incerto de si, como se estivesse tentando experimentar as cordas e achar formas diferentes de entrar na melodia. Quando se pôs a cantar, Lisa percebeu que era uma música clássica.

Foi só no segundo verso que ele deixou o modo clássico, parou de soar como menino de coro de igreja e começou um *riff* com a melodia, cantando com sotaque americano e com um tom lento e sombrio de cantor de blues. Às vezes o bandolim não o acompanhava e ele parava de tocar; outras vezes, esticava demais o tom, parava de cantar e tentava recapturar a melodia no instrumento.

"Você não quer me dar o bandolim", perguntou Phil, "e tentar a guitarra?"

Shane acenou que sim, entregou-lhe o bandolim, atravessou a sala para pegar a guitarra e afiná-la. Até estar pronto, Phil já tocava a melodia exata, mas conseguira, de alguma forma, e de um jeito que Lisa não entendia, fazer soar como música irlandesa. Começaram a tocar juntos, em busca de um tom, observando-se por vezes enquanto lutavam para achar um andamento. Shane começou a cantar novamente, dessa vez com mais simplicidade, como se quisesse fazer valer as palavras.

"Quem escreveu a letra?", perguntou Julie, quando eles terminaram.

"Händel", disse Shane.

"O mesmo Händel de O *Messias*?", perguntou Julie.

"É."

"Ele já morreu e não deixou nenhum parente vivo", disse Phil, "de modo que não vai se importar se a gente fizer gato e sapato da música dele."

* * *

Essa foi a música que cantaram no *The Late Late Show* e que virou a canção-tema da banda. Para o primeiro álbum, acrescentaram novas versões de músicas irlandesas e versões irlandesas de músicas modernas, incluindo uma execução em harmonia a quatro partes de "Lady Madonna". Para o segundo álbum, assinaram contrato com uma pequena companhia britânica de discos. O som que eles faziam era novo, porém mais próximo do que ocorria na Inglaterra; na Irlanda, o trabalho deles era híbrido demais para ser considerado respeitável e não suficientemente na moda para se tornar popular. Assim, passaram a tocar em clubes ingleses, apresentando-se onde quer que fossem convidados, viajando estrada afora e dormindo em hotéis baratos. Passados os primeiros seis meses, Julie concordou em dividir os ganhos e aceitou que as decisões futuras fossem tomadas pelos quatro, pelo menos em tese. Na prática, tudo era decidido por Julie e Phil.

A maior parte do tempo, cantavam num microfone só. Eram totalmente dependentes um do outro no palco, e, mesmo com todos os ensaios, para que as músicas ganhassem vida era preciso dar espaço ao acaso. Cada um deles tinha de se concentrar tremendamente, ouvir com cuidado e estar pronto para reagir. Em geral, eram levados pelo estado de espírito de Julie, porque a voz dela era a mais forte e quase sempre aquilo que as pessoas tinham ido escutar. Lisa nunca se incomodou com o fato de ser pouco notada. Quando encontraram uma música solo para ela, sentiu-se constrangida de estar sob os holofotes e sempre ficava satisfeita quando terminava.

Phil era mais estável que Shane, ninguém nunca o via de mau humor, seu estado de espírito não mudava nunca. Uma namorada o visitava regularmente; era de uma cidade vizinha à sua. Ele nunca fazia menção à moça, mas quando ela aparecia dava-lhe total atenção, mesmo nas horas mais cruciais, como depois de um show, quando havia distrações demais. Shane, Lisa percebia, se apaixonava e se desapaixonava por moças que já tinham namorado, eram casadas ou não estavam disponíveis. Uma ou duas curtiram os bastidores e as festas, mas pelo visto acharam a perspectiva de ficar a sós com Shane bem menos sedutora. Os baixos amorosos de Shane pareciam os períodos menstruais de Julie — eram captados pelo microfone e imediatamente transmitidos para os outros, que tinham a obrigação de compensar suas falhas, ou apareciam em *riffs* e mudanças brilhantes de registro que era preciso acompanhar.

Assim que o segundo e mais sofisticado álbum foi lançado, viram o aceno de um pequeno sucesso. Estavam quase na moda, sobretudo com as músicas cantadas em irlandês, que, como Lisa lembrou, as audiências inglesas pareciam adorar. Foram chamados de banda contemporânea e não de banda folclórica. Até mesmo o DJ John Peel aprovou e tocou uma faixa do álbum em seu programa de rádio durante alguns sábados. Alan Price também tocou uma faixa em seu programa. Eram uma banda *cult*, mas havia a possibilidade de se tornarem populares. Precisariam de uma música certa, um pouco de sorte e, como alguém sugeriu, gerenciamento, mas Lisa sempre soube que Julie nunca conseguiria trabalhar com um empresário.

A música que quase os transformou em astros era a mais detestada por Shane — "Famous blue raincoat", de Leonard Cohen. Na época, lembrou Lisa, ninguém havia reparado muito na música ou gravado um *cover* dela. Phil e Shane, apesar da ojeriza de Shane por tristezas fabricadas, como dizia ele, trabalharam para isolar a melodia e descobriram que, deixando algumas partes nuas, sem adornos, e enchendo outras partes com vozes, ecos, instrumental e harmonias, a música ficava poderosa. Uma vez na vida, tinham um bom estúdio de gravação e um engenheiro de som que gostava do que fazia.

Lisa ficou surpresa no primeiro dia, quando Julie perguntou se podia cantar a música sozinha, sem nenhum floreio ou acompanhamento, e se poderiam gravá-la de primeira. Phil e Shane não estavam com paciência, tinham se matado para definir onde pôr a emoção e quando recuar dela, estavam ocupados fazendo um mapa da melodia e não queriam que Julie cantasse até estarem com tudo pronto. Ainda assim ela insistiu que queria gravar imediatamente.

Lisa nunca se distanciara o suficiente para observar a irmã, não até aquela manhã. Mas quando Julie começou a cantar, exigiu atenção plena de todos. Não fez o menor esforço com a melodia e concentrou-se na letra, usando a voz no seu tom mais rouco, a voz de uma mulher que passou a noite fumando e bebendo. Lisa amou o jeito como ela cantou, desejou que a irmã a deixasse entrar num trecho para acompanhá-la numa harmonia mais suave. Entretanto, dava para ver que Shane estava irritado com a exibição despretensiosa de emoção. Quando Julie terminou, Phil atravessou o estúdio, parou na frente dela e se curvou. Aquela tinha sido, pensou Lisa, a melhor interpretação que Julie já fizera, gravada naquela mesma manhã e reproduzida algumas vezes nos dias seguintes; porém essa versão nunca foi lançada. Lisa se perguntava, mais de trinta anos depois, se a gravação não estaria em algum arquivo empoeirado de sobras e rolos de material não aproveitado de cantores há muito esquecidos, mas desconfiava que tudo acabara sendo jogado fora, à medida que a nova tecnologia foi tomando conta e a pouca fama adquirida pela banda se desfez em fumaça.

Phil e Shane resolveram que apenas Julie e Lisa cantariam essa faixa e trabalharam com várias aberturas para Julie, usando efeitos de eco e colocando uma pista sobre a outra de forma que, às vezes, ela cantava sozinha e sem acompanhamento e em outras em vários níveis, acompanhada pela irmã, por um violoncelo, um sax e um bandolim. Pediram a Lisa que cantasse a música toda ao lado de Julie, só que no mesmo tom, usando um microfone separado. Ela achou quase impossível não harmonizar com a voz principal. Teve de deixar Julie levá-la, puxá-la como se fosse um pequeno barco. Quando terminou, eles disseram que só tinham gravado a sua parte e que, numa estrofe, iriam intercalar as duas. Quando Lisa foi ouvir a fita, ficou surpresa com a semelhança de sua voz com a da irmã, uma voz quase tão profunda e forte quanto a de Julie em certos trechos.

A faixa que gravaram tinha sete minutos de duração, duas vezes a de qualquer música num compacto simples. Mas a banda estava ganhando a confiança do selo, a cantora de folk Sandy Denny agora tinha seguidores e Fairport Convention fizera sucesso com "Si tu dois partir", de modo que ficou acertado que poderiam lançar o compacto, com uma canção irlandesa executada pelos quatro do outro lado. Ninguém esperava que houvesse muitas brechas no rádio; o que eles queriam era que uma nova turnê, com o suporte de Martin Carthy, pudesse quem sabe ajudar nas vendas.

Lisa lembrava que eles estavam em algum lugar no norte da Inglaterra quando souberam o que John Peel tinha dito sobre o novo LP. Ele os apresentou como uma banda acústica inovadora, ousada o bastante para fazer um som novo e lançar uma música de sete minutos em compacto simples. Na semana seguinte, "Famous blue raincoat" foi tocada logo depois da meia-noite na Rádio Luxembourg. Uma semana mais tarde, o compacto estava perto das Cinqüenta Mais. A música começou a ser tocada na Rádio 1, em geral com um *fade out* depois de três minutos.

Numa daquelas noites em que o compacto estava entre as

Trinta Mais, dois homens de uma gravadora independente e um jornalista norte-americano apareceram num concerto dado em Glasgow, com a casa lotada, e depois foram aos bastidores. Durante toda a turnê, Shane imitou-os propondo contratos instantâneos e recordes de venda com os Rolling Stones de apoio.

"Vocês querem o Carnegie Hall? A gente arruma o Carnegie Hall pra vocês. Vocês querem gravar um álbum com a Jackie Kennedy? A gente traz ela aqui. Querem ser mais famosos que Jesus Cristo? Querem se encontrar com Peter, Paul e Mary?"

Impossível fazê-lo parar.

Entretanto, em vez de oferecer um contrato, ou de querer falar de negócios, eles foram aos bastidores em busca de sexo, na opinião de Lisa. Pelo menos essa era a intenção de um deles, fazendo sugestões a ela de aonde poderiam ir assim que tivessem tomado alguns drinques. Ela lhe disse que Phil era seu namorado. Quando ele perguntou se Julie tinha algo com Shane, ela riu na cara dele e disse que achava que não.

A banda nunca mais viu os executivos. Um jornalista irritadiço, falador e sempre por dentro apareceu em Londres assim que eles voltaram para a cidade, querendo assistir a uma das sessões de gravação para escrever um longo artigo sobre a banda, que depois poderia vender, segundo ele, para uma revista americana. Seu nome era Matt Hall. Ele não tinha senso de humor e exibia sua insatisfação quando achava que zombavam dele ou que estava sendo ignorado. Como Shane escarnecesse dele quase o tempo todo e os outros o ignorassem sempre que podiam, Matt teve diversas oportunidades de mostrar como se sentia, o rosto pálido, o cenho franzido, a ossatura larga quase ameaçadora. Ficava num canto, sozinho, pensando profundamente, os olhos fixos num ponto do chão.

Nas semanas em que "Famous blue raincoat" não entrou nas Vinte Mais e parou de ser tocada no rádio, Matt não desapareceu como esperavam. Para Lisa, ele queria ser espezinhado por Shane e passar a maior parte do tempo com eles, numa espécie de silêncio fervilhante. Aos poucos, parou de falar sobre aquele artigo de revista que deveria escrever. Sua presença fazia mal à banda, no entanto a vulnerabilidade de Matt era tão visível que nenhum deles teve coragem de mandá-lo embora.

Lisa se lembrou de um concerto que tinham feito no Gaiety, em Dublin, nessa época. Era para angariar fundos para alguma coisa, com seis ou sete bandas tocando. Levara a máquina fotográfica consigo, fizera algumas fotos da banda Planxty e estava parada na coxia, vendo as irmãs cantoras Tríona e Maighread Ni Dhomhnaill. Ao recuar em busca de uma cadeira, reparou numa silhueta bem atrás dela, do outro lado da porta da sala dos atores, onde havia uma cortina pesada. Quando essa silhueta pegou um facho de luz, Lisa viu que se tratava de Julie, que não estava no bar como ela pensava, e que Julie sorria para alguém de um jeito que ela nunca vira. Um sorriso tímido, infantil e descontraído quando recuou de novo para a sombra para beijar quem quer que fosse que lhe fazia companhia. Como também estava no escuro, Lisa não poderia ser vista. O sorriso de Julie, ela notou depois de observar um tempo, tinha um quê de gratidão, quase de afetação, que Julie detestava em outras mulheres.

Ficou claro para Lisa que a pessoa com quem Julie estava tinha conquistado seu afeto, e isso trazia em seu bojo não apenas choque e surpresa como também um dardo afiado de ciúme penoso. De repente, porém, veio uma onda de aplausos, e isso levou Julie e Matt Hall a avançarem até as luzes desmaiadas dos bastidores, onde ambos podiam ser vistos.

Assim que voltaram a Londres para trabalhar no novo LP, com Matt Hall sempre presente, ocorreu a Lisa que Phil já devia saber sobre Matt e Julie havia algum tempo. Para ele, a presença de Matt era fato consumado; ouvia suas intervenções e prestava atenção, meneando a cabeça, quando ele fazia sugestões. Porém ninguém parecia ter contado a Shane; ele respondeu ao americano com incompreensão grosseira e rudeza no dia em que Matt entrou no estúdio com uma lista de músicas que deveriam gravar — um material com mais batida, como disse ele; essencialmente, pensou Lisa, músicas pop de três minutos que poderiam se adequar à voz de Julie. Ficou claro para Lisa que, quando Julie sugeriu que eles convidassem alguns outros músicos, incluindo um baterista, a idéia viera de Matt.

Uma bela manhã, Matt e Julie chegaram ao estúdio com duas novas músicas. Ambas compostas por um dos novos e promissores músicos americanos, disse Matt, que escutou o último LP da banda, adorou e se dispôs a ceder-lhes o direito exclusivo sobre as duas. Ele então passou as folhas a todos, com as letras e as músicas. Quando Julie começou a cantar, Lisa percebeu que a irmã sabia tudo de cor. A melodia, pensou Lisa, era banal e derivativa. Quando Julie terminou, Shane levantou-se.

"A letra é só abobrinha", disse ele. "E acho que o seu amigo, Matt, o músico americano, é um completo de um idiota. O que você acha?"

"Acho que vai soar bem diferente depois que for adequadamente arranjada", disse Matt, com o rosto já bem pálido.

"Bom, então faça os arranjos você mesmo", retrucou Shane.

"Nós vamos fazer justamente isso", afirmou Matt.

"Vamos dar uma chance a ela", pediu Julie. "A gente precisa de algumas músicas contemporâneas no disco."

Lisa reparou que Phil sentou-se calado, observando Julie. Mais tarde, ele contou a ela que, naquele momento, entendeu que a banda iria se desfazer. Não interveio, e seu silêncio, tanto quanto a determinação da irmã e de Matt, permitiu que as faixas entrassem completas no disco, com bateria e batida forte, Julie tentando soar como cantora americana de rock e Lisa seguindo colada, com um sotaque igualmente falso. Luke, pensou ela, podia muito bem gravar isso também, e teria toda a razão de achar que ela ficaria constrangida. Se ele consultasse a capa do disco, veria que a música fora composta por Matt Hall — quando os direitos autorais das músicas estavam sendo conferidos, Hall contou que era ele mesmo o jovem compositor de talento que admirava a banda e queria que ela fosse a primeira a gravar suas músicas.

Um dia, na viagem para promover o disco, com Shane cada vez mais irritado com a influência gradual que Matt exercia sobre a banda, Lisa foi almoçar sozinha com Julie. Deviam estar à espera dos outros, porque Lisa se lembrava de terem tido mais tempo que o normal para conversar. Já fazia tempo que não ficavam sozinhas tantas horas. No fim, Julie perguntou por que ela nunca dissera nada sobre Matt.

"Eu presumi que você não gosta dele", disse Julie.

"Bom, mas *você* gosta, e é isso que importa, certo?", disse Lisa.

"Ei, eu é que fiz a pergunta."

"Eu não sei", disse Lisa.

"Isto é sério", afirmou Julie. "Me diga o que você acha."

"O que eu acho é que ele pôs você numa espécie de gaiola." Ao ver a cor da irmã, arrependeu-se imediatamente do comentário.

"Eu o amo."

"Espero que ele não lhe cause problemas", disse Lisa.

"Se ele causar", disse Julie, olhando fixo para ela, "você será a última a saber."

Com a turnê avançando, o relacionamento entre os cinco foi ficando pior à medida que crescia o número de resenhas, tanto dos shows quanto do álbum, indicando uma guinada para o comercialismo, o que deu a Shane mais munição contra Matt e Julie. Na última noite da turnê, Shane guardou seus instrumentos e foi embora sem se despedir de ninguém. Em algum lugar, nos seus arquivos, lembrou Lisa, havia uma foto dele naquela noite, irritadíssimo. Nunca mais tocou com a banda. Não demorou para que Phil dissesse que queria tirar uma folga e ir para Nova York. Numa viagem a Dublin, Lisa leu num jornal irlandês que Julie iria começar uma carreira solo nos Estados Unidos.

No ano seguinte, em Dublin, soube da irmã pelo pai, a quem Julie telefonava todo domingo, contando as novidades de apresentações, aviões e hotéis. Nas poucas vezes em que Lisa recebeu convite para cantar, recusou. Sem a voz de Julie, não tinha sentido. Preferia tirar fotos. O único sinal que recebeu do que estava por vir foi um telefonema de Phil, de Nova York. Eram nove horas da manhã, horário de Dublin. Ele estava bêbado. E contou a Lisa que conhecera alguém que tinha visto Julie numa espécie de bar de música folk em San Francisco. Ela não estava bem, disse ele. Usava muleta, óculos escuros, tinha o rosto todo machucado e, assim que percebeu que havia alguém ali que a conhecia, saíra rapidamente.

Julie não iria se apresentar nessa noite, disse Phil, mas Matt sim, tocando guitarra e cantando algumas de suas próprias músicas, e outras associadas com a banda. Lisa pediu a Phil que arrumasse o número de telefone de Julie, ou mesmo o de Matt. Ele respondeu que sim, que mais tarde entraria em contato. O pai delas, conforme Lisa descobriu, também não tinha o número da filha, mas, como as ligações continuavam sendo feitas todo domingo, não havia por que se preocupar. Quando Lisa foi à casa do pai, num domingo, e conseguiu atender o telefone antes dele, achou Julie simpática e distante, sem dar o menor sinal de que havia algo errado. Lisa se perguntou se Phil não estaria bêbado demais para julgar o que poderia muito bem ser mera fofoca. Ele próprio não vira Julie. O pai delas, depois de ter terminado a conversa com Julie e desligado, comentou que ela estava muito feliz e que os Estados Unidos pareciam estar lhe fazendo um bem enorme.

No sábado, Luke lhe contou que tinha transferido os três LPs para dois CDs. Ian e ele ouviram tudo, disse o filho, e ela tinha razão — algumas, sobretudo as músicas cantadas em irlandês, eram terríveis. Mas algumas, acrescentou ele, eram ótimas e deveriam ser relançadas. Ele iria fazer um único CD com os maiores sucessos, disse. Lisa observou a confiança do filho, seu desembaraço ao discutir quais eram seus gostos musicais e sua total desatenção à presença dela enquanto falava. Perguntou-se quantos anos mais a inocência dele iria durar, quanto tempo mais até ele aprender a ler os sinais de que as coisas nem sempre são tão simples assim. Não poderia lhe dizer agora que não queria ouvir o CD. Teria de ouvi-lo.

Luke sabia, lembrou-se Lisa, que Julie morrera. Estranho o filho não ter se perguntado se a voz dela, gravada em todas aquelas músicas, não traria tristeza demais, remorso demais, para ser ouvida casualmente, depois de tantos anos de sua morte.

Dois anos e meio após o rompimento da banda, dois policiais apareceram no apartamento de Lisa uma manhã e contaram que Julie fora encontrada morta num quarto de hotel na Califórnia. Ela tomou um táxi até a casa do pai e contou a ele.

"Isso é o fim para mim", disse ele. "Isso é o fim."

Quando perguntou ao pai se ele iria com ela fazer a identificação do corpo, ele pareceu perplexo e perguntou se Matt não podia fazer isso.

"Ela morreu sozinha, foi o que me disse a polícia", explicou Lisa.

O pai disse que não queria ir com ela e que para ele tanto fazia onde Julie seria enterrada, ou onde seria o velório. Era a última coisa que lhe passava pela cabeça.

"Está tudo acabado para mim", disse ele.

Ela tomou um avião até Londres, outro até Los Angeles e então um pequeno avião até San Francisco, na Califórnia, onde o corpo de Julie esperava num necrotério. Nunca estivera nos Estados Unidos; as longas horas de vôo e o dia virando noite, tanto quanto a falta de familiaridade, pareciam suavizar tudo o que via e sentia, tornavam as cores mais pálidas e as vozes difíceis de entender. O único hotel que ela conhecia era aquele onde Julie fora encontrada. Não lhe ocorreu procurar outro. Era um motel novo, nos limites da cidade, e só depois de ter feito o registro e de ter deitado na cama lhe ocorreu que não era o melhor lugar para ficar. Pensou em procurar o gerente e lhe pedir para ver o quarto onde a irmã fora encontrada, mas adiou o pedido. Examinou os funcionários, perguntando-se qual deles tinha visto sua irmã morta e qual deles saberia se Matt tinha estado com ela na noite em que morreu.

Dali para a frente, em todos aqueles anos, ela se perguntou por que não fora falar com a polícia ou com o consulado irlandês; até hoje achava que um dos homens no necrotério, que testemunhou sua assinatura do laudo, era policial. Telefonara para o necrotério com o número que tinham lhe dado em Dublin e combinara de ir lá no dia seguinte. Também dera a eles o nome de Matt e falara que, se ele entrasse em contato, era para dizer onde estava hospedada. A impressão de estar fazendo uma transação comercial somou-se à estranheza de um momento em que não era reconhecida por ninguém, em que ninguém falava com ela, em que não conseguia achar um bar, um restaurante ou um café onde pudesse se sentir à vontade. Estava numa terra de fantasmas.

Lembrava-se da noite e da manhã em San Francisco, antes de ir ver o corpo da irmã, como intermináveis, um tempo no limbo sem nada para fazer, nenhuma tarefa a executar, possibilidade nenhuma de dormir. Tentou pegar um táxi até o centro da cidade, para poder zanzar pelas ruas, mas, depois de muitos desentendimentos, compreendeu que não havia um centro e tampouco ruas, apenas longas fileiras de casas cercadas de verde, que levavam a mais fileiras iguais, como se fosse uma cidade murada dos mortos, as casas feito pequenas tumbas. Tentou ligar para os amigos na Irlanda, mas todas as chamadas tinham de passar pela recepção; o pessoal que trabalhava lá não tinha o costume de lidar com ligações internacionais e quase todas falharam. Suas idas e vindas pelo saguão, à espera de táxis, eram vistas pela recepção com algo entre a hostilidade e a desconfiança.

Tinha visto os Estados Unidos em filmes, mas nada, ali, tão perto de Hollywood, condizia com as imagens que vira na tela. A planura insípida, o silêncio, as longas esperas por um táxi, a deterioração de cada objeto não vinham de nenhum drama hollywoodiano. Só uma vez viu algo digno dos filmes. Tinha sentido uma vontade louca de comer comida chinesa e perguntou na recepção o nome do restaurante chinês mais próximo. A recepcionista não parecia fazer a menor idéia do que ela queria dizer. No fim, Lisa falou diretamente com a empresa de táxi, que levou quarenta e cinco minutos para lhe mandar um veículo que a conduziu ao shopping mais próximo.

A caminho de lá, enquanto caía a noite, viu um lindo cemitério, as campas todas baixinhas e uniformes, a grama recém-cortada. Reparou na luz do sol enviesada, como se o cemitério fosse um esplêndido technicolor e o resto do mundo fosse preto-e-branco. Na volta para o motel, tendo apenas beliscado a refeição, pediu ao motorista que parasse e caminhou entre os túmulos, lendo nomes e lugares de nascimento estrangeiros. Pressentiu, nessa comunidade de mortos jazendo num claro crepuscular, um pouco de calor, algo até próximo da esperança, e por alguns segundos perdeu o receio daquilo que a aguardava quando chegasse ao necrotério.

A cada volta ao motel, perguntava se alguém tinha ligado, mas não havia recado. Dera o número do motel ao pai, caso Matt ligasse. Mas nunca havia nada, exceto a irritação da recepcionista. Lisa supunha que o pessoal do necrotério saberia as circunstâncias em que Julie morrera, se alguém mais tinha entrado no motel com ela. Pensar nas perguntas que poderia fazer ajudava o tempo a passar mais rápido.

Levaram o corpo de Julie num carrinho até uma sala fria, pequena e estreita. Não havia lençol sobre seu rosto, de modo que Lisa pôde vê-la assim que entrou. Julie sorria. Não era um sorriso de morta, ou um sorriso distante; maquiador nenhum conseguiria pintá-lo. Era um sorriso que pertencia só a Julie, era assim que ela ficava antes de falar, um sorriso de impaciência, era assim que ela sorria quando estava pronta para intervir. Era espantoso que seu rosto, morto e congelado, pudesse produzir esse sorriso. O assistente que tinha levado o corpo de Julie até lá esperou Lisa tocar na mão e na testa da irmã, falar com ela, sussurrando as palavras que conseguiu pronunciar, dizendo a ela o quanto eles a tinham amado, acrescentando coisas que o pai dissera. Pensou em cantar uma estrofe de alguma coisa, mas só a idéia foi suficiente para fazê-la chorar.

Se ao menos agora, nessa última meia hora, ela soubesse o

que pedir e a quem pedir. Mostrou o passaporte e assinou um atestado. Lembrava que havia três homens na sala, mas só um falava, e ela não fazia idéia de quem eram os outros dois. Viu no atestado que Julie morrera de falha cardíaca. Estava tão preocupada em ver o corpo uma vez mais que não perguntou mais nada. Ficou combinado que voltaria no dia seguinte.

Voltou a seu cemitério, agora ensolarado, deixando um espantado motorista à sua espera. Acreditava que iria encontrar um escritório, ou um padre ligado ao cemitério onde o enterro de sua irmã podia ocorrer, mas não havia capela, e as poucas pessoas com quem cruzou explicaram que aquele era um cemitério armênio. Lisa encontrou o túmulo mais recente, olhou para um espaço vazio ao lado e imaginou que seria ali que sua irmã se deitaria na terra, aquecida pelo sol, entre esses estranhos, num lugar que não era nem a Irlanda nem os Estados Unidos. No entanto percebeu, sobretudo depois de ter dormido um pouco, que não tinha vontade ou energia para organizar o enterro.

A fisionomia de Julie tinha mudado quando a viu pela segunda vez. O sorriso desaparecera. Não havia mais vida nela.

"Ela se foi", disse Lisa ao assistente, que meneou a cabeça para ela bondosamente.

"Ela se foi", repetiu Lisa.

Perguntou-se se ter tirado o corpo do freezer no dia anterior poderia ter provocado essa nova morte no rosto da irmã, ou se Julie estivera misteriosamente esperando, se segurando, até sua irmã aparecer. Em vida, tivera uma força tremenda; talvez na morte também. Mas se fora, o que quer que fosse, e não sobrara nada. Ligou de novo para o pai, para ter certeza de que ele não queria que o corpo de Julie fosse levado até Dublin. Ele lhe garantiu que não. Através do necrotério, achou uma agência funerária e acertou que a irmã seria enterrada depois da missa, nos limites do cemitério católico, do outro lado da cidade, entre os imigrantes irlandeses.

Durante anos, trabalhando como fotógrafa, perguntava a qualquer músico com quem cruzasse e que tivesse passado pelos Estados Unidos se alguma vez vira ou ouvira Matt Hall. Phil, quando esteve em Dublin, foi visitá-la; ao se encontrarem, ele comentou que era estranho Matt ter desaparecido. Os Estados Unidos eram imensos, mas o círculo musical era pequeno. Devia estar fazendo outra coisa, disse Phil. Curiosamente, foi Shane, o integrante da banda que mais se ressentira com a qualidade da música, quem quis relançar os álbuns quando os CDs se tornaram comuns, mas a essa altura Lisa queria esquecer o que acontecera e, para espanto de Shane, recusou.

Porém não podia recusar a Luke, tendo em vista o orgulho do filho pelo feito. Não protestou nem declarou que não ouviria. Manteve uma máquina fotográfica grande do lado, caso fosse preciso esconder o rosto ou se distrair.

Luke era só competência e orgulho ao pôr o CD para tocar.

"Coloquei a melhor faixa no começo", disse ele, "e como sobrou espaço no fim, pus uma segunda vez."

Lisa sabia como iria ser e, quando a voz de Julie cantou o verso inicial de "Famous blue raincoat", sem adornos nem acompanhamento instrumental, ela viu o rosto da irmã naquela manhã no necrotério, as feições cheias de vida, pronta para começar uma discussão, curtindo sua própria e adorável autoridade. Logo depois, quando veio o efeito do eco, o violoncelo entrou e a voz da própria Lisa apareceu, sentiu-se contente de ter passado anos sem ouvir a música. De todas as faixas do CD, essa parecia ser a única com vida, o resto eram relíquias. A música que começava e terminava o disco dava uma dica, caso estivesse precisando de uma, de seu próprio eu reduzido, como nos negativos que tinha lá em cima, tudo só contornos e sombras, e uma visão clara do rosto da irmã no tempo em que a gravação fora feita. Agora, com o CD chegando ao fim, esperava nunca mais ter de ouvi-lo de novo.

Um padre na família

Ela viu o céu escurecer, ameaçando chuva.

"Quase não tem luz, agora", disse ela. "Este é o inverno mais escuro que já tivemos. Detesto chuva e frio, mas não me importo quando não tem luz."

O padre Greenwood suspirou e olhou pela janela.

"A maior parte das pessoas odeia o inverno", comentou ele.

Ela não conseguia pensar em mais nada para dizer e torcia para que ele fosse embora. Em vez disso, o padre se inclinou e puxou uma das meias cinzentas, esperou alguns momentos e depois inspecionou e endireitou a outra.

"Você tem visto o Frank, recentemente?", perguntou ele.

"Uma ou duas vezes desde o Natal", respondeu ela. "Ele tem muito trabalho na paróquia para vir me ver com freqüência, e talvez esse seja o jeito que as coisas têm de ser. Seria terrível se fosse o contrário, se ele visse a mãe mais que seu rebanho. Ele reza por mim, eu sei disso, e eu também rezaria por ele, se acreditasse em preces, mas não tenho certeza se acredito. Mas nós já conversamos sobre isso, o senhor está a par de tudo."

"Sua vida inteira é uma prece, Molly", disse o padre Greenwood com um sorriso afetuoso.

Ela sacudiu a cabeça, num gesto de descrença.

"Anos atrás, as mulheres de idade passavam a vida rezando. Agora freqüentamos o cabeleireiro, jogamos bridge, vamos a Dublin com o passe do idoso e dizemos o que queremos. Na frente de Frank, porém, tenho de tomar cuidado com o que digo, ele é muito virtuoso. Puxou isso do pai. É bom ter um filho padre e virtuoso. Ele é da velha escola. Já com você, posso dizer o que me dá na telha."

"São várias as formas de sermos virtuosos", disse o padre Greenwood.

"No meu tempo", respondeu ela, "só havia uma."

Depois que ele se foi, ela pegou o guia de tevê e viu a lista dos programas que passariam à noite na televisão; acertou o vídeo para gravar mais um capítulo do seriado *Glenroe*. Fez isso com vagar, concentrada. Pela manhã, já tendo lido o *Irish Times*, poria os pés para o alto e veria o episódio mais recente. No momento, ainda tinha uma hora para o bridge; foi sentar-se à mesa da sala de jantar e folheou o jornal, olhando as manchetes e fotos sem ler nada, sem nem mesmo pensar, permitindo que o tempo passasse tranqüilamente.

Só quando foi pegar o casaco no quartinho ao lado da cozinha é que reparou no carro do padre Greenwood ainda parado na frente de sua casa; ao espiar, viu o padre sentado atrás do volante.

A primeira coisa que lhe ocorreu foi que o padre estava bloqueando sua saída e que teria de lhe pedir que tirasse o carro de lá. Mais tarde, aquela primeira idéia ficaria com ela como um jeito estranho e inocente de manter longe todos os outros pensamentos; era algo que quase a fazia sorrir, quando lembrava.

O padre abriu a porta do carro assim que ela apareceu com o casaco distraidamente pendurado no braço.

"Alguma coisa errada? Foi uma das minhas filhas?", perguntou ela.

"Não", disse ele, "não houve nada de errado."

Ele avançou para ela, preparando-se para entrar de novo na casa. Molly quis, no segundo em que ficaram se olhando, poder escapulir para uma noite de carteado, passar rápido por ele e, se fosse preciso, ir a pé até o hotel onde funcionava o clube de bridge. Qualquer coisa, pensou ela, para evitar que ele dissesse o que tinha ido dizer.

"Oh, não os meninos! Por favor, não me diga que os meninos sofreram um acidente e você está com medo de me contar!", exclamou ela.

Ele balançou a cabeça com convicção.

"Não, Molly, de jeito nenhum, não houve nenhum acidente."

Ao se aproximar, apanhou-lhe a mão como se ela de alguma forma precisasse de apoio.

"Eu sei que você precisa sair para jogar bridge", disse ele.

Ela então se convenceu de que não poderia ser nada urgente ou importante. Se ela ainda podia sair para jogar bridge, então obviamente não havia ninguém morto ou ferido.

"Eu ainda tenho alguns minutos."

"Talvez fosse melhor eu voltar outra hora. Assim podemos conversar melhor."

"Você se meteu em alguma enrascada?", perguntou ela.

Ele olhou como se tivesse ficado abismado com a pergunta.

"Não", respondeu.

Ela pôs o casaco numa cadeira, no hall de entrada.

"Não", disse ele de novo, com a voz mais calma.

"Então vamos deixar para outra vez", disse ela, com calma, sorrindo da melhor forma possível. Ela o viu hesitar e ficou ainda mais decidida a sair imediatamente. Apanhou o casaco e certificou-se de que as chaves estavam no bolso.

"Se o assunto pode esperar, então que espere", disse ela.

Ele virou-se, saiu do hall e voltou para o carro.

"Claro que sim", disse ele. "Aproveite a noite. Espero não ter alarmado você."

Mas ela já se afastara dele, com as chaves do carro na mão, depois de fechar firmemente a porta da frente.

No dia seguinte, depois de ter almoçado, pegou o guarda-chuva, a capa e foi a pé até a biblioteca na avenida Back. Ali, estaria tudo silencioso e, com sorte, a nova moça teria tempo para ela. Já existia um molly@hotmail.com, Miriam tinha lhe dito em sua última visita para aprender a usar o computador da biblioteca, de modo que para criar seu primeiro endereço eletrônico só precisaria acrescentar mais alguma coisa à palavra "Molly", quem sabe um número, tornando-o um endereço só dela.

"Posso ser Molly80?", tinha perguntado.

"A senhora tem oitenta anos, senhora O'Neill?"

"Ainda não, mas não vai demorar."

"Bom, não parece."

Seus dedos haviam endurecido, com a idade, mas digitava com a mesma precisão e velocidade de quando batia à máquina, aos vinte anos.

"Se eu pudesse apenas digitar seria uma maravilha", disse ela, enquanto Miriam movia uma cadeira de escritório para junto do computador e sentava ao lado dela, "mas esse mouse vai acabar comigo. Ele nunca faz o que eu quero que ele faça. Meus netos sabem mexer nisso e fazem o que querem. Mas eu detesto ter que clicar. Era muito mais simples no meu tempo. Só datilografar. Nada de cliques."

"Mas quando a senhora começar a enviar e receber e-mails, vai ver o valor que isso tem", disse Miriam.

"Pois é, eu disse a eles que ia mandar um e-mail assim que pudesse. Agora tenho de pensar em algo para escrever."

Virou a cabeça ao ouvir vozes e viu duas conhecidas suas querendo devolver livros. Ambas a examinavam com imensa curiosidade.

"Olha só para você, Molly. Toda moderna", comentou uma delas.

"A gente tem que ficar a par do que está acontecendo", disse ela.

"Você nunca foi de perder nada, Molly. Agora vai ficar sabendo das notícias pela máquina."

Molly se virou para o computador e começou a praticar como abrir sua conta no Hotmail, enquanto Miriam foi atender as duas, e não se virou de novo quando ouviu o zunzunzum de ambas entre as pilhas de livros, falando aos sussurros.

Mais tarde, quando achou que já tinha abusado o suficiente da paciência de Miriam, saiu e andou até a catedral, de lá para a rua do Comércio, até chegar à rua Irish. Cumprimentava pelo nome as pessoas que encontrava na rua, pessoas que conhecia desde que haviam nascido, e os filhos delas, muitos já de meia-idade, e até mesmo os filhos dos filhos, todos conhecidos seus. Não havia razão para parar e conversar. Sabia tudo a respeito deles, pensou, e eles a respeito dela. Quando se espalhasse a notícia de que estava aprendendo a usar o computador na biblioteca, uma ou duas pessoas iriam lhe perguntar como iam as coisas, mas por enquanto ainda passava por elas com um cumprimento breve e amável.

A cunhada estava sentada na sala da frente da casa, acendendo a lareira. Molly bateu no vidro da janela e esperou, enquanto Jane mexia no sistema automático.

"Agora empurra!" Molly escutou a voz da cunhada pelo interfone.

Empurrou a porta meio emperrada e, tendo fechado de novo, entrou na sala de estar de Jane.

"É tão bom quando chega a segunda-feira", disse Jane, "e você vem me ver. É muito bom ver você."

"Aí fora está um frio de dar dó, Jane, mas aqui dentro está gostoso e quente, graças a Deus."

Seria mais fácil, de certa forma menos tenso, pensou Molly, se uma delas fizesse um chá, mas Jane era frágil demais para se movimentar muito e orgulhosa demais para deixar a cunhada entrar na cozinha. Sentaram-se uma diante da outra, com Jane cuidando do fogo, quase que distraída. Não havia, pensou Molly, nada a dizer, no entanto não havia um momento de silêncio entre as duas.

"Como foi o bridge?", perguntou Jane.

"Estou ficando cada vez pior", respondeu Molly, "mas não tão ruim quanto certas pessoas."

"Mas você sempre foi tão boa nas cartas!", disse Jane.

"Só que para jogar bridge a gente tem que saber todas as regras de cor e fazer a aposta certa, e eu já estou velha para isso, mas continuo gostando, embora fique feliz quando acaba."

"É surpreendente que as meninas não joguem", disse Jane.

"Quando você tem filho pequeno, tem muita coisa em que pensar. Não sobra um minuto."

Jane meneou a cabeça, distraída, e olhou para o fogo.

"As meninas são muito boazinhas", comentou ela. "Eu adoro quando elas vêm me visitar."

"Sabe do que mais, Jane?", disse Molly, "eu gosto muito de vê-las, e coisa e tal, mas não ficaria chateada se elas não aparecessem de um final de semana para outro. Sou daquelas mães que preferem os netos aos filhos."

"Não me diga", replicou Jane.

"É verdade, Jane. No entanto eu ficaria louca se passasse uma quarta-feira sem ver meus netos maravilhosos na hora do chá, e sempre fico possessa quando as mães aparecem para pegá-los. Eu sempre quero ficar com os meninos."

"Eles são ótimos quando têm essa idade", disse Jane. "E é muito bom os dois morarem tão perto e se darem bem."

"O Frank esteve por aqui?", perguntou Molly.

Jane lhe deu uma olhada rápida, quase alarmada. Por alguns instantes, uma expressão de dor tomou conta de seu rosto.

"Deus, não", disse ela.

"Também não tenho visto muito meu filho do Natal para cá", disse Molly, "mas você sempre sabe mais sobre ele. Você lê o boletim da paróquia. Boletim que ele desistiu de me mandar."

Jane baixou a cabeça, como se estivesse procurando algo no chão.

"Preciso dizer a ele para não se esquecer de visitá-la", disse Molly. "Tudo bem ele negligenciar a mãe, mas negligenciar a tia, que é a mais santa da família..."

"Não comece!", disse Jane.

"Mas eu vou falar com ele, Jane. Vou mandar um bilhete. Não adianta ligar para ele. Você só pega a secretária. E eu detesto falar com essas máquinas."

Examinou o rosto de Jane, do outro lado da sala, consciente de que o tempo que a cunhada passara sozinha em casa tinha mudado sua fisionomia, tornado suas reações mais vagarosas, o maxilar rígido. Os olhos haviam perdido o brilho bondoso.

"Eu vivo dizendo a você para comprar um videocassete. Seria uma ótima companhia. E eu poderia trazer os vídeos, quando viesse vê-la."

Reparou quando Jane pegou o rosário de uma pequena bolsa e se perguntou se essa não seria uma maneira deliberada de mostrar que tinha coisas mais importantes em que pensar.

"Pense nisso, de todo modo."
"Pode deixar, Molly, vou pensar, sim."

Já estava quase escuro quando ela se aproximou de casa, mas distinguiu nitidamente o carro do padre Greenwood estacionado na frente do seu. Percebeu que, assim como ela o vira, ele tinha visto a aproximação dela por um dos espelhos retrovisores, de modo que não adiantava fazer meia-volta. Se eu não fosse viúva, pensou, ele não estaria fazendo isso comigo. Ligaria primeiro, teria bons modos.

O padre Greenwood saltou do carro quando ela se aproximou.

"Padre Greenwood, vamos entrar", disse ela. "Estou com a chave na mão." Sacudiu a chave como se fosse um objeto estranho.

Tinha posto um *timer* no sistema de aquecimento, de modo que os radiadores já estavam quentes. Tocou no radiador do hall por alguns instantes e pensou em levá-lo para a sala de estar, mas depois achou que na cozinha seria mais fácil. Poderia levantar e se fingir ocupada, se não quisesse ficar sentada escutando o padre. Na sala de estar, ficaria encurralada com ele.

"Molly, você deve estar estranhando eu voltar assim", disse ele, sentando-se à mesa da cozinha.

Ela não respondeu. Acomodou-se na cadeira em frente e desabotoou o casaco. Ocorreu-lhe por alguns momentos que talvez fosse aniversário da morte de Maurice e ele tivesse ido até sua casa para o caso de ela precisar de apoio e simpatia, mas lembrou-se na mesma hora de que Maurice tinha morrido no verão, que estava morto fazia anos e que ninguém mais atentava para o aniversário de sua morte. Não conseguiu pensar em mais nada enquanto se levantava e pendurava o casaco numa poltrona no canto. O padre, ela notou, estava com as mãos unidas na frente, postas sobre a mesa, como se estivesse pronto para rezar. Fosse o que fosse, pensou ela, faria o impossível para que ele nunca mais voltasse a sua casa sem avisar antes.

"Molly, Frank me pediu..."

"Há algo errado com ele?", interrompeu ela.

O padre Greenwood sorriu debilmente.

"Frank está com problemas", disse ele.

Na mesma hora Molly compreendeu o que o padre queria dizer, mas depois pensou que não, que sua primeira reação a tudo sempre fora errada, quem sabe esta também fosse, talvez não se tratasse daquilo que lhe viera à mente automaticamente.

"Por...?"

"Ele vai ser julgado, Molly."

"Abuso?" Ela disse a palavra que todos os dias surgia nos jornais e na televisão, acompanhada de imagens de padres ocultando a cabeça para não serem reconhecidos por ninguém, saindo algemados dos tribunais. "Abuso?", perguntou de novo.

As mãos do padre Greenwood estavam tremendo. Ele fez que sim com a cabeça.

"É sério, Molly."

"Na paróquia?", perguntou ela.

"Não", respondeu ele, "na escola. Já faz tempo. Foi na época em que ele era professor."

Os olhares dos dois se cruzaram, travados numa súbita e feroz hostilidade.

"Quem mais sabe sobre isso?", perguntou ela.

"Ontem eu vim até aqui para lhe contar, mas não tive coragem."

Molly segurou a respiração por alguns momentos e depois resolveu levantar e empurrar a cadeira, sem se preocupar se ela cairia ou não, e sem tirar os olhos de seu visitante nem por um segundo.

"Alguém mais sabe? Será que dá para responder a uma pergunta direta?"

"Tem muita gente sabendo, Molly", disse o padre Greenwood com gentileza.

"Minhas filhas sabem?"

"Sabem, Molly."

"E a Jane?"

"As meninas contaram a ela na semana passada."

"A cidade toda está sabendo?"

"Tem muita gente falando no assunto", disse o padre Greenwood. Seu tom era resignado, quase de perdão. "Quer que eu faça um chá?", acrescentou.

"Não quero, não, obrigada."

Ele soltou um suspiro.

"Haverá uma audiência antes do fim deste mês. Eles tentaram adiar, mas tudo indica que será na quinta que vem, sem ser essa."

"E onde está o Frank?"

"Continua na casa paroquial, mas não tem saído muito, como você pode imaginar."

"Ele abusou de meninos?", perguntou ela.

"Adolescentes", respondeu o padre.

"E agora são todos adultos? É isso?", perguntou ela.

"Ele vai precisar de todo..."

"Não me venha com o que ele vai precisar ou não", interrompeu ela.

"Vai ser muito duro para você", disse o padre, "e isso está acabando com ele."

Ela segurou a lateral da mesa com as mãos.

"A cidade toda está sabendo? É verdade isso? A única pessoa que não sabe de nada é a velha aqui? Vocês todos me fizeram de palhaça!"

"Não foi fácil contar para você, Molly. As meninas tentaram já faz um tempo e eu tentei ontem."

"E todo mundo cochichando a meu respeito!", disse ela. "E Jane, desfiando as contas do terço!"

"Eu diria que as pessoas vão ser muito amáveis", disse ele.

"Bom, então o senhor não conhece as pessoas", retrucou Molly.

O padre só foi embora quando ela insistiu para que fosse. Conferiu no jornal o que iria passar na tevê à noite e fez seu jantar como se fosse uma segunda-feira normal e ela pudesse relaxar. Pôs menos leite que de hábito no chá pelando e obrigou-se a tomá-lo, provando a si mesma que podia fazer qualquer coisa dali em diante, enfrentar qualquer coisa. Quando um carro parou na frente da casa, sabia que seriam as meninas, suas filhas. O padre devia tê-las alertado, e elas prefeririam ir vê-la imediatamente, com a notícia ainda em carne viva, e juntas, para que nenhuma tivesse de lidar sozinha com a mãe.

Em geral, davam a volta na casa e entravam pela porta da cozinha, mas Molly atravessou rápido o curto corredor até a frente da casa, acendeu a luz do pórtico e abriu a porta. Parou e ficou olhando com as costas retas as filhas caminhando em sua direção.

"Entrem", disse ela, "saiam do frio."

No hall, elas ficaram alguns segundos indecisas, sem saber para que sala ir.

"Na cozinha", disse Molly secamente, indo na frente, satisfeita de ter deixado os óculos em cima do jornal aberto sobre a mesa, para que ficasse claro para as filhas que ela estava ocupada quando chegaram. "Eu ia começar as palavras cruzadas", informou.

"Você está bem?", perguntou Eileen.
Ela olhou para a filha sem demonstrar emoção.
"É bom ver vocês duas juntas", disse ela. "Os meninos estão bem?"
"Estão ótimos", respondeu Eileen.
"Diga a eles que já estou quase pronta para receber suas mensagens por e-mail", disse ela. "Miriam disse que, com mais uma aula, eu já posso fazer tudo."
"O padre Greenwood não esteve aqui hoje?", perguntou Eileen.
Margaret tinha começado a chorar e estava procurando na bolsa por um lenço de papel. Eileen pegou um no bolso e o entregou à irmã.
"Ah, ele esteve, sim, hoje e ontem", disse Molly. "De modo que eu já soube de todas as novidades."
Só então lhe ocorreu que seus netos também teriam de viver com isso, com o tio deles na televisão, nos jornais, o tio padre e pedófilo. Pelo menos tinham um sobrenome diferente, e pelo menos a paróquia de Frank ficava a quilômetros de distância. Margaret foi ao banheiro.
"Não me pergunte se eu quero um chá, eu não quero chá", disse Molly.
"Não sei o que dizer", respondeu Eileen. "É a pior coisa."
Eileen atravessou a cozinha e sentou-se na poltrona.
"Vocês contaram aos meninos?", perguntou Molly.
"Tivemos de contar, porque ficamos com medo de que eles ficassem sabendo na escola."
"E não ficaram com medo de que eu soubesse?"
"Ninguém comentaria isso com você", disse Eileen.
"Você não teve coragem, nenhuma das duas teve."
"Ainda não consigo acreditar. E ele vai ser chamado a depor, e tudo o mais."

"Claro que vai ser chamado", disse Molly.

"Não, nós esperávamos que não fosse. Ele vai se declarar culpado. Por isso achamos que não fosse ser chamado a depor. Mas as vítimas pediram que ele seja chamado."

"É verdade isso?", perguntou Molly.

Margaret voltou para a cozinha. Molly notou que a filha havia tirado um folheto colorido da bolsa. Ela deixou sobre a mesa da cozinha.

"Falamos com Nancy Brophy", disse Eileen, "e ela disse que iria com você para as Canárias, se você quiser ir. O tempo vai estar maravilhoso. Vimos os preços de tudo. Não vai sair muito caro e nós pagaríamos o vôo, o hotel e o que mais houver. Achamos que você gostaria de ir."

Nancy Brophy era a melhor amiga de Molly.

"É mesmo? Bom, isso foi muito gentil da parte de vocês, vou dar uma olhada."

"Eu quis dizer quando o caso for a tribunal. Vai sair em todos os jornais", continuou Eileen.

"Foi muito simpático terem pensado nisso, de qualquer forma. E Nancy, claro", disse Molly, sorrindo. "Vocês são todas muito prestativas."

"Quer que eu faça um chá para você?", perguntou Margaret.

"Não, Margaret, ela não quer", disse Eileen.

"Vocês deviam se preocupar com os meninos", disse Molly.

"Não, não", disse Eileen. "Nós perguntamos se tinha havido alguma coisa. Quer dizer, se Frank..."

"O quê?", perguntou Molly.

"Tinha mexido com eles", disse Margaret. Ela já havia enxugado as lágrimas e olhava para a mãe bravamente. "Bom, ele não fez nada."

"Perguntaram isso para o Frank também?", indagou Molly.

"Perguntamos, sim. Tudo aconteceu vinte anos atrás. Não houve mais nada de lá para cá, segundo ele", disse Eileen.

"Mas não foi um episódio isolado", acrescentou Margaret.

"E eu li que nunca dá para saber ao certo."

"O que eu acho é que vocês têm que cuidar dos garotos", disse Molly.

"Quer que o padre Greenwood venha ver você outra vez?", perguntou Eileen.

"De jeito nenhum!", disse Molly.

"Nós estávamos nos perguntando...", começou Margaret.

"Sim?"

"Se você não gostaria de ficar com uma de nós por uns tempos", continuou ela.

"E o que eu iria fazer na sua casa, Margaret?", perguntou. "E é claro que a Eileen não tem espaço."

"Ou mesmo se você não gostaria de ir a Dublin", disse Eileen.

Molly foi até a janela e olhou para a noite. As filhas tinham deixado aceso o pisca-alerta do carro.

"Meninas, vocês deixaram a luz do carro acesa, a bateria vai descarregar e um dos maridos, coitado, vai ter que vir resgatar vocês duas", disse ela.

"Eu vou lá desligar", disse Eileen.

"Eu também vou sair", disse Molly. "De modo que podemos ir juntas."

"Você vai sair?", perguntou Eileen.

"Vou, Eileen", disse ela.

As duas filhas se entreolharam, perplexas.

"Mas em geral você não sai na segunda à noite", disse Eileen.

"Bom, eu não vou conseguir sair enquanto vocês não tirarem o carro para eu passar. Assim sendo, terão que ir primeiro. Mas foi muito agradável ver vocês, e vou me divertir lendo a brochura que me trouxeram. Nunca estive nas Canárias."

Molly viu quando as duas fizeram sinal uma para a outra, significando que podiam ir embora.

* * *

A cidade, durante a semana seguinte, lhe pareceu quase nova. Nada mais era tão familiar quanto imaginava. Não tinha certeza do que um olhar ou um cumprimento escondiam, e tomava cuidado, sempre que saía de casa, de não se virar repentinamente nem de olhar a pessoa muito de perto, para não correr o risco de ver gente cochichando a seu respeito. Algumas vezes, quando as pessoas paravam para falar com ela, não tinha certeza se sabiam sobre a desgraça do filho ou se também tinham se tornado tão hábeis quanto ela em conversar fiado, capazes, como ela, de ocultar cada pensamento, cada sinal.

Molly deixou claro às filhas que não pretendia tirar férias nem mudar sua rotina. Jogava bridge às terças e aos domingos à noite, como de hábito. Na quinta, ia à sociedade do gramofone e, às quartas, depois do horário escolar, recebia como sempre a visita dos quatro netos, que assistiam a vídeos com ela, comiam palitos de peixe com fritas, tomavam sorvete e faziam parte dos deveres de casa, até que uma das mães viesse pegá-los. Aos sábados, pegava o carro e ia visitar as amigas, também viúvas. Tinha o tempo todo preenchido e várias vezes, na semana que se seguiu, esqueceu-se do que tinha pela frente, só que essa sensação não durava muito.

Nancy Brophy lhe perguntou, num dia em que foi visitá-la, se tinha certeza de que não queria ir para as Ilhas Canárias.

"Não, vou continuar com a vida de sempre", disse Molly.

"Mas você vai ter que falar sobre isso, as meninas dizem que você tem que falar sobre isso."

"Elas estão ligando para você?"

"Estão", disse Nancy.

"Mas é com as crianças que elas deviam estar preocupadas", disse Molly.

"É, mas todo mundo está preocupado com você."

"Eu sei. Eles me olham se perguntando em quanto tempo poderão passar por mim sem que eu avance e dê uma mordida ou sei lá o quê. A única pessoa que veio falar comigo no clube de bridge foi Betty Farrell, que pegou meu braço e me pediu, com todo mundo olhando, que ligasse para ela, mandasse notícias ou fosse visitá-la, se eu precisasse de alguma coisa. Parecia estar falando sinceramente."

"Tem gente muito boa", falou Nancy. "As meninas são boníssimas, Eileen e Margaret. E você vai ficar feliz de ter as duas assim tão perto."

"Mas agora elas têm a vida delas", disse Molly.

Ficaram sentadas por um tempo sem dizer nada.

"Bom, foi um choque tremendo, isso tudo", continuou Nancy, depois de um tempo. "É tudo que dá para falar. A cidade inteira está chocada. Frank seria a última pessoa de quem se poderia esperar... Você deve estar num estado deplorável, Molly."

"Enquanto for inverno, eu me viro", disse Molly. "Durmo até tarde, de manhã, e me mantenho ocupada. É o verão que eu receio. Não sou das que sofrem daquela tal doença que dá quando não tem claridade. Mas morro de medo dos longos dias de verão, em que acordo ao amanhecer e fico remoendo as coisas mais sombrias do mundo. Ah, as coisas mais sombrias! Mas até o verão chegar, tudo bem."

"Meu Deus, não posso me esquecer disso", disse Nancy. "Eu nunca soube, Molly. Quem sabe aí a gente viaje."

"Você faria uma coisa por mim, Nancy?", perguntou Molly, levantando-se e preparando-se para sair.

"Claro que sim, Molly."

"Você pediria às pessoas para que falem comigo, quer dizer, as pessoas que me conhecem? Que não tenham medo de mencionar o caso comigo?"

"Pode deixar que eu faço isso."

Quando se despediram, Molly reparou que Nancy estava quase chorando.

Dois dias antes do julgamento, voltando para casa com os jornais matutinos, viu o carro de Frank passar por ela e parar. Notou uma pilha de boletins paroquiais no banco de trás. Ela entrou no carro, sentando-se no banco do passageiro sem olhar para o filho.

"Você sai cedo de casa", comentou ele.

"Eu acordo cedo", disse Molly. "Saio e compro os jornais antes de qualquer coisa. E faço um pouco de exercício."

Quando chegaram à casa, ele estacionou o carro e ambos foram para a cozinha.

"Você já deve ter tomado seu café-da-manhã, acho eu", disse ela.

"Já tomei, sim." Ele não estava usando a volta branca na gola.

"Bom, então dê uma olhada no jornal enquanto eu faço uma torrada e um chá."

Ele sentou-se na poltrona do canto e ela o escutou abrir e fechar as páginas do jornal enquanto se movia pela cozinha. Quando a torrada e o chá ficaram prontos, ela pôs tudo sobre a mesa, com uma xícara e um pires para cada um.

"O padre Greenwood me disse que não anda muito bem", disse Frank.

"E não anda mesmo."

"Ele me disse que você é um exemplo para todo mundo da mesma idade, saindo todas as noites."

"Bom, como você sabe, eu me mantenho ocupada."

"Isso é bom."

Molly percebeu que não tinha posto a manteiga na mesa. Levantou-se e foi até a geladeira buscar.

"As meninas têm vindo ver você?"

"Se eu precisar delas, sei onde moram."

Ele ficou observando enquanto ela espalhava manteiga na torrada.

"A gente achou que talvez você fosse tirar umas férias", disse ele.

Ela estendeu a mão para pegar a geléia de laranja, que já estava na mesa, e não disse nada.

"Você sabe, umas férias poupariam você", acrescentou ele.

"Foi o que as meninas me disseram."

Ela não queria o silêncio, que começou a durar tempo demais, no entanto tudo que ela pensava em dizer lhe parecia desnecessário. Ela queria que ele fosse embora.

"Desculpe não ter vindo eu mesmo lhe dizer o que estava acontecendo", disse ele.

"Bom, mas agora está aqui, e é bom ver você", respondeu ela.

"Eu acho que vai ser..." Ele não terminou a frase, apenas baixou a cabeça. Ela não tomou o chá nem comeu a torrada.

"Pode ser que os jornais publiquem um monte de detalhes", disse ele. "Eu só queria avisar você disso eu mesmo."

"Não se preocupe comigo, Frank."

Tentou sorrir, para o caso de Frank erguer a vista.

"Tem sido um horror", disse ele, sacudindo a cabeça.

Ela se perguntou se eles o deixariam rezar a missa quando estivesse preso, ou conservar seus trajes e seu breviário.

"Vamos fazer o melhor que pudermos por você, Frank."

"Como assim?"

Quando ergueu a cabeça e fitou a mãe, tinha a expressão de um garotinho.

"Quer dizer, o que a gente puder fazer, nós faremos, e nenhum de nós vai viajar. Eu estarei aqui."

"Tem certeza de que não prefere viajar?", perguntou ele, num meio sussurro.

"Tenho certeza, Frank."

Ele não se mexeu. Ela pôs a mão na xícara; o chá continuava quente. Frank sorriu de leve para ela e se levantou.

"Eu estava mesmo querendo vir ver você."

"Fico feliz que tenha vindo."

Ela não se levantou da cadeira enquanto não ouviu o barulho do motor do carro. Foi até a janela e ainda o viu dando ré e virando, tomando cuidado, como sempre, para não passar por cima da grama. Ficou na janela enquanto ele partia; ficou ali até que o ruído do carro morresse ao longe.

Uma viagem

"Mamãe, como é que as pessoas morrem?", ele havia perguntado, e Mary tinha explicado que a alma deixa o corpo e aí Deus... bom, Deus... leva a alma porque ele ama você.

"E todo mundo vai morrer?"

"Vai, David."

"Todas as pessoas?"

Ela achava graça na honestidade do filho, mas tentava levá-lo a sério e responder da melhor forma possível. David devia ter uns quatro anos, na época, e passava pela fase, ela se lembrou, de fazer perguntas e querer saber como e por que as coisas funcionavam.

Era o único filho deles, nascido após quase vinte anos de casamento, quando Seamus e ela já tinham desistido havia tempo de ter filhos. De início, ela mal pôde acreditar, depois se assustou; perguntava-se por que teria acontecido só então, e não anos antes, mas não encontrava explicação. Achava que talvez já estivessem velhos e acomodados demais para criar um filho. Estavam acostumados a ser livres. No entanto David não provocou a reviravolta que era esperada na vida deles. A sra. Redmond, que morava ali perto e cujo marido morrera pouco depois de David nascer, vinha todos os dias ajudar no serviço e ficava de babá sempre que eles queriam sair. A casa deles era bem ao lado da pequena escola nacional da qual Seamus era diretor. À medida que crescia, David passava cada vez mais tempo com a sra. Redmond. Muitas vezes, quando Mary ia buscá-lo, ele não queria ir para casa. Mas depois, quando já estava em sua própria casa, começava a sorrir de novo e seguia a mãe por todo lado, fazendo perguntas ou, depois que ficou mais velho, contando a ela o que tinha acontecido na escola.

Era tarde e ela não estava acostumada a dirigir longas distâncias à noite. Sentia dificuldade de se concentrar e, embora conhecesse a estrada muito bem, tinha de dirigir devagar. Era março e a geada começava a se formar. A estrada fora alargada em certos trechos, e os faróis do carro batiam em cercas de madeira, em vez das antigas valetas. O caminho não era mais aquela estrada furtiva, quase culpada de antes, escondida das terras em volta. Havia menos acidentes agora, supunha ela. Lembrou-se da velha estrada estreita e sua mente começou a recuar até descobrir que tentava, uma vez mais, apontar o dia em que notara pela primeira vez que David tinha crescido para além do seu alcance e se tornado um rapaz emburrado e retraído. Queria entender se seriam eles, Seamus e ela, os culpados — e de que forma — pelo fato de o filho de vinte anos de idade, que agora levava para casa, ter ficado sete meses internado num hospital, sofrendo de silêncio, como ela dizia; os médicos chamavam de depressão. David tinha se recusado a sentar no banco da frente, a seu lado, e não falava com ela. Sentou-se no banco de trás e acendia um cigarro após o outro do maço que lhe pedira que comprasse, quando passaram por Bray. Mary se perguntava se ele teria resolvido não falar com ela, ou se isso era natural para o filho, se o silêncio o deixava tão confortável quanto a deixava apreensiva e exausta. Resolveu que teria de falar.

"Seu pai não está nada bem, David", disse ela.

Não houve resposta. Ao ver um carro vindo no sentido contrário, baixou os faróis, mas a luz do outro carro era forte demais e ela teve de fixar os olhos no acostamento para evitar a claridade.

"Ele teve outro derrame na semana passada", disse ela, mas suas palavras soaram falsas, inverídicas, como se tivesse inventado aquilo apenas para chocá-lo e obrigá-lo a falar com ela. Porém ele não abriu a boca; dava para escutar o filho dando fortes tragadas no cigarro.

A longa rua principal de Arklow estava deserta, depois viriam Gorey, Camolin, Ferns e todas as estradas que existem entre elas, e finalmente estariam em casa. Os faróis do carro iluminavam uma curta distância à frente e nunca parecia haver absolutamente ninguém atrás. O trânsito era mínimo. Mary achou a densa fumaça de cigarro dentro do carro quase nauseabunda. A lua apareceu pela primeira vez.

Tentou não pensar, tentou concentrar-se na estrada, mas imagens aleatórias de lugares do passado continuavam a vir-lhe à mente, e não havia nada que pudesse fazer para interrompê-las. O hotel Mont Clare em Dublin, onde haviam passado a lua-de-mel; ela conseguia lembrar-se do quarto em que ficaram e dos estranhos barulhos da rua, pela manhã. Tentou evocar a impressão que a cidade, que àquela altura conhecia muito pouco, tinha lhe causado, mas outras cenas interferiram no quadro e embaciaram tudo. A rede de alamedas em volta de Cush, onde costumavam passar o verão, e os mosquitos que voavam em círculos no lusco-fusco e se emaranhavam no cabelo. O retrato da mãe, depois que morreu, pendurado no salão antiquado que ninguém usava, em cima da loja do pai, em Ferns.

Viu também a primeira vez em que puseram os olhos no sobrado ao lado da escola, que o pai dela havia comprado para eles, quando se casaram. Lembrou-se da atmosfera dentro da casa, no dia em que foram vê-la pela primeira vez, só paredes nuas e os ruídos ocos que os pés faziam. Agora, Seamus estava deitado no andar de cima dessa mesma casa. Com todo o lado direito do corpo paralisado. Essa cena Mary conseguia ver mais nitidamente que qualquer outra. Mesmo quando ela lia o jornal para ele, Seamus não parecia interessado.

David acendeu mais um cigarro no banco de trás.

"Você não quer vir sentar aqui do meu lado um pouco?", perguntou ela. Por uns momentos houve um silêncio, depois um som abafado.

"Não, obrigado."

De repente, ela parou o carro no acostamento. Não podia ver o filho direito, quando se virou, de modo que acendeu a fraca luzinha que havia no teto. David abriu a janela para deixar a fumaça sair. Ele tinha herdado os fartos cabelos loiros da mãe, mas nada dos ossos grandes de seu rosto. Na pouca luz interna do carro, lembrava a fisionomia de Seamus na época em que ela o conhecera, mas o rosto de David era ainda mais fino. Sua expressão era tensa. Deixou bem claro, na forma como se virou, que não tinha vontade de falar com ela.

"O que você vai fazer agora? Tem alguma idéia?", perguntou ela, e, por um rápido segundo, conseguiu prender o olhar do filho. Ele desviou os olhos.

"Não tenho idéia. Só não me faça mais perguntas, estamos entendidos? Simplesmente não me faça perguntas."

"Você podia ficar em casa uns tempos. Quem sabe conseguir um emprego por lá."

"Não sei."

Ele jogou o cigarro pela janela.

"Eu fico muito cansada dirigindo à noite. Devo estar ficando velha." Ela riu e lhe deu um sorriso nervoso.

"De todo modo, acho melhor a gente se apressar."

Estendeu a mão para apagar a luz interna e ligou o carro de novo.

"Seu pai está esperando a gente."

Deitado, com os olhos abertos, pensou ela, e mal vai me ver quando eu entrar. Sorriu à idéia de que agora teria dois deles por companhia. De todo modo, queria que David ficasse em casa, não obstante quão soturnos fossem seus silêncios, não obstante quantos dias passasse na cama, com as cortinas fechadas. Sonhava, agora, em voltar a Cush com ele num belo dia de verão, com a luz vinda do mar lhe devolvendo algo que ele perdera havia muito, uma antiga vitalidade que pelo visto descartara de propósito. Perguntou-se se ele poderia andar na areia com os pés descalços, talvez isso levantasse seu ânimo, mas suspirou ao perceber que nada seria tão rápido ou simples. Era, ela sabia, uma doença, mas não parecia ser. A impressão dela é que se tratava de algo do qual David não iria abrir mão, um presente especial e sombrio que tivessem lhe oferecido. Algo que o confortava e que ele aceitara.

"Como era lá no hospital, David? Nunca consegui entender muito bem quando íamos visitá-lo. Nunca deu para saber como é que você estava."

"Sem perguntas, mãe, eu disse sem perguntas."

"Mas me diga só como era."

"Nojento." Ele deu um suspiro e ela o ouviu soltar a fumaça. "Tudo por lá. Nojento."

"Mas foi a melhor coisa a fazer na época, não foi? Quer dizer, não havia mais nada que pudéssemos fazer."

"É."

Mary sabia que o filho tinha seus remédios, mas não sabia para que serviam. O médico com quem falava sempre se referia a David como "o paciente" e dizia que talvez ele melhorasse com mais uma internação. David não parecia disposto a responder a perguntas diretas e por isso Mary não fez nenhuma. Ninguém lhe daria um emprego, pensou, e ele não tinha qualificação para nada. Imaginou que, quando fosse velha, o filho ainda estaria morando com ela. Teve vontade de lhe perguntar mais alguma coisa, mas deteve-se a tempo, não queria irritá-lo. O silêncio no banco de trás tinha se tornado mais alerta, mais hostil. Quase dava para sentir que era voltado para ela. Pisou no acelerador. Estava ansiosa para chegar.

Os faróis do carro iluminaram o modesto campanário quadrado da catedral protestante de Ferns. Todo domingo, antes de terem carro, Seamus e ela iam de bicicleta até o centro e depois tomavam o trem até Ferns, onde costumavam passar o dia com o pai dela. Nos meses em que o pai estava morrendo, quando parecia tão brando e bem-humorado, Mary ficou com ele, sentada a seu lado. Para ambos, pensou ela, foi um tempo prazeroso.

Quando os faróis do carro iluminaram o vidro da igreja católica moderna e baixa, no entroncamento, lembrou-se de que eles tinham casado na igreja antiga e se perguntou o que fora feito dela. Ainda tinha os óculos de aro de aço do pai em alguma gaveta. Quando ele morreu, venderam sua loja, ampliaram a casa em que viviam e compraram um carro. Por alguns instantes, sonhou que eles não tinham vendido a loja e imaginou que trabalhar lá todos os dias, sob sua vigilância para que o trabalho nunca fosse excessivo, poderia ajudar David a se recuperar. Quando era menina, adorava trabalhar na loja.

"Ele fica na cama o tempo todo?", perguntou David de repente.

"A maior parte do tempo", disse ela. "Deveria ter ido para o hospital, mas não quis, de modo que a senhora Redmond vem toda noite. Temos de erguê-lo, e ele é bem pesado. A senhora Redmond está ficando bem velhinha. Ela vai passar a noite conosco hoje."

Fingiu para si mesma, enquanto falava, que ela e David tinham feito aquela viagem batendo um papo casual.

"Sabe o que eu adoraria?", perguntou, com familiaridade. "Eu adoraria fumar um cigarro. Não faço isso há anos. Seu pai odeia que eu fume. Será que você não quer acender um e me passar?"

Escutou David abrir o isqueiro, no banco de trás. Ele lhe entregou o cigarro.

"Tem certeza de que não quer vir aqui para a frente comigo?", perguntou ela. "Estamos quase chegando."

"Não, estou bem aqui."

Entraram na cidade pela estradinha estreita que acompanhava as árvores enfileiradas à margem do rio. A lua apareceu por trás da colina e Mary viu galhos nus e cristais de geada na estrada. Descobriu que não conseguiria terminar o cigarro e o pôs no cinzeiro. A iluminação pública da cidade tinha um tom sinistro de amarelo. Quando estava passando pelo correio e indo na direção do moinho, David tirou o cinzeiro de trás e esvaziou-o pela janela. Ela reparou no ar frio que entrou no carro.

"Estamos quase em casa, agora."

Virou na entrada asfaltada em frente à casa. Havia luzes lá dentro, e a sra. Redmond abriu a porta para recebê-los. David pegou a valise do banco de trás.

"Como é que ele está?", perguntou Mary quase num sussurro.

"Dormiu um pouco, mas agora está totalmente acordado. Ficou meio deprimido o dia todo", disse ela.

Quando entraram, a sra. Redmond insistiu para que David fosse até a cozinha com ela. Ele a seguiu, mas continuou segurando firmemente a valise, como se estivesse a caminho de um outro lugar. Mary parou e observou-os do primeiro degrau, antes de se virar e subir para o quarto.

As cortinas estavam fechadas e havia uma tigela de água ao lado da lareira elétrica. O quarto estava bem aquecido.

"Ele voltou?", perguntou Seamus.

Ela não respondeu, mas foi até a penteadeira e sentou na banqueta, de onde podia vê-lo pelo espelho. Reparou na estranheza do próprio cabelo loiro bem cuidado ao lado das rugas em volta dos olhos e da boca. Seus cachos, como David costumava dizer. Já era hora, pensou, de deixar o branco aparecer. Seamus olhava para ela da cama e, quando os olhares se cruzaram, teve uma rápida visão de um futuro no qual precisaria controlar cada grama de egoísmo bem dentro dela. Fechou os olhos antes de se virar para olhá-lo.

"Ele voltou? Você conseguiu trazê-lo de volta?", perguntou o marido de novo.

Três amigos

Na segunda-feira, quando os outros foram para o hotel almoçar, Fergus ficou sozinho com o corpo da mãe, na casa funerária. Até aquele momento, ele sabia que sua mãe teria achado o próprio velório muito bom. O zunzum de conversas de velhas amigas, a evocação de lembranças, a chegada de gente que ela não via fazia anos, tudo isso teria conferido brilho a seu olhar. Mas, pensou ele, a mãe não teria gostado de se ver sozinha com o filho, sob a luz sombria das velas, toda a vida extinta de si. Não devia mais estar se divertindo, pensou.

Sentiu-se tentado a cochichar algumas palavras de consolo para ela, dizer que ficaria tudo bem, que ela estava em paz. Levantou-se e olhou-a. O rosto morto não tinha nada da suavidade do rosto vivo. Esperava conseguir esquecer um dia da cena, ela deitada inerte num caixão, com vagos traços de um antigo problema por trás da máscara de quietude, paz e imobilidade. Os agentes funerários ou as enfermeiras que prepararam sua mãe tinham feito o queixo parecer mais firme, mais resolvido, quase pontudo, rodeado de rugas estranhas. Se ela falasse agora, ele sabia, seu antigo queixo voltaria, sua antiga voz, seu antigo sorriso. Mas isso tudo tinha ido embora; qualquer um que a visse pela primeira vez, agora, não saberia quem era ela. Estava irreconhecível, pensou, e de repente percebeu que iria chorar.

Quando ouviu passos do lado de fora, os sapatos pesados de um homem pisando em concreto, sentiu quase surpresa de que alguém viesse interromper sua vigília. Estava ali sentado como se a porta estivesse fechada e não pudesse ser incomodado.

Surgiu um homem alto de meia-idade, andando encurvado. Tinha um jeito brando, modesto; Fergus não o conhecia. Ele não prestou a menor atenção em Fergus e aproximou-se do caixão com um respeito rígido, fez o sinal-da-cruz e abaixou-se para dar um beijo suave na testa da mulher. Parecia ser da cidade, não era um vizinho, pensou Fergus, mas alguém que ela conhecera anos antes. Estar exposta desse jeito, ser tocada por qualquer um que entrasse, teria, ele sabia, horrorizado a mãe; ainda bem que faltavam poucas horas até o caixão ser fechado e levado à catedral.

O homem sentou-se a seu lado, ainda vigiando o rosto de sua mãe, olhando fixo para ela como se esperasse que fizesse alguma coisa na luz bruxuleante das velas. Fergus quase sorriu consigo mesmo ao pensar que poderia dizer àquele homem que não havia motivo para olhá-la com tanta intensidade porque ela estava morta. O sujeito virou-se para ele, enquanto fazia o sinal-da-cruz de novo, e ofereceu a mão enorme e a simpatia de um rosto franco.

"Eu sinto muito pela morte dela."

"Obrigado", respondeu Fergus. "Foi muita gentileza sua ter vindo."

"Ela parece em paz", disse o homem.

"Ela está", respondeu Fergus.

"Ela foi uma grande dama", declarou o homem.

Fergus meneou a cabeça, concordando. Sabia que o homem teria de esperar ao menos uns dez minutos antes de poder fazer uma saída decente. Gostaria que ele se apresentasse ou desse alguma pista de sua identidade. Ficaram em silêncio, olhando para o caixão.

Com o passar do tempo, parecia estranho a Fergus que ninguém mais tivesse aparecido. Os outros com certeza já teriam terminado de almoçar; os amigos da mãe e alguns parentes tinham ido pela manhã. Não fazia muito sentido que todos tivessem deixado essa brecha para que ele e um estranho ficassem sentados tão desconfortavelmente ao lado um do outro por tanto tempo. Para Fergus, esse período de tempo parecia pertencer a um sonho sombrio, que os afastou de todos os elementos familiares e os levou a um lugar de luzes pálidas, trêmulas, de silêncio incômodo, ao reino infinito, desgracioso e neutro dos mortos. Quando o homem pigarreou, Fergus deu-lhe uma olhada e viu na pele seca e no rosto pálido mais provas de que esses minutos não pertenciam ao tempo comum, que ambos tinham sido sugados pelo espírito da mãe até um lugar de sombras.

"Você nunca foi o atirador", disse o homem, em voz baixa. Seu tom era amigável.

"Isso mesmo", disse Fergus.

"Conor é que era o atirador da família", disse ele.

"Ele já foi muito bom de fato", disse Fergus.

"Você é o inteligente, então?"

"Não." Fergus sorriu. "Esse é o Fiach. É o caçula."

"Seu pai", o homem começou a falar, depois hesitou. Fergus lançou-lhe um olhar penetrante. "Seu pai foi meu professor na escola."

"É mesmo?"

"Eu estava na mesma classe de George Mahon. Está vendo aquela pomba ali na parede? Foi George quem desenhou."

Ele apontou a parede dos fundos da casa funerária.

"Era para ele ter feito uma pintura bem grande para a inauguração. Aquilo é apenas um desenho, uma espécie de rascunho. Ela ainda tinha de preencher com tintas."

Fergus observou os contornos quase apagados do lápis na parede, atrás do caixão. Distinguiu uma pomba, algumas silhuetas e talvez uma colina ou montanha a distância.

"E por que ele não terminou?", perguntou Fergus.

"A mulher de Matt", respondeu o homem, "morreu de repente, algumas semanas antes de estar tudo pronto para abrir a casa funerária, e ele teve de decidir se poria a esposa no caixão ele mesmo ou recorreria ao concorrente. No fim, resolveu colocá-la ele próprio, mesmo que o lugar não estivesse acabado. Tudo bem, não havia problema nenhum, mas a pintura ainda não tinha sido feita. E assim que a mulher de Matt veio para cá para ser velada, George Mahon disse que não voltaria para acabar. Tinha muito medo, disse. O espaço estava arruinado. Ao menos era o que ele dizia. Não conseguia trabalhar. Você nunca sabe o que pode surgir pelas costas, disse ele, trabalhando lá."

O homem falava em tom monocórdio, olhando fixo para o caixão o tempo todo. Quando Fergus desviou a vista, tentou imaginar seu rosto, mas não conseguiu; as feições dele pareciam sumir assim que Fergus virava o rosto. Sabia que era uma pessoa difícil de descrever; alto, mas não muito alto; magro, mas não muito magro; cabelo castanho ou cor de areia; feições insignificantes e voz sem vida. No silêncio da casa funerária, quando o homem parou de falar, se alguém viesse cochichar com ele que o sujeito aparecera para levar embora o espírito da mãe, não teria lhe parecido uma idéia estranha. Por uns poucos segundos, a possibilidade mais provável, para Fergus, era a de que o visitante houvesse suspendido o tempo para dizer banalidades e contar histórias, enquanto agia para levar sua mãe embora, deixando para ser enterrado apenas um corpo gasto e inútil.

Em breve, no entanto, depois que o homem se foi e os outros voltaram, e alguns vizinhos apareceram, o feitiço se quebrou e a visita dele pareceu-lhe banal, o que se deve esperar numa cidade pequena, algo que não vale a pena contar aos outros, ainda que tenha deixado uma marca.

No dia seguinte, enquanto seguiam o caixão pela nave central da catedral, em direção ao carro fúnebre, Fergus manteve a cabeça baixa. Escutou a música, o último hino que foi cantado para sua mãe, e tentou não pensar nas pessoas congregadas de ambos os lados da nave, de pé todas elas, olhando para ele, os irmãos, as irmãs e a tia, enquanto cruzavam devagar a porta principal. Entretanto, ao passarem as últimas pessoas, olhou em volta e surpreendeu-se de ver três amigos de Dublin, amizades feitas nos fins de semana e numa viagem recente a Amsterdã, os três parados com fisionomia sombria, como se estivessem com vergonha de algo, cruzando o olhar com ele, mas sem sorrir nem mesmo menear a cabeça para dizer que o tinham reconhecido. Nunca os vira sérios, até então; essa devia ser a cara deles na escola, quando se enrascavam com alguma coisa, ou durante entrevistas de emprego, quando questionados em aeroportos ou quando eram parados pela polícia. Sentiu-se tentado a cochichar com eles e perguntar, rindo, se tinham alguma droga, mas, até pensar em dizer isso, já estava do lado de fora da catedral.

No cemitério, o túmulo do pai parecia pertencer à história, as datas entalhadas já apagadas. O padre havia instalado um microfone e um pequeno estrado do outro lado. O sol matinal de setembro esquentava o dia. Não havia nem uma brisa, mas assim mesmo o lugar todo parecia curiosamente varrido por ventos. Fergus se perguntou por que eles não tinham árvores, nesse cemitério, nem mesmo arbustos. Quando o padre começou a dizer as preces, ele reparou em George Mahon, o pintor, parado perto de um túmulo mais distante. Foi a única criatura no cemitério que não se aproximou, que não se juntou aos outros perto do túmulo. Tinha mais de um metro e oitenta e estava com as mãos sobre um túmulo. Fergus sentiu o poder daquele olhar, e pressentiu que George Mahon desenhara uma linha invisível no cemitério, uma linha que não cruzaria. Como lhe dissera o cidadão no velório, Mahon tinha medo dos mortos. Conhecia a mãe de Fergus desde sempre, de modo que não seria fácil se desvencilhar da obrigação, mas sua distância do túmulo, seu exame acurado da cena em volta do padre, do carro funerário e do caixão, a independência impetuosa da postura, fizeram Fergus estremecer enquanto o caixão ia para a cova.

Depois, Fergus parou e apertou a mão de todos que apareceram, agradecendo a presença e tentando sorrir. Reparou que uma das irmãs chorava. No final da fila, timidamente, estavam Mick, Alan e Conal.

"Os três mosqueteiros", disse ele.

"Sinto muito, Fergus", disse Mick, apertando sua mão. Estava de paletó e gravata. Os outros dois se aproximaram e o abraçaram de leve.

"Eu sinto muito mesmo", disse Alan.

Conal estendeu-lhe a mão e sacudiu a cabeça com tristeza.

"Vocês não querem ir até o hotel para comer alguma coisa?", convidou Fergus.

"Adoraríamos, mas temos que ir", respondeu Mick, com um sorriso. "Quando é que você volta para Dublin?"

"Na quinta, eu acho", disse Fergus.

"E você aparece na quinta à noite, ou então nos dá uma ligada do celular?"

"Certo, obrigado. Pode deixar."

Naquela noite, ele, os irmãos e o cunhado beberam até as quatro da manhã. Quase todos ficaram mais uma noite, com promessas uns aos outros de que iriam cedo para a cama, mas, durante o jantar, começaram a tomar vinho, depois passaram para a cerveja, depois para o uísque e, quando não sobrou mais nada, voltaram para o vinho, que Fergus e os irmãos beberam até bem depois do amanhecer. Ele só foi acordar após o meio-dia. Era quinta-feira e hora de ir embora. Tinha planejado o tempo todo dar uma passada no cemitério, na saída da cidade, ficar um pouco ao lado do túmulo da mãe e oferecer a ela, ou receber dela, algum consolo, mas estava cansado e esgotado. A noite toda tinham rido até não restar mais nenhuma história engraçada para contar. Sentiu uma culpa aflitiva pela morte da mãe ao passar pelo cemitério, como se tivesse alguma responsabilidade pelo que acontecera. Mas, em vez de se aproximar mais dela, precisava se afastar de casa, do túmulo e dos dias de funeral. Foi direto para casa, em Stoneybatter, sonhando não ter nunca mais de sair de novo, em dormir noite após noite tão logo escurecesse.

Quando estava se preparando para deitar, o telefone tocou. Era Mick.

"Não se preocupe com hoje", disse ele. "É a noite de amanhã que interessa. A gente tem uma coisa especial para você. Vai todo mundo. Uma rave na praia."

"Não", respondeu Fergus. "Eu não vou."

"Você tem que ir", insistiu Mick.

"Estou velho demais para música techno. Aliás, vou reformular a frase. Techno é muito chato. E eu detesto praia."

"Mas essa rave vai ser especial. Eu já não disse que era especial? Traga duas malhas grossas e uma toalha grande."

"Não."

"Às nove lá em casa. Eu dirijo. Se estiver chato, eu venho embora com você. Mas, por favor, venha."

"Às nove?", perguntou Fergus, rindo por alguns momentos.

"Às nove em ponto", respondeu Mick.

"E a gente fica uma meia hora, certo?"

"Vai dar nove da manhã e você não vai querer saber de ir embora", disse Mick.

Saíram da cidade ao escurecer. Estava calor; quando tomaram a direção norte, mantiveram as janelas abertas até que Alan acendeu um baseado — aí fecharam tudo para relaxar na fumaça. No apartamento de Mick, eles já tinham cheirado uma carreira de cocaína cada, o que fez Fergus se sentir sagaz, nervoso e curiosamente lúcido. Deu uma tragada no baseado com toda a força, absorveu fumaça demais e se concentrou em mantê-la no corpo, curtindo o gosto e o poder da erva, de olhos fechados; sentia-se quase desacordado. Pôs a cabeça para trás enquanto uma trilha de fraqueza lhe percorria o corpo. Estava pronto para dormir, mas era uma sensação que vinha com rajadas de pensamentos que não levavam a lugar nenhum. Tentou relaxar no banco de trás, fruir o torpor dourado da maconha e o doce choque elétrico do pó.

"Sabe do que mais?", disse Alan. "Eu me senti tão mal com o enterro da sua mãe que concluí que estava esquecendo a minha. De modo que comprei umas flores e fui visitá-la."

"Um pequeno passo para a humanidade", comentou Conal.

"Eu devia ter ligado antes", prosseguiu Alan, "só que ela não é muito boa com o telefone, para ela é como se fosse uma cobra venenosa."

"Fazia quanto tempo que você não ia vê-la?", perguntou Mick.

"Desde junho. E antes dessa visita, fui em fevereiro, e ela ficou no meu pé, me criticando, e eu disse: 'Bom, mas agora eu estou aqui', como se isso pudesse compensar por tudo o mais. E ela quase me mordeu. Não parou de dizer: 'Sei, sei, está tudo bem'. Ela se irrita fácil."

"Então você tem a quem puxar, certo?", disse Mick.

"E aí eu chego lá com as flores e não tem ninguém em casa e a vaca da casa ao lado aparece de avental gritando que não vai me dar a chave. 'Sua mãe está na Itália', me informa. Numa praia, se quer saber, um dos lugares mais badalados hoje em dia, com a velha Kingston, comprando um imóvel ou brincos novos."

"E o que você fez das flores?", perguntou Mick.

"Puta merda, eu meti elas no lixo, no ponto de ônibus."

"Nossa", disse Conal. "Eu acho melhor a gente não falar assim na frente do Fergus. Tudo bem com você, Fergus?"

"Estou ótimo", respondeu Fergus. Estava com a cabeça encostada no banco e os olhos fechados.

"Vai ter mais da branca quando a gente chegar lá", garantiu Mick. "Não se preocupe."

"Estou pronto para ir para a cama", disse Fergus. "Quando eu era pequeno, adorava ficar no carro enquanto toda a família saía para dar uma volta na beira do rio."

"Bom, mas agora você cresceu", retrucou Mick.

Mick começou a dirigir devagar, assim que saiu da estrada principal. Fergus imaginava que estariam em algum ponto entre Drogheda e Dundalk, mas na direção da costa, ou indo paralelo a ela. Reparou que Mick tinha dificuldade em ver o que havia na frente por causa dos trechos de forte neblina que apareciam de vez em quando. Parou várias vezes e ligou a luz interna do carro para consultar a direção num mapa complicado.

"Estamos bem perto agora, mas recebi instruções para não pedir ajuda de ninguém nem dar bandeira", disse Mick. "Estou procurando uma segunda casinha, à direita, e depois tenho de virar numa trilha estreita e arenosa."

"Tem certeza de que não tem alguém querendo fazer você de idiota?", perguntou Alan.

"Tenho, sim. É a mesma turma que fez a última. Eles são massa."

Parou diante da segunda casinha e saiu do carro para conferir, em meio à neblina, se havia mesmo uma trilha à direita.

"Estamos quase lá", disse ele. "Agora é só pegar essa trilha que a gente chega."

Urzes brancas e amoreiras silvestres batiam na lataria do carro, enquanto seguiam pela trilha estreita e tão esburacada que, às vezes, parecia cortar a parte de baixo do carro, levando Mick quase a parar. Eles viajaram em silêncio, como se estivessem com medo, e o carro, mais que andar para a frente, parecia sacudir para os lados. Quando a trilha terminou, Mick abriu a janela e todos ouviram o rugido do mar. Ele estacionou o carro perto de vários outros. Assim que saltaram, escutaram claramente o som de música eletrônica ao longe. Fergus reparou que havia um ventinho morno vindo do mar, feito vento de verão, embora o verão tivesse terminado havia pouco com nuvens baixas e chuva constante.

"A gente devia dar uma cafungada aqui no carro, senão o vento vai soprar tudo", disse Mick.

Entraram de novo no carro, fecharam portas e janelas, e Mick bateu as fileiras certinhas numa capa de CD. Tendo esperado sua vez para cheirar usando uma nota de cinqüenta euros, recomendação de Mick, Fergus sentiu com prazer o gosto amargo do pó a caminho da garganta. Engoliu bem para sentir melhor o gosto e então, como era o último da fila, passou o dedo na capa do CD para absorver qualquer grão que tivesse sobrado e o esfregou nas gengivas.

Numa valise, levavam malhas e toalhas, garrafas de água, latas de cerveja e uma garrafa de tequila. Viram faróis se aproximando, depois um carro parando e estacionando; de dentro dele saíram seis pessoas meio zonzas. Mick acendeu um baseado e passou adiante.

"Não chegamos cedo demais nem tarde demais", disse.

Com a ajuda de uma lanterna, guiou-os por um promontório na direção da música, que vinha de uma caverna abrigada, abaixo de degraus de pedra íngremes que saíam do terreno que haviam atravessado.

"A música é chata", Fergus cochichou para Mick.

Mick lhe passou o baseado de novo. Fergus tragou duas vezes, depois devolveu.

"Quero que feche os olhos e abra a boca", disse Mick. Dirigiu o facho de luz para o rosto de Fergus, enquanto Alan e Conal riam. Fergus viu Mick dividindo um comprimido em dois com os dentes; assim que fechou os olhos, Mick pôs metade do comprimido em sua língua.

"Engula isso", disse Mick. "É o que os médicos recomendam contra o tédio."

Os organizadores devem ter trabalhado o dia inteiro, pensou Fergus assim que viu as luzes, os geradores, os potentes alto-falantes e a mesa de som. Tinham instalado uma discoteca elaborada e instantânea na gruta, com luzes piscando e música techno em alto volume, mas tão longe das casas e da estrada mais próxima que, com sorte, continuariam a noite toda sem ser perturbados. Ainda era cedo, Fergus sabia, e mesmo que o ecstasy ainda não estivesse fazendo efeito, a cocaína, a maconha e a brisa marítima deixaram nele uma sensação de vigor; estava pronto para uma noite que não terminaria, como as noites na cidade invariavelmente terminavam, com leões-de-chácara aos berros, lugares fechando cedo, nenhum táxi e nenhum lugar para ir, a não ser para casa.

Quando se juntaram aos demais, deixando os pertences num lugar seguro na escuridão, havia cerca de trinta pessoas dançando. Alguns pareciam amigos que tinham feito a viagem juntos, ou quem sabe tivessem acabado de se conhecer, pensou Fergus, vendo o pessoal coordenando os movimentos e, ao mesmo tempo, dançando rigorosamente distantes uns dos outros.

Ele parou à margem do círculo de gente, tomando cerveja na lata que Mick lhe dera, ciente de estar sendo observado por um cara alto, magro, de cabelo castanho, que dançava num ritmo de sua própria lavra, apontava para o céu, depois para Fergus, e sorria. Ainda bem que ele tinha passado tempo suficiente entre gente careta para saber que o sujeito tomara um ecstasy; estava feliz e sorrindo para mostrar isso. Não era uma paquera, embora pudesse ter parecido que sim; não havia conteúdo sexual no que ele fazia. Parecia uma criança. Fergus apontou o dedo para ele, no mesmo ritmo monótono e chapado da música, e sorriu de volta.

Reparou no nariz e no queixo formigando à medida que o ecstasy abria caminho pelo corpo com sua mensagem de apoio. Começou a dançar com Mick, Alan e Conal bem do lado. Estava feliz de que estivessem ali, mas não sentia a menor necessidade de olhar para eles ou falar com eles, nem mesmo de sorrir de leve para eles. O que quer que estivesse acontecendo agora com as drogas, com a noite, com os sons metálicos penetrantes — ritmo e volume aumentando — significava que se achava conectado, que era parte do grupo que haviam formado. Bastou essa conexão para que uma onda de calor o invadisse; ele torceu para que continuasse assim até a madrugada e, quem sabe, depois do amanhecer, pelo dia seguinte todo.

Depois que ele e Mick dividiram mais um comprimido, tomaram um pouco de água e fumaram um baseado, a música, com sua aparente monotonia e variações quase imperceptíveis, começou a atrair o interesse de Fergus e o puxou com mais força que os rostos ou os corpos a sua volta. Ficou à espreita de mudanças no tom e na batida, seguindo a música com a boa energia que a noite, à medida que se esgotava, lhe oferecia. Manteve-se perto dos outros e eles de Fergus. Às vezes se empurravam numa agressão fajuta, dançando ao som de harmonias estranhas e inventadas na hora, sorrindo entre si ou tocando uns nos outros para se garantirem, antes de se afastarem tranqüilos, cada um dançando sozinho na multidão ondulante.

Mick estava no controle e decidia quando acender os baseados, quando engolir mais ecstasy, tomar mais cerveja, ingerir mais água e em que momento se afastar dos outros, deitar em toalhas sobre a areia e dar risada, mal trocando uma palavra, sabendo que tinham todo o tempo do mundo para dançar e que aquilo era apenas um pequeno desvio, que Mick achava que precisavam fazer, da beleza mutável da música e dos ravers.

A noite toda ficaram em volta um do outro, como se estivessem guardando algo profundamente divertido e maravilhoso que desapareceria se não permanecessem juntos. Fergus percebia a areia no cabelo, misturada ao suor que escorria pelas costas e dentro dos tênis. De vez em quando sentia cansaço, depois parecia que a própria sensação o impelia a oscilar ao ritmo da música, a sorrir, fechar os olhos e torcer para que o tempo andasse devagar, que esse casulo de energia permanecesse intocado por um tempo e conseguisse enclausurá-lo e mantê-lo seguro na noite.

Horas depois — ao menos assim pareceu —, Mick o puxou de lado, afastou-o das luzes e mostrou-lhe os primeiros rebuliços do alvorecer no horizonte por sobre o mar. Era mais uma fumaça cinza e branca, ao longe, sem vermelhidão nem indícios reais de sol. Parecia mais a luminosidade de um fim de dia que um amanhecer. Tornaram a se unir aos outros, sob luzes piscando de modo frenético, para as últimas músicas.

Quando os primeiros raios de sol bateram na praia, a luz ainda era cinzenta e apreensiva, como se estivesse ganhando forças para um dia de nuvens baixas e chuva. Tremendo de frio, foram até onde tinham deixado malhas e toalhas e começaram a beber da garrafa de tequila. De início, a tequila tinha gosto de veneno.

"Isto aqui é rico em energia tóxica", disse Fergus. Alan desmoronou na areia macia, às gargalhadas.

"Você está parecendo Deus, nosso pai, ou Einstein", disse Conal.

Mick estava pondo as toalhas na valise e conferindo para ver se não tinham deixado nenhum lixo.

"Tenho más notícias", disse ele. "Nós vamos dar um mergulho."

"Ai, Jesus!", gemeu Alan.

"Eu voto a favor", disse Conal, levantando e espreguiçando-se. "Vamos lá, Alan, isso fará de você um homem."

E ajudou Alan a se pôr de pé.

"Eu não trouxe calção", disse Alan.

"E também não trouxe cueca limpa, aposto."

Mick entregou a Fergus a garrafa de tequila, da qual beberam uns goles enquanto se afastavam dos últimos ravers, até chegarem à extremidade oposta da gruta, onde não havia ninguém. Mick largou a valise, pegou uma toalha, pôs na areia e começou a tirar a roupa. Entregou um ecstasy para Alan e Conal.

"Isso vai esquentar vocês", disse ele.

Mordeu outro e entregou metade a Fergus, que de repente estava ciente da saliva de Mick nas bordas irregulares do comprimido que pusera na boca, vivamente alerta ao pós-brilho das longas horas que haviam partilhado, se tocado e ficado juntos. Parou na praia, viu Mick tirar a roupa e, com um grito sufocado, percebeu que ele ia entrar nu na água.

"O último apaga a luz!", Mick gritou ao se aproximar da beira da água.

Na estranha e inóspita meia-luz da madrugada, seu corpo parecia curiosa e poderosamente desengonçado, a pele manchada e branca. Não demorou para que Alan fosse atrás dele, também nu, mais magro ainda, tremendo, saltando para cima e para baixo para afastar o frio. Conal estava de cueca ao avançar com enorme cautela para a água. Fergus tirou a roupa devagar, tremendo também, vendo os outros recuarem com a água fria e saltarem para evitar cada onda, até que a imagem deles na água começou a interessá-lo. Mick e Conal escolheram o mesmo momento para mergulhar sob uma onda que vinha.

Assim que seus pés tocaram na água, Fergus recuou. Observou os outros três brincando mais adiante, nadando com energia e liberdade, deixando-se puxar para dentro das ondas, depois mergulhando como se a própria água fosse refugiá-los do frio. Isso, pensou ele, abraçando-se para se manter aquecido e deixando bater os dentes, vai ser uma tortura, mas ele não podia voltar para a praia e pôr a roupa de novo; teria de ser corajoso e entrar, a exemplo deles, que não mostravam sinais de querer voltar para a terra firme e lhe pediam que não fosse criança.

Fergus se obrigou a pensar por alguns momentos que não era ninguém nem nada, que não tinha sentimentos, que nada poderia magoá-lo quando entrasse na água. Pegou uma onda que vinha em sua direção, mergulhou sob ela e nadou de peito na direção dos amigos. A mãe, lembrou-se, sempre fora corajosa na água, nunca hesitava na beirada, nem por um único segundo, sempre marchava decidida para a água fria. Ela não sentiria muito orgulho dele agora, pensou, enquanto lutava contra a idéia de que já tinha se molhado o suficiente e que poderia sair rápido da água para se enxugar na praia. Descartou esse pensamento, tentando ficar sob a água e se movimentar às cegas, batendo os braços o quanto podia para se manter aquecido. Quando chegou aos amigos, eles riram, puseram os braços em volta dele e começaram uma brincadeira barulhenta e elaborada na água que logo o fez esquecer o frio.

Quando Alan e Conal nadaram rumo à praia, Mick ficou para trás, com Fergus, que já tinha se esquecido do frio a ponto de pôr os braços para fora e boiar, olhando fixo para o céu clareando. Mick não se afastou dele, mas depois de um tempo incitou o amigo a nadar até um pouco mais longe, onde havia um banco de areia e onde as ondas não fariam muita diferença e seria mais fácil endireitar-se e boiar de novo. Enquanto nadavam até lá, mantiveram-se juntos, chocando os corpos casualmente algumas vezes, mas, quando encontraram o banco de areia, Fergus sentiu que Mick o tocava de propósito, que punha a mão nele e que não queria tirá-la. Fergus sentiu o próprio pau endurecer. Quando Mick se afastou, resolveu boiar, feliz demais para se incomodar se Mick via ou não a ereção, certo de que Mick logo voltaria para ele.

Nem abriu os olhos quando Mick nadou entre suas pernas e, subindo à tona, segurou seu pau, pondo a outra mão debaixo dele. Quando quis se endireitar, percebeu que Mick o segurava tentando entrar nele com o dedo indicador da mão direita, que empurrou e sondou até chegar lá bem no fundo. Fergus estremeceu e pôs os braços em volta do pescoço de Mick, levando a boca na sua direção até que Mick começou a beijá-lo impetuosamente, mordendo a língua e os lábios de Fergus ao subir no banco de areia. Quando Fergus estendeu o braço, sentiu o pau de Mick, duro e escorregadio dentro da água. Sorriu, quase deu risada, ao imaginar como seria difícil chupar um pau debaixo da água.

"Eu meio que queria fazer isso", disse Mick, "mas só uma vez. Tudo bem?"

Fergus riu e deu-lhe mais um beijo. Enquanto Mick o masturbava, tentava enfiar um segundo dedo e Fergus gritou, mas não se esquivou. Afastou as pernas o quanto deu, deixando que o segundo dedo entrasse nele devagar, respirando fundo para poder se abrir mais. Manteve os dois braços em volta do pescoço de Mick e pôs a cabeça para trás, fechando os olhos por causa da dor e da excitação que sentia. Na meia-luz da manhã, começou a tocar o rosto de Mick, sentindo os ossos, experimentando o crânio por trás da pele e da carne, as órbitas dos olhos, os malares, o maxilar, a testa, a solidez inerte dos dentes, a língua que iria secar e apodrecer com tanta facilidade, o cabelo morto.

Mick tinha parado de masturbá-lo e concentrou-se inteiramente nos dois dedos, pondo e tirando cruamente. Fergus tocou o pau de Mick, os quadris, as costas, as bolas; depois colocou sua energia, toda ela, o luto forrado de drogas e a pura excitação, em prender e manter a língua de Mick em sua boca, oferecendo a sua em troca, sentindo o gosto da saliva do amigo, seu hálito, seu eu selvagem. Percebeu que nenhum dos dois queria ejacular; de certa forma, isso seria uma derrota, o fim de alguma coisa, só que nenhum dos dois conseguia decidir parar, ainda que estivessem ambos tremendo de frio. Fergus aos poucos foi se dando conta de que Alan e Conal estavam parados na praia, olhando para eles. Quando por fim esfriou demais até para ambos e começaram a sair, os outros dois viraram as costas, imperturbáveis.

Até estarem todos vestidos e prontos para voltar ao carro, o dia já havia amanhecido. Passaram pelos organizadores, que desmontavam o maquinário da noite anterior, trabalhando com rapidez e eficiência.

"Como é que eles ganham dinheiro?", perguntou Alan.

"Em outras noites dá dinheiro", disse Mick, "mas eles fazem isso por amor."

Mick teve de fazer a conversão com o carro vazio, sem nenhum passageiro, para que as rodas não atolassem na areia. Depois que virou o carro, Fergus sentou-se no banco da frente e os outros dois atrás. Atravessaram em silêncio a estradinha, com galhos dos dois lados repletos de amoras. Fergus lembrou-se de alguma estrada nos arredores de sua cidade natal, sem trânsito e cheia de árvores altas ao longe, e cada um deles, os irmãos e irmãs e a mãe, com uma peneira ou uma panela, colhendo amoras nos arbustos que cresciam à beira da estrada, a mãe a mais infatigável, a mais atarefada, enchendo de amoras, peneira após peneira, um balde vermelho no banco de trás do velho Morris Minor.

Quando entraram de novo na estrada principal para Dublin, Fergus percebeu que não conseguiria enfrentar o dia sozinho. Não estava com sono, embora estivesse cansado; estava, mais que tudo, inquieto e excitado. O gosto da boca de Mick, o peso dele na água, a sensação de sua pele, a percepção de como estava excitado, tinham se aliado com o que restava das drogas e da tequila para fazê-lo desejar Mick de novo, para fazê-lo querer ter Mick sozinho num quarto, com lençóis limpos e uma porta fechada. Lamentou não ter gozado no mar e não ter feito Mick gozar junto. O esperma deles, misturando-se com água salgada, limo e areia, teria posto um ponto final aos desejos, pelo menos por um tempo. Sabia que sua casa era a primeira parada, assim que entrassem na cidade; gostaria de poder se virar para Mick, sem os dois no banco de trás ouvindo tudo, e pedir-lhe que ficasse com ele um pouco mais.

Quando Alan pediu a Mick que parasse o carro, declarando que iria vomitar, e Mick parou no acostamento da pista dupla, todos observaram em silêncio os acessos de vômito e ouviram calmamente o barulho das ânsias. Fergus achou então que talvez fosse um bom momento para dizer a Mick que não conseguiria ir para casa sozinho.

"Conal, por que você não vai ajudar o Alan?", perguntou.

"Ele sempre vomita", respondeu Conal. "É um troço genético, segundo ele. Não há nada que eu possa fazer. Ele é um fracote. O pai e a mãe dele também eram fracotes. Pelo menos é o que ele diz."

"Será que eles iam a raves?", perguntou Mick.

"Iam a seja lá o que for que existia na época", respondeu Conal. "Bailes, imagino, ou festinhas."

Alan, bem castigado e muito pálido, voltou para o carro. Como não havia trânsito, Fergus sabia que em meia hora estaria em casa. Não teria mais nenhuma chance de dizer a Mick o que queria. Podia tentar mais tarde, ao telefone, mas esse podia ser um daqueles dias em que Mick não iria atender. E de toda forma, sua própria necessidade desesperada já poderia ter se abatido e se transformado em tristeza e decepção sombrias.

Sua pequena casa, quando chegou à porta da frente, parecia ter sido esvaziada de alguma coisa, o ar lá dentro dava a impressão de estar preso numa ratoeira e de ter passado por uma filtragem especial até adquirir uma espécie de rarefação. O sol brilhava pela janela da frente e ele fechou imediatamente a cortina, criando a impressão de que ainda era manhãzinha. Pensou em pôr um CD para tocar, mas nenhuma música lhe agradaria, nesse momento, assim como o álcool não ajudaria e o sono não viria. Sentiu então que poderia caminhar duzentos quilômetros, se tivesse algum lugar para ir, algum destino específico. Não tinha mais medo de nada, a não ser medo de que essa sensação não fosse sumir. O coração batia ao ritmo de uma tremenda insatisfação com a vida; o eco da música em seus ouvidos e o pós-brilho das luzes piscando em seus olhos continuavam presentes. Era como se tivesse sido tocado pelas asas de algum conhecimento bem nítido, de alguma única e misteriosa emoção quase igual aos acontecimentos da semana anterior. Deitou-se no sofá, zonzo e abatido por seu fracasso em agarrar o que lhe fora oferecido, e caiu num estupor, mais que no sono.

Não sabia quanto tempo se passara quando ouviu alguém bater na porta da frente. Os ossos doíam quando se levantou automaticamente para ver quem era. Havia esquecido o que tanto queria no carro, mas assim que viu Mick, que parecia ter tomado um banho e trocado de roupa, lembrou-se. Mick tinha uma sacola de comida na mão.

"Não vou entrar a menos que você prometa que vai lavar toda a areia de todos os orifícios", disse Mick.

"Prometo."

"Imediatamente", insistiu Mick.

"Certo."

"Eu faço o café", disse Mick.

De propósito, Fergus aumentou a graduação da torneira de água quente, para ver se isso poderia restaurar o antigo estado de excitação. Banhou-se, fez a barba e pôs roupas limpas. Rápido, trocou os lençóis e o acolchoado da cama. Quando desceu, a mesa estava posta; havia chá bem quente, ovos mexidos, torrada e suco de laranja. Comeram e beberam vorazmente, sem falar.

"Eu teria trazido o jornal", disse Mick, "mas mal consigo enxergar."

Fergus se perguntava em quanto tempo conseguiria levá-lo para o quarto, depois de terminado o café-da-manhã. Sorriu e fez um gesto na direção do andar de cima.

"Está pronto para mais?", perguntou ele.

"Estou, acho, mas não me converti nem nada disso. É só uma vez, certo?"

"Você já disse isso antes, Mick."

"Eu estava pirado. Desta vez falo sério."

Mick tirou um pequeno saquinho de plástico do bolso e empurrou a toalha até ficar só a madeira nua da mesa. Com seu cartão de crédito, bateu duas longas carreiras idênticas. Tirou uma nota de cinqüenta euros do bolso.

"Quem vai primeiro?", perguntou Mick, com um sorriso.

Emprego de verão

Ela veio de Williamstown, a velha senhora, logo que a criança nasceu, e deixou uma jovem vizinha tomando conta da agência de correio. Sentada ao lado de Frances, no hospital, olhava com carinho para o bebê mesmo quando ele estava dormindo e o segurava ternamente quando acordado. Não tinha feito nada parecido no nascimento dos outros netos.

"Ele é adorável, Frances", disse ela, com voz séria.

A velha senhora se interessava por política, religião e notícias frescas. Adorava encontrar pessoas que sabiam mais que ela e tinham mais instrução. Lia biografias e teologia. Sua mãe, pensou Frances, se interessava por quase tudo, mas não por crianças, a menos que estivessem doentes ou se sobressaíssem de algum modo, mas definitivamente nunca por bebês. Frances não tinha a menor idéia de por que ela ficara quatro dias.

A mãe era cautelosa com os filhos adultos, até mesmo com Bill, o caçula, que ainda morava com ela e dirigia a fazenda; ela fazia o mínimo possível de perguntas e nunca interferia na vida de ninguém. Frances percebeu que a mãe ficava calada quando o assunto dos nomes vinha à tona, mas reparou que ouvia tudo atentamente, sobretudo quando Jim, o marido de Frances, estava no quarto.

Frances esperou até tarde, depois que a mãe se foi, para discutir o nome do bebê com o marido, Jim, que gostava de nomes sólidos e corriqueiros como o seu, que não causassem comentários agora ou no futuro. Por isso, tinha certeza de que quando sugerisse John para o filho, Jim concordaria.

A mãe ficou nas nuvens. Frances sabia que o nome de seu avô materno era John, mas em momento algum lhe ocorreu fazer uma homenagem. O nome do bebê não tinha nada a ver com o avô. Pediu à mãe que não conversasse com Jim sobre isso, e torcia para que ela parasse de dizer que se sentia muito orgulhosa de ver o nome permanecer na família numa época em que a moda eram nomes novos, até de estrelas do cinema e da música pop.

"Os nomes irlandeses são os piores, Frances", disse a mãe. "Não dá nem para a gente pronunciar."

John estava ainda mais quentinho nos braços da mãe, agora que tinha um nome. Frances parecia contente de ficar horas sentada, sem dizer nada, balançando ou acalmando o filho. E ficou satisfeita de poder ir para casa, e contente de que a mãe tivesse sugerido que estava na hora de voltar para Williamstown, para sua pequena agência de correio, seus livros, seu *Irish Times* diário, seus programas de televisão e de rádio especialmente selecionados, e para as poucas almas gêmeas com quem trocava idéias sobre os acontecimentos atuais.

Assim que John foi para casa, a velha senhora começou a ter mais cuidado com o aniversário dos outros netos, parou de mandar um cartão de aniversário acompanhado de uma ordem postal pelo correio e, sempre que arrumava carona em Williamstown, percorria ela mesma os quase sessenta e cinco quilômetros para tomar chá e levar pessoalmente a ordem postal. Qualquer que fosse o aniversariante, no entanto, todas as crianças sabiam que a avó só tinha ido até lá para ver John. A velha senhora, como Frances percebeu, fazia questão de não tentar levantá-lo, abraçá-lo ou exigir atenção quando ele estava ocupado brincando ou sentado na frente da televisão. Esperava até ele se cansar, ou querer alguma coisa, e só então deixava claro que estava ali do lado, muito atenta. Lá pelos quatro ou cinco anos, John já falava várias vezes ao telefone com a avó, ansiava por suas visitas e não desgrudava dela, mostrando as lições de casa e os desenhos que tinha feito, pedindo autorização dos pais para ficar acordado até mais tarde e adormecer ao lado dela, no sofá, com a cabeça em seu colo.

Logo depois que Bill se casou e ela ficou sozinha em casa, a velha senhora começou a convidar Frances e a família para um almoço de domingo uma vez por mês. Fazia questão de que os netos não se aborrecessem em sua casa, sugeria a Bill que levasse os meninos para ver um jogo de hóquei irlandês ou de futebol, e sabia o que ele e os irmãos gostariam de ver na televisão. Quando John tinha sete ou oito anos, a avó costumava mandar Bill ir buscá-lo para dormir na sua casa no sábado que antecedia o almoço dominical. Em pouco tempo, John tinha seu próprio quarto na casa da avó, seu par de botas, sua japona, seu pijama, seus livros e gibis.

Frances não tinha certeza de que idade John tinha quando começou a passar o mês todo em Williamstown, durante o verão, mas lá pelos doze anos ficava na casa da avó o verão inteiro, ajudando Bill na fazenda, trabalhando na agência, passando as noites ao lado dela, lendo, conversando e, com seu incentivo total, saindo com meninos da sua idade que moravam perto.

"Todo mundo gosta do John", a mãe dizia a Frances. "Todo mundo que ele conhece, jovem ou velho. Ele sempre tem alguma coisa interessante para dizer e é um grande ouvinte também."

Frances via o filho se mover sem esforço pelo mundo. Não havia uma queixa contra ele, nem mesmo das irmãs. Ficava quieto a maior parte do tempo, fazia sua parte dos serviços domésticos e sabia negociar com a mãe e o pai quando queria dinheiro ou permissão para ficar fora até tarde. Para Frances, ele parecia alguém reservado e pouco inclinado a cometer erros ou fazer julgamentos errados. Levava quase tudo a sério. Quando, algumas vezes, ela tentou fazer pouco do relacionamento dele com a avó, e o lugar especial que ele ocupava na casa, John não sorriu nem admitiu ter ouvido o comentário da mãe. Mesmo quando Frances fazia comentários sobre os fregueses mais cômicos da agência, gente que não parecia ter mudado uma vírgula desde os tempos em que ela trabalhava ali, trinta anos antes, John não achava graça.

Naquele tempo, assim que a primavera começava a mãe ligava para lhe dizer que não via a hora de John chegar.

Naquele verão em que Frances levou o filho até Williamstown, ela subiu com ele até o quarto, depois de serem recebidos pela mãe. O aposento, conforme ela viu, tinha papel de parede novo e cama nova. Na cômoda, havia uma pilha de camisas, todas recém-passadas, algumas calças jeans, creme de barbear, um barbeador sofisticado e um xampu especial.

"Não é à toa que você sempre quer vir para cá", disse ela. "Nós não tratamos você como devíamos, em casa. Camisas passadas! E por sua namorada especial!"

Enquanto ria, não reparou que a mãe esperava do outro lado da porta. Mas notou, enquanto desciam a escada, que tanto John como a mãe queriam que ela fosse embora e tomaram muito cuidado para não responder a nada que ela dissesse. Ambos foram quase hostis, como se ela tivesse deixado uma porteira aberta ou dado troco a mais para um freguês. Nenhum deles foi até o carro com ela, quando partiu.

Logo mais, ficou sabendo que a mãe, durante reformas na fazenda, tinha separado uma gleba e convencido Bill a construir traves de gols nos dois extremos, para que John pudesse jogar hóquei irlandês lá. John conseguiu reunir um número suficiente de moradores locais, que encontraram outros times contra os quais jogar, de modo que quase toda noite havia jogos ou treinos. Até mesmo espectadores havia, incluindo Frances e Jim, uma noite, porém a velha senhora estava frágil demais para andar até lá e ver John jogando.

Frances se deu conta de quão profundamente contente estava sua mãe por John ter um grande grupo de amigos, agora, e algo para fazer à noite, e não precisar, segundo ela mesma disse, ficar sentado ao seu lado, cansado de ouvi-la falar.

Uma vez, Frances estava visitando a mãe quando John voltou de um jogo, à noitinha. Estava com pressa para sair de novo, tinha tempo só de tomar banho e mudar de roupa. Mal olhou para a avó.

"John, sente aqui e converse conosco", disse Frances.

"Preciso ir, mãe, os outros estão esperando."

Fez um aceno brusco de cabeça para a avó, ao sair da sala. Quando Frances olhou para a mãe, viu que ela sorria.

"Ele vai chegar tarde", disse ela. "Eu já vou estar no sétimo sono quando ele chegar."

E ronronou, como se aquele pensamento lhe desse a maior satisfação.

Até voltar para casa, no final de agosto, John estava mais alto e mais em forma. Começou a jogar hóquei irlandês no time da escola, onde seus talentos desenvolvidos no verão, como meio de campo, foram rapidamente reconhecidos.

Frances comparecia a todos os eventos esportivos dos filhos, como manda o protocolo, mas não via a hora de ir embora. Nenhum dos filhos se sobressaía em nada, nem se importava com isso; John, no entanto, durante o inverno e a primavera, treinou todas as noites e jogou sempre que pôde, com a intenção de conseguir lugar na equipe de juniores do condado.

John se destacava em campo porque nunca parecia correr nem atacar; em vez disso, ficava parado, mantendo distância. O pai, que se emocionava com qualquer coisinha, não conseguia se conter quando John, sem marcação, conseguia ver a bola vindo na sua direção e fazia uma corrida solo para marcar um ponto, enfrentando os atacantes com bravura e habilidade, ou, julgando bem as distâncias, mandava a bola num arco deliberado até a boca do gol. Estava claro para Frances que os espectadores a sua volta reparavam em John tanto quanto seus pais. Embora não tivesse sido selecionado para jogar na equipe de juniores, na temporada, soube que estava sendo observado com grande interesse pelos selecionadores.

Em maio, com o ano letivo chegando ao fim, John comentou, casualmente, que ele e vários amigos tinham preenchido um formulário para se candidatar a um trabalho numa distribuidora de morangos da cidade, nos meses de verão. No entanto, Frances não prestara muita atenção no assunto até que ele lhe pediu carona até a cidade, para fazer a entrevista.

"E quanto tempo dura esse emprego?", perguntou ela.

"O verão todo", disse ele. "Ou pelo menos até agosto."

"E o que a sua avó vai fazer?", perguntou Frances. "Ontem mesmo ela já ligou para me dizer que estava ansiosa para junho chegar e você ir ficar com ela. Nós estivemos lá duas semanas atrás e você mesmo ouviu."

"Por que a gente não espera para ver se eu consigo o emprego?"

"Por que você quer ir fazer a entrevista se sabe que não pode aceitar o emprego?"

"Quem falou que eu não posso aceitar o emprego?"

"Ela está velhinha, John, não vai durar mais muito tempo. Fique só mais este verão com ela e eu garanto que providencio para que não precise ficar mais nenhum, se não quiser."

"Quem falou que eu não quero?"

Frances suspirou.

"Que Deus tenha piedade da mulher com quem você se casar."

John combinou com um dos amigos para levá-lo até a cidade, fez a entrevista e, uma semana depois, chegou uma cartinha do gerente da fábrica, dizendo que ele poderia começar na segunda semana de junho. John deixou a carta sobre a mesa do café-da-manhã, para todos lerem. Quando Frances viu a carta, não disse nada. Esperou até ele voltar da escola.

"Não tem cabimento você todo ano ir passar o verão com ela e, quando ela está velha e fraca, decidir que tem coisa melhor a fazer."

"Eu não decidi isso."

"Pois eu decidi que você vai para lá e fim de papo. Assim que entrar em férias, você vai para Williamstown, portanto é melhor ir se preparando."

"E o que eu digo ao time?"

"Que você volta em setembro."

"Se eu ficar, posso até entrar para os juniores."

"Você pode jogar hóquei o verão inteiro no campo que sua avó reservou para você. Não se esqueça de que pode ser o último verão dela e de que ela foi muito boa com você. Portanto, vá fazendo a mala."

Nos dias que se seguiram, John não abriu a boca com a mãe, portanto ela sabia que o filho aceitara sua sina e iria para Williamstown. Nos meses anteriores, Frances havia conspirado com a mãe para arranjar uma carteira de habilitação provisória para John — encontrou a certidão de nascimento do filho e uma foto, falsificou a assinatura dele e manteve tudo em segredo, incluindo a chegada da carteira. A avó de John tinha comprado o carro antigo de Bill, que o trocou por um mais novo. Iria dar a John para usar no verão e permitir a ele e aos irmãos que o usassem depois.

O estado de espírito de John estava tão solene e deprimido no carro que Frances sentiu a tentação de lhe dizer o que iria acontecer, mas resistiu. Ele nunca seria assim tão calado e retraído na presença dos outros, mas ela não se importou. Sua tarefa era depositá-lo em Williamstown. Ficaria contente de ir embora e deixá-lo ali por todo o verão.

A mãe, Frances viu ao chegar, andava com a ajuda de uma bengala. Embora tivesse feito o cabelo e estivesse usando um vestido colorido, ficou claro que estava doente. Ela reparou na filha olhando fixo para ela e olhou de volta com ar hostil, como se desafiasse qualquer menção a sua saúde. Toda a sua energia estava sendo usada para surpreender John, primeiro com a carteira de motorista, depois com as chaves do carro.

"Bill me disse que você dirige perfeitamente", disse ela. "E agora pode dirigir pelo país todo nele. Está velhinho, mas anda bem."

John não disse nada, olhando para Frances e depois para a avó com ar sério.

"Você sabia disso?", perguntou a Frances.

"Fui eu que falsifiquei a assinatura", respondeu ela.

"Mas quem pagou fui eu", interrompeu a avó. "Não se esqueça de dizer isso a ele."

Alguma coisa na voz e no rosto da mãe dizia a Frances que ela estava com dor. Afastou-se para que John ligasse o carro, descesse o morro onde ficava a casa da avó, virasse e se aproximasse de novo.

"Olha só que motorista e tanto", disse a avó.

John pegou as valises do carro da mãe. Ao ir embora, Frances reparou que ambos continuavam contemplando o presente de John. Frances amou o filho por não ter dado o menor indício de sua falta de vontade de ficar com ela o verão todo, mas quando acenou, na saída, ele lhe deu uma olhada que deixou bem claro que não seria perdoada por um bom tempo.

No mês seguinte, ouviu várias notícias das idas e vindas de John, incluindo o dia em que dirigiu quase setenta quilômetros até a cidade para um jogo de hóquei, sem ir ver a família. Apesar de ser um jogador consistente, ainda não tinha sido selecionado para a equipe de juniores, como Frances ficou sabendo. Alegrou-se de que John tivesse participado do jogo, assim o fracasso em entrar para a equipe não cairia sobre seus ombros.

Estava um verão lindo. Todo ano, ela e um grupo de mulheres do clube de golfe tiravam um dia para ir a Rosslare fazer um demorado almoço no Hotel Kelly, depois de jogar golfe pela manhã. Quando o tempo estava bom o bastante, passavam a tarde na praia.

Elas tinham terminado a entrada quando Frances reparou em John e sua mãe, sentados numa mesa de canto do restaurante, a quase cem quilômetros da casa dela. John estava de costas e a vista da mãe, como Frances percebeu, era fraca demais para enxergar a filha. Como nenhuma das amigas conhecesse sua mãe, resolveu não mencionar a presença dela e continuar com o próprio almoço sem interromper filho e avó. Mesmo assim, à medida que a refeição prosseguia, não pôde deixar de notar que a voz da mãe estava ficando mais alta que a de qualquer outra pessoa no restaurante. A voz de John também era alta, para que a velha senhora ouvisse.

A mãe começou a rir quando uma ou duas mulheres da mesa viraram-se para olhá-la. Frances viu quando John se levantou e, pegando o guardanapo de linho branco, começou a bater muito de leve na cabeça dela, como se estivesse atacando a avó, fazendo-a rir até que começou a tossir forte, incapaz, pelo visto, de recuperar o fôlego. Até John voltar para a cadeira, suas arfadas em busca de ar tinham feito o restaurante todo prestar atenção neles e provocaram comentários entre o grupo de Frances.

Na saída, John e a avó a viram e, quando se aproximaram, Frances explicou às amigas que, embora tivesse visto o filho e a mãe desde o começo, resolvera deixar o grupo almoçar em paz. Frances reparou que algumas estavam constrangidas pelos comentários que tinham feito.

"Vocês fizeram tamanha algazarra", disse, "que fingi que não tinha parentesco algum com vocês."

"Viemos farrear, Frances", disse a mãe, cumprimentando

todas as pessoas à mesa, à medida que era apresentada. John acenou educadamente, mas ficou distante e não disse nada.

"E tão longe de casa!", comentou Frances. "Vocês estão pensando em tomar a barca?"

"Bem que podemos", disse a mãe. "E por que não poderíamos? John é o melhor motorista da Irlanda."

Frances viu o vestido que a mãe usava, branco, de verão, com rosas estampadas, e por cima um cardigã rosa-claro. Ela estava maquiada, notou Frances, mas havia uma tensão nela, enfatizada pela alegria manifestada na boca, sempre meio aberta quando não estava falando, os olhos meio embaciados. Houve um momento de silêncio entre elas, quando a mãe pareceu ciente de que Frances a examinava.

"Bom, foi uma bela surpresa ver vocês aqui", disse Frances rapidamente, preenchendo o silêncio.

"Estamos circulando pelo país", disse a mãe. "Agora vamos para Kilmore Quay. E, com a ajuda de Deus, não vamos encontrar mais ninguém conhecido. Você concorda, John? Estávamos planejando passar o dia só nós dois. Mas de todo modo foi muito bom ver você, Frances."

John olhou para a mãe meio sem graça. Era óbvio que ele queria que a avó parasse de falar. Ao se virar para ir embora, apoiada pesadamente na bengala, a velha senhora se dirigiu à mesa.

"Espero que todas vocês tenham a mesma sorte que eu tive e sejam avós de um neto tão bonito e prestativo quanto ele, quando forem velhas."

Frances viu diversas amigas olhando para John, que estava de cabeça baixa.

"Deve ser o ar marítimo que mantém você tão bem", disse Frances.

"Justamente, Frances." A mãe tornou a se virar para a mesa. "É o ar marinho. E um bom motorista. Mas não digam mais nada, vocês estão atrasando a gente."

Pegou no braço de John e deu seus adeuses finais; saíram devagar do restaurante do hotel, ela apoiada no neto e na bengala.

A velha senhora morreu no inverno, mal tendo sobrevivido ao Natal, mas se alongando até o Ano-Novo, num esforço bravio de comer e beber o quanto podia, até estar fraca demais para se alimentar. Nas duas ou três semanas em que se soube que ela não iria viver muito tempo, seus filhos, todos agora na casa dos cinqüenta anos, iam e vinham, e uma enfermeira local, que viera de férias da Inglaterra para Williamstown, passava o dia na casa.

Frances levou John para ver a avó algumas vezes, na companhia de um dos irmãos. Com o correr dos dias, ela achou que ele gostaria de passar um tempo sozinho com a avó, mas não quis pôr isso em palavras para o filho não pensar que ela o estava pressionando demais. O que fez foi garantir que ele poderia passar o tempo que quisesse com a avó, se fosse essa sua vontade. Tinha certeza de que toda vez que ia visitar a mãe, ela estava à procura de John, à espera dele, mas também reparou que seu filho sempre aproveitava a presença de outra pessoa para entrar no quarto da doente, e que sempre se retraía quando os olhos da avó se concentravam nele.

A avó, durante essas semanas, sentiu medo. Apesar dos anos de oração e de suas leituras sobre teologia, apesar da idade, ela lutava agora para acrescentar mais uns dias a sua vida. Na última semana, estava alerta e inquieta. Não ficou sozinha nem por um segundo.

Morreu numa sexta-feira à noite, sua respiração saindo em grandes golpes seguidos por um silêncio espectral, até que os arquejos cessaram e o silêncio se manteve. Os que estavam no quarto tinham medo de se mexer, medo de cruzar o olhar. Nenhum deles queria romper o fascínio. Frances olhava em silêncio a mãe, deitada imóvel, toda a vida sugada dela.

Depois de lavada e vestida, discutiram quem entre eles estava menos cansado, quem seria mais capaz de manter a vigília ao lado do corpo da velha senhora, que só seria posto num caixão e levado para a igreja no domingo.

No sábado de manhã, Frances, as irmãs e os irmãos resolveram que os netos, alguns dos quais já estavam chegando para o enterro, ficariam sentados com o corpo da avó na sala iluminada por velas toda a noite de sábado, até a manhã de domingo.

Quando John chegou, usando terno e gravata, Frances subiu com ele até o andar de cima; ela ficou na porta enquanto ele fazia o sinal-da-cruz e se ajoelhava ao lado da cama da avó, tocando suas mãos frias e sua testa, ao se levantar. Frances esperou por ele no hall da escada.

"Nós estamos todos um trapo, John", disse ela. "Vamos pedir a vocês que fiquem com ela hoje à noite. Achei que você gostaria de ficar, seria uma forma de dizer adeus a ela."

"E os outros?", perguntou John.

"Alguns também vão passar a noite com ela, hoje, mas nenhum foi tão apegado a ela quanto você."

John não disse nada por alguns momentos. Começaram a descer a escada juntos.

"Passar a noite com ela?", perguntou.

"É só uma noite, John."

"Será que eu já não fiz o suficiente?", perguntou ele, quando chegaram ao hall de baixo.

Frances achou que ele ia chorar.

"Vocês eram muito chegados."

"Será que eu já não fiz o suficiente?", repetiu ele. "Por favor, responda."

Virando-se, John saiu e andou até a estrada. Frances pensou, enquanto o via pela janela, que ele estava prestes a cair no choro e queria ficar longe dela e das outras pessoas que estavam chegando para expressar suas condolências. Mas quando pôde ver seu rosto claramente, reparou numa nova dureza nele, um ar de pura determinação. Resolveu que não falaria mais com ele até o enterro estar acabado.

Ficou na janela, olhando o filho cumprimentar um vizinho; a expressão de seu rosto séria e formal, como a de um adulto. Ela não fazia idéia do que ele pensava ou sentia. Lá em cima, a velha senhora que tanto o quisera, desde que nascera, jazia morta. Frances não sabia se a partida da mãe representava um fardo tirado dos ombros de John ou uma perda em que ele não conseguia nem pensar. Quanto mais olhava para o filho, mais consciência tinha de que naquele momento não sabia a diferença. De repente, John virou-se para a janela e viu a mãe olhando para ele. Deu de ombros como para dizer que não revelaria nada, que ela podia olhar para ele o tempo que quisesse.

Um longo inverno

1

Mesmo depois de escurecer, o vento ainda era brando. Pela janela do quarto, Miquel observava o pai e o irmão atravessando a vereda que ia das glebas de baixo até o redil. Estavam ambos em mangas de camisa, como se fosse verão.

"Não vamos ter inverno este ano", tinha dito o pai durante o jantar da noite anterior. "Os padres disseram que é uma recompensa por nossas orações constantes e nossa bondade com os vizinhos."

Para satisfazer o pai, Miquel conseguira dar uma risada, papel que normalmente cabia a Jordi. Mas Jordi e a mãe continuaram calados. Jordi raramente falava, agora, e mal respondia com um gesto quando alguém lhe dizia alguma coisa. No sábado, seria levado a La Seu para fazer um corte de cabelo especial, e na terça-feira já teria partido para prestar o serviço militar. Ficaria dois anos fora.

Uma semana antes, quando chegara finalmente a convocação, Jordi perguntou a Miquel como era viajar de caminhão até Lérida, receber a farda, passar a noite num quartel, como um prisioneiro, comer a comida deles e viajar de trem até Zaragoza, Madri ou Valladolid, onde quer que eles resolvessem aquartelá-lo.

"Você acabou de descrever tudo", disse Miquel.

"Sei, mas eu quero saber qual é a sensação", pediu Jordi.

Miquel encolheu os ombros e sustentou o olhar do irmão; não havia nada para dizer a respeito. Não valia a pena lembrar nem comentar. Sem perceber, tinha deixado a mente vagar por certos detalhes de seus dois anos no exército, mas parou assim que percebeu que o irmão estava assustado.

Jordi, que pelo visto passaria os últimos dias fechado em casa, afagando seu cachorro Clua e brincando com ele, não trocou mais uma palavra com Miquel desse dia em diante, mas não parecia bravo nem enfezado com o irmão; entendia que, se não podiam falar naturalmente sobre as torturas que o aguardavam, então era melhor não falar nada. Até no quarto que dividiam, tirando a roupa ou se preparando para apagar a luz, não diziam palavra. Miquel tinha consciência profunda de que a outra cama daquele quarto pequeno ficaria vazia em breve. Supunha que a mãe tiraria os lençóis e deixaria o colchão nu durante a ausência do irmão.

Mais que ao medo, à fome ou ao desconforto constante, ele associava os anos de serviço militar aos sonhos com sua casa. Nos primeiros meses, enquanto recebia treinamento inútil sob um sol de rachar, perguntava-se por que nunca tinha percebido a vida que levava no povoado com a família como algo precioso e frágil. Sonhava com madrugadas frias, sendo acordado pelo pai para levantar e ir com ele de jipe até as terras altas, onde as ovelhas passavam o verão. Sonhava com Jordi, que adorava dormir, decidindo se ia ou não com eles. Sonhava com a própria cama, o quarto familiar, os ruídos noturnos e matinais, as corujinhas perto da janela no verão, o ranger do assoalho enquanto a mãe se movimentava à noite pela casa, a ida dos rebanhos para os redis no inverno, a rua estreita do povoado se enchendo de balidos.

Todos os dias, planejava sua volta, ansiando por ela em minúcias, vivendo num futuro corriqueiro no qual o menor detalhe doméstico — o som de um jipe saindo, uma serra de cadeia, o estampido da arma de um caçador ou um latido — significava que ele tinha voltado, que tinha sobrevivido. Ao imaginar essa sua volta para casa, em todo o seu alívio e liberdade consoladores, não lembrara que em breve seu irmão teria de se submeter à humilhação do corte de cabelo e ficar parado no frio, esperando o caminhão que o levaria a Lérida. Miquel sabia como isso seria horrível para Jordi, e era como se uma parte mais vulnerável e inocente dele estivesse indo cortar o cabelo, deixando atrás de si uma cama vazia.

Durante a última semana, a mãe não conseguia parar quieta. De vez em quando, parecia a Miquel que ela estava em busca de algo, mexendo-se de lá para cá entre a cozinha, a comprida sala de jantar e a despensa. A imensa e esporádica inquietação da mãe tinha começado, ele sabia, logo depois de seu regresso do serviço militar; reparou nisso pouco depois de ter voltado. Não achava que tivesse acontecido enquanto estava fora, já que Jordi nunca mencionou nada e agora parecia preocupado demais para notar.

A incapacidade dela de se acomodar ia e vinha, como se fosse governada pelo tempo. Nos últimos dias, enquanto Jordi se preparava para partir, os movimentos nervosos e entrecortados tinham se intensificado; ela parecia a Miquel um animal estranho e faminto que estivesse vivendo com eles, quase incapaz de cozinhar ou de pôr a mesa, mal podendo alimentar galinhas, coelhos e gansos. Miquel se perguntou por que a mãe estaria tão perturbada com a convocação de Jordi; ela não agira assim quando ele fora convocado.

Agora, no entanto, enquanto tomavam o café-da-manhã, antes da viagem a La Seu, ela havia se sentado quieta à mesa, usando suas roupas domingueiras, nervosa e muda, porém mais serena que nas últimas semanas.

Miquel estava tão repleto de felicidade por ter voltado para casa que não se preparara para isso, o estar sentado no jipe com Jordi do lado e a mãe e o pai na frente, como se estivessem levando o irmão para ser vendido e sacrificado. No entanto, quando o jipe começou a andar, movendo-se através de território conhecido, houve momentos em que, enganando a si mesmo, se imaginou fazendo uma visita normal a La Seu num dia de mercado, com cestos de ovos para vender e uma lista de coisas para comprar, até que o fato deprimente da partida de Jordi voltou, e com ele o velho receio.

O pai iria com Jordi a uma barbearia cujo dono era famoso pela solenidade e por ser, supunham todos, comunista; ele ficara vários anos na cadeia, depois da guerra. Assim sendo, podia-se afirmar sem erro que não faria piadas ou comentários exuberantes e zombeteiros sobre as regras militares. Manteria o tom lúgubre e preservaria, até onde pudesse, a dignidade de Jordi.

Nesse dia, não tinham nem ovos nem galinhas para vender, e sim mantimentos para comprar. Até mesmo legumes, já que a horta não produzira quase nada nas últimas semanas. Miquel e a mãe, carregando duas sacolas de compras cada, não pararam no barbeiro e combinaram de se encontrar com Jordi e o pai no próprio mercado, dali a uma hora.

Assim que ficaram sozinhos, o passo da mãe pareceu mais leve e, ao ver o mercado, ela deu a impressão de estar quase feliz; cumprimentou uma série de feirantes calorosamente, com familiaridade, e a um deles declarou orgulhosa que não tinha nada para vender, que só viera comprar, caindo na risada quando uma das feirantes retrucou que, se mais gente fizesse isso, todos eles ficariam ricos.

Depois disse ao filho para esperá-la ali, havia algo que precisava comprar, e se foi. Volto logo, disse ela. Partiu de um jeito meio abrupto, como se achasse que Miquel iria brigar com ela, se ficasse mais um instante. Ele viu a mãe se esgueirar entre duas barracas, ainda levando as sacolas.

Preferia que ela tivesse lhe dado alguma tarefa. Poderia muito bem ter ido comprar óleo ou encomendado gás engarrafado para que estivesse pronto quando passassem por lá, no final do dia. Viu as vendedoras de flor, as únicas que não tinham uma fila de fregueses diante da barraca, ambas com uma fisionomia satisfeita. Ele se perguntou quem teria dinheiro sobrando para comprar flores.

Aos poucos, enquanto esperava, foi ficando cansado e impaciente. Imaginava que a mãe tivesse ido ao açougue ou à avícola, lugares onde podia haver longas filas, ou que fora comprar algo privado na farmácia. Depois de um tempo, avançou por entre duas barracas, a exemplo da mãe, e, ao chegar às lojas do outro lado, achou que iria encontrá-la e que poderiam aguardar juntos. Se visse que a mãe estava na farmácia, esperaria do lado de fora. A idéia de estar junto dela, numa fila de gente, levando as sacolas para ela, o enchia de prazer. Ela tinha um jeito especial com as pessoas — fossem desconhecidos ou comerciantes —, uma espécie de charme que atraía os outros; Miquel gostava dos momentos em que a mãe sorria ou fazia um comentário passageiro com alguém; sentia-se quase orgulhoso.

Ela não estava na fila do açougue, bem comprida por sinal. Resolveu ir até a avícola e, no caminho, viu a mãe de relance, com as costas voltadas para a janela de vidro de um bar no qual nunca tinha reparado. Estava prestes a bater no vidro, esperando que ela se virasse e sorrisse, mas a expressão do dono do bar o fez parar por alguns instantes. Miquel viu o dono contar algumas moedas e ir até uma fileira de garrafas no fundo. Encheu um copo normal, que em geral se usa para tomar água, com um líquido amarelo e ralo, feito chá fraco ou xerez leve, e levou-o de volta para a mãe de Miquel. Era, ele supunha, um *fino*, um vinho barato ou um moscatel. Ele viu a mãe agarrar o copo e beber tudo em dois goles; antes de se afastar, viu dois outros copos vazios ao lado dela, no balcão, do mesmo tipo que ela acabara de virar. Voltou rápido para o lugar onde fora deixado e onde logo depois ela o encontrou, com o rosto corado e os olhos brilhantes; começaram então a fazer as compras do dia.

Miquel sabia o que tinha visto; compreendia agora por que ela fora sozinha e o deixara esperando; ficou claro para ele o porquê de tanta felicidade, da quase-irresponsabilidade ao fazer as primeiras compras. Também percebeu que já sabia, ainda que de forma vaga, fazia um tempo — seu hálito, as variações de humor, a inquietude, tudo isso era evidência de que havia algo —, porém não se permitia dar um nome a isso. Ela emborcara a dose de vinho como uma pessoa com sede vira um copo de água. E devia ter feito o mesmo com os outros dois. Não havia outra explicação. Perguntava-se se aquilo lhe bastaria, quanto tempo conseguiria se manter só com aqueles copos de vinho, xerez ou fosse lá o que fosse, se em breve não precisaria de mais bebida ainda, ou de algo mais forte. Perguntou-se se o pai sabia, ou se Jordi sabia. Supunha que o pai devia saber, já que dormia na mesma cama todas as noites e conhecia todos os seus estados de espírito, seus atos. Não tinha certeza, no entanto, de quanto a mãe bebia; talvez só pela manhã, para começar o dia de mercado em La Seu, embora não acreditasse nisso. E mesmo que fosse bem pior e já durasse um bom tempo, seria típico do pai não fazer menção ao assunto, não tomar nenhuma providência e guardar tudo dentro de si, como mais um aspecto divertido do mundo.

Depois que compraram todos os legumes e estavam saindo da padaria, a mãe falou com ele, afastando cuidadosamente a cabeça, conforme ele notou, para que não sentisse o cheiro de álcool em seu hálito.

"Quando você foi fazer o serviço militar", disse ela, "achei que nunca mais voltaria, mas o tempo foi na verdade bem curto. Não vai demorar e Jordi estará de volta também."

Pararam na fila do açougue, onde ele imaginara encontrá-la, antes. Estava tudo diferente, agora, ainda que apenas quinze minutos tivessem passado. Ele ouvia a voz da mãe e observava seus movimentos com uma nova suspeita. Talvez, pensava, tivesse tirado conclusões apressadas. Talvez fosse o único álcool que ela consumia na semana, e tinha o direito, pensou, de ansiar pelo momento, vivendo num povoado onde não havia um bar, uma loja, nada a não ser vizinhos hostis e um longo inverno.

A mãe conhecia a mulher do açougueiro e já tinha lhe vendido coelhos várias vezes. Quando contou sobre Jordi ter sido convocado para prestar o serviço militar, a mulher do açougueiro e as outras em volta se compadeceram e, vendo Miquel, sorriram e disseram que ela tinha sorte de ter outro filho, tão alto e bonito. Seria muita sorte se o rapaz não se casasse logo, disse a mulher do açougueiro. Uma das mulheres se imiscuiu na conversa para dizer que tinha uma filha da mesma idade dele e que os dois fariam um casal esplêndido. Miquel sorriu e disse que não tinha tempo para coisas assim, que teria trabalho demais, agora que Jordi estava para ir embora.

Jordi usava um boné quando se encontraram. Sorriu para Miquel e pôs o braço em seu ombro. Andaram com os pais, através de barracas que vendiam queijos e azeitonas, até um pequeno bar perto da estação de ônibus, onde pediram *bocadillos* e refrigerantes.

"Você vai ter que tirar o boné em algum momento", disse Miquel.

"Mas vou esperar até o último minuto", respondeu Jordi.

Comeram, calados, o silêncio interrompido somente pelas opiniões do pai, ditas quase que para si mesmo, sobre a clientela ou atrasos no serviço, ou sobre o preço das coisas, incluindo os cortes de cabelo do comunista, e foi uma surpresa para Miquel ver Jordi fazer o mesmo. Quando estava fora, os comentários do pai sobre qualquer assunto eram coisas que não lhe faziam falta, porém Jordi era mais meigo, mais disposto a criar harmonia, e Miquel sabia que o irmão sentiria saudade de tudo tão logo partisse. Ele viu a mãe olhando alegremente em volta, tomando um copo de água.

Mais tarde, separaram-se, a mãe foi sozinha comprar artigos para a casa e os homens foram comprar gás engarrafado e espiar uma serra que o pai tinha visto numa vitrine. Miquel sabia que o pai não precisava de uma nova serra, mas que agora, talvez mais do que o resto da família, necessitava de algo para diverti-lo. Miquel se concentrou no pai, que, ao sugerir ter dinheiro e intenção firme de comprar, exigiu e recebeu a atenção total do vendedor e o fez tirar a serra da vitrine. Viu o pai pedir um bloco de madeira para testar a serra e esperar impaciente, com ar de carpinteiro mestre, até o bloco aparecer. Quando chegou, o pai ajoelhou-se e começou a serrar, olhando com o cenho franzido para o vendedor e os dois filhos, ignorando a pequena platéia que se formara em torno dele enquanto se dispunha a provar, Miquel percebeu, que a lâmina da serra estava a bem dizer cega. Tendo feito isso, levantou-se e tirou o pó de serra das mãos.

Quando foram buscar a mãe, Miquel e Jordi desceram do

jipe para pegar os pacotes. Ela disse a eles que não poderiam levar o óleo, que ele teria de ser entregue durante a semana. Quando o pai sugeriu que fossem a uma outra loja, ela respondeu que não, que o óleo já estava pago. Era, segundo ela, o melhor óleo e o melhor preço, e o vendedor lhe prometera de pés juntos que seria entregue em poucos dias. Miquel reparou que ela havia chegado perto de perder o controle ao explicar com excesso de detalhes qual era o problema com o óleo. O pai, já saindo da cidade, disse que um armazém sem óleo era igual a um inverno sem neve, não era natural. Nem um pouco natural, disse, rindo consigo mesmo.

Jordi teria mais dois dias com a família. Nessa noite, quando foram para o quarto e em silêncio confortável se preparavam para ir dormir, Miquel absorveu tudo o que acontecia em volta para poder se lembrar com detalhes — o fechar da porta para ficarem ambos tranqüilos, o ranger das tábuas do assoalho, a divisão do pequeno espaço para que não ficassem no caminho um do outro na hora de tirar a roupa, as sombras suaves dos dois na parede. Jordi era mais lento que ele ao fazer as coisas — Miquel reparou como se fosse a primeira vez —, mas também mais ordeiro, adorava dobrar tudo. Guardava o pijama bem dobrado debaixo do travesseiro. No exército, nos dormitórios compridos das vastas barracas erguidas em algum lugar, tais hábitos poderiam ser motivo fácil de mofa.

Viu Jordi, que estava de costas para ele, tirar a malha em silêncio e colocá-la no topo da cômoda para usar de manhã. Em geral, Miquel já estava deitado bem antes do irmão. Tomou cuidado para não olhar diretamente para Jordi pondo o pijama; o que ele fez foi pôr as mãos atrás da cabeça e examinar o teto, tecendo comentários sobre isso e aquilo, bem como o pai fazia, e às vezes imitando os resmungos inofensivos dele, para deleite chocado de Jordi.

Essa vida familiar estava acabando. Jordi acabaria voltando, mas teria de partir logo em seguida para encontrar trabalho, começar a própria vida. A casa e as terras ficariam para Miquel, assim como o pai tinha herdado a casa e a fazenda do pai. Noites assim jamais voltariam. Devia haver gente que gostava dessa mudança, gente que ansiava pela primeira noite de um casamento, por novidade e separação, por mudar-se para uma casa nova, por tomar grandes decisões. No passado, a mãe devia ter passado a noite acordada, em seu povoado nas montanhas, consciente de que aquela era sua última noite na casa dos pais. O pai devia ter visto os próprios irmãos irem embora, um a um. Miquel percebeu que não tinha o menor interesse em mudar; queria que as coisas ficassem como estavam. Mas até ter pensado nisso tudo e começado a se espantar com as implicações, Jordi já tinha caído no sono. Miquel podia imaginar seu branco rosto inocente e seu cabelo preto raspado até o couro cabeludo; podia ouvir sua respiração tranqüila. Quase sentia vontade de tocá-lo, de ir até ele e, por um instante, colocar a mão ternamente em seu rosto.

A mãe esteve ocupada na cozinha o dia seguinte inteiro, preparando um jantar para os quatro, fazendo de entrada uma terrina de coelho marinado com cenouras e cebolas que Jordi adorava, e um ganso recheado como prato principal. Entrando e saindo da cozinha, passando por ela, Miquel procurava por sinais de uma garrafa na mesa de trabalho, por uma taça de vinho ou de conhaque perto dela, mas não viu nada.

Nessa noite, ela estendeu uma toalha branca na mesa antiga e sólida e pôs a louça boa, como se o irmão e a cunhada tivessem vindo de Pallosa, do outro lado das montanhas, para visitá-los, ou um dos irmãos do marido tivesse chegado de Lérida. No final da tarde, Miquel reparou numa garrafa de vinho branco já aberta; imaginou que a mãe precisava do vinho para cozinhar, mas quando olhou de novo, percebeu que a garrafa se fora.

A mãe penteou o cabelo e pôs roupa limpa; o pai usava terno e uma camisa branca. Teria sido mais fácil, pensou Miquel, se um ou dois vizinhos tivessem vindo fazer uma visita, ou fossem convidados a jantar com eles, mas muita coisa acontecera no povoado nos últimos anos para que isso acontecesse. Ainda que todos os vizinhos soubessem da data da partida de Jordi, o fato não seria mencionado, continuaria fazendo parte do pesado silêncio que se formara desde a briga sobre a água. Jantariam sozinhos.

Em noites assim, Miquel os via jovens, o pai atento, cheio de doçura na forma como acendia as velas, passava a comida e servia o vinho; a mãe sentindo-se livre para falar da própria mãe, da comida que ela fazia nas diferentes ocasiões, dos comentários a seu respeito, das festas no velho povoado e dos bons vizinhos que tinham lá. Ela fazia isso com cuidado, sem nenhuma crítica à vida que levava ali, que eles estavam celebrando mais que qualquer vida no passado.

2

Depois que Jordi se foi, certa manhã Miquel entrou silenciosamente na cozinha e surpreendeu a mãe na hora em que ela tomava um gole de alguma coisa. A mãe largou o copo apressadamente. Ele tentou se aproximar para ver o que poderia sentir no hálito dela, mas pelo visto ela queria manter distância e saiu apressada rumo à coelheira e ao galinheiro. Assim que ela saiu, no entanto, ele encontrou o copo. Estava vazio, mas o cheiro residual era de vinho fortificado; para as narinas de Miquel, sentir aquele cheiro pela manhã era penetrante, quase podre. Deixou o copo onde o encontrara, para o caso de ela entrar de repente na cozinha.

A mãe deixara a cama de Jordi intocada durante os primeiros dias. Apenas o pijama dobrado não estava mais sob o travesseiro. Foi só quando ela tirou os lençóis e os cobertores da cama, deixando um travesseiro nu e um colchão nu, que Miquel começou a ter medo de ir para o quarto à noite. Algumas vezes, nos primeiros dias, conseguia esquecer que Jordi tinha partido; achava que ouvia a respiração do irmão enquanto dormia, e uma manhã, quando começaram os primeiros barulhos do dia, pegou-se olhando para a cama do irmão para ver se ele já tinha acordado.

Como o tempo continuasse seco e ensolarado, o pai manifestou desejo de continuar se ocupando com o conserto do muro do redil, um trabalho que talvez nunca fizessem, disse ele, mas que sempre teriam planos de fazer, até que um dia os redis virariam ruínas e as ovelhas, ao ar livre, tremeriam de frio a noite toda. Mencionou o nome de Castellet, um dos vizinhos, cuja preguiça era uma fonte constante de comentários. Se não consertarmos os redis, vamos acabar como o Castellet. Só dizer o nome dele parecia dar prazer ao pai, fazendo-o sorrir naquele seu jeito calmo e divertido com o qual Miquel se acostumara.

Era um trabalho bruto, com pedras pesadas para remover e substituir, vigas para erguer e telhas de ardósia a tirar. O pai, que já tinha trabalhado como cortador de pedra, assentou as pedras e cortou outras que tinha comprado do dono de um redil arruinado, num povoado vizinho, e levado penosamente até suas terras. Aos poucos, foi deixando claro que planejava derrubar um lado todo do redil, usando tijolos baratos por dentro e recobrindo com pedra. Miquel fazia todo o trabalho pesado de erguer e carregar, e o pai achara um lugar ao sol onde podia cinzelar, moldar e aplainar. Toda vez que Miquel passava por ele com um carrinho cheio ou trazia uma nova pilha de pedras, ele tinha comentários a fazer sobre os hábitos dos vizinhos, sobre a pobreza dos tijolos ou a durabilidade das pedras, sobre a curta duração da estação de parição, sobre o almoço que estaria à espera deles, onde Jordi estaria no momento e quando teriam notícias dele.

Após as duas da tarde, o sol desaparecia atrás das montanhas e ficava muito frio; era o aviso de que, apesar dos dias claros, estavam em pleno inverno. Miquel tentou convencer o pai de que não deveriam trabalhar depois do almoço, a não ser nos trabalhos normais com os animais e sua alimentação, mas o pai insistia que mais uma hora por dia faria toda a diferença. No entanto, depois que começavam, era raro ficarem muito tempo, o pai sempre meneava a cabeça e sorria quando Miquel parava na sua frente e dizia que tinha levado sua última pedra do dia.

Num desses dias, quando Miquel voltou para casa à tarde, mais cedo do que o esperado, encontrou a mãe sentada à mesa da cozinha. Ela não ergueu a vista quando ele entrou. Normalmente, ela sentava pela manhã, para tomar uma xícara de chocolate, mas, do contrário, e ele sabia, ela não gostava de sentar até terminar o jantar. Preferia se mexer o dia inteiro, cozinhando, lavando roupa ou cuidando de suas galinhas, seus coelhos e gansos. De início, ele fingiu não ter reparado nela e encheu um copo de água da torneira, mas, quando se virou, viu que ela estava abraçada a si mesma, balançando a cadeira para frente e para trás. Quando perguntou se estava bem, ela não olhou para o filho.

"Chame seu pai", disse ela.

Quando Miquel voltou com o pai, ela ainda se balançava na cadeira, como se fosse a única maneira de evitar que a dor, fosse qual fosse o motivo, a sufocasse. Ela não ergueu a vista.

"O que foi?", o pai perguntou.

"Você sabe o que foi", respondeu ela calmamente, recuando quando o pai ameaçou tocá-la.

"Foram vocês dois ou só você?", ela perguntou.

"Só eu", disse o pai.

"O que você fez?", perguntou Miquel.

"Jogou fora os garrafões de vinho que tinham acabado de ser entregues, esvaziou tudo", explicou ela.

"Eu não vi vinho nenhum", disse Miquel.

"Mal dá para chamar aquilo de vinho", disse o pai. "Ácido. Você não viu porque ela escondeu. Eu vi a aventura toda do alto do redil lá de baixo com aquele binóculo que você trouxe do exército. Eles estavam entregando o óleo, mas era só uma desculpa."

"Estava me espionando", acusou a mãe.

"E o que foi que você fez?", Miquel perguntou ao pai.

"Eu desci depois que eles foram embora", respondeu ele, "e esvaziei tudo. E pus os garrafões de volta onde estavam, só que sem o veneno."

"Você sabe tudo sobre veneno", disse ela.

Miquel se espantou com a velocidade da raiva da mãe, com sua agudeza.

"Sou eu que tenho que dormir com você", disse o pai. "E com o cheiro dessa coisa apodrecendo aí dentro enquanto você dorme."

A mãe continuou a se balançar para frente e para trás, como se não houvesse ninguém ali. Os dois estavam bem perto dela e Miquel reparou no olhar que o pai lhe deu, ambos sentindo pena, nervosos — o pai preocupado, no entender de Miquel, em ter dito demais e pronto para usar um tom mais suave com ela.

"Eu sinto muito", disse a mãe em voz baixa, "ter conhecido qualquer um de vocês." O tom era definitivo, decisivo.

O pai de Miquel olhou para ela espantado.

"Qualquer um de nós?"

"Foi o que eu falei. Você não escutou?"

"Mas a quem você se refere?"

"Às pessoas que moram nesta casa."

"Mas quem? Explique a quem você se refere."

"Eu me refiro a todo mundo, mas sobretudo a você." Ela falava baixo de novo. "É a você que eu me refiro."

"Bom, então não faz sentido eu falar com você, não é verdade?", perguntou ele.

"Você vai substituir o que jogou fora?", ela perguntou.

"Não."

"Bom, então acabou", disse ela, começando a chorar.

Quando o pai saiu da casa, Miquel não tinha certeza se deveria ficar ou não. Viu o pai da janela, indo para o redil que estavam consertando. Miquel ouviu o choro da mãe crescer e se tornar mais descontrolado. Ele se aproximou e pôs a mão em seu ombro. Devagar, ela levou a mão na direção da mão do filho, pegou um dedo, afagou, depois pegou a mão toda dele nas suas e segurou. O choro parara, mas ela continuava se balançando suavemente para frente e para trás.

3

A mãe não se mexeu e se recusou a comer. Depois de acender a lareira e pôr uma lenha extra até o fogo ficar chamejante, Miquel sugeriu à mãe que viesse sentar perto dele. Ela permitiu que o filho a levasse até lá e a pusesse sentada, como se fosse cega ou não tivesse vontade própria. Insistiu que não tinha fome. Perguntar a ela se queria tomar alguma coisa seria uma piada amarga, de modo que ele não perguntou.

Miquel e o pai sentaram-se à mesa e tomaram a sopa que tinha sobrado do dia anterior, depois comeram um pouco de pão com presunto e tomate. Não era a refeição que faziam normalmente, mas não comentaram nada nem reclamaram. Quando estava indo deitar, Miquel encontrou o pai no hall de cima e conversou em voz baixa com ele, propondo que deveriam ir a La Seu pela manhã para comprar vinho, um vinho melhor que o que o comerciante entregara, e perguntar a ela se queria ir junto. O pai pôs o braço no ombro do filho, antes de responder.

"Não, é melhor assim. Nós fizemos isso quando você estava fora. Mas ela tem que parar de beber. O médico até falou, não faz muitos meses, que o único jeito de parar é parando. E, se ela não tiver bebida, há de parar. É a melhor coisa a fazer. Ela vai ficar bem em pouco tempo."

"Há quanto tempo ela bebe?", perguntou Miquel.

"Já faz alguns anos."

"Como é que a gente nunca notou?"

"Todos nós notamos", disse o pai.

"Jordi, não", Miquel respondeu.

"Notou, sim, filho, notou, sim", disse o pai.

Quando ele desceu de novo, o pai foi atrás; encontraram a mãe ainda sentada em frente à lareira. Tremia como se estivesse com frio. Miquel deixou os dois e foi deitar.

Já na cama, com a luz apagada, escutando uma vaga movimentação no andar de baixo, lembrou que, de início, depois de ter voltado do exército, Jordi se comportou de um jeito diferente com ele, quando ficavam sozinhos no quarto. Antes, ele e Jordi sempre se sentiam à vontade, relaxados para tirar a roupa na frente um do outro, mas Jordi começara a se cobrir quando Miquel entrava, ou então sentava desajeitado na beira da cama para tirar a cueca e pôr a calça do pijama com recato, como se houvesse uma mulher no quarto. Jordi e o pai levaram um tempo até se acostumarem com sua presença de novo, disfarçando o fato de que tinham se saído bem sem Miquel e ocultando a raiva que Jordi sentia ao ter de transferir alguns serviços que eram por direito do irmão mais velho. Ninguém lhe disse que a mãe, enquanto ele estava fora, tinha se tornado uma bêbada inveterada. Ao manter o segredo, eles o trataram como se fosse um estranho.

Durante a noite, ouviu a voz deles falando lá embaixo; a do pai estava calma, mas a da mãe era ardida e chorosa. Por fim, foram para o quarto e houve silêncio por algum tempo, até que Miquel ouviu as tábuas do chão rangendo e um deles desceu de novo. Logo o outro foi atrás e as vozes recomeçaram. Ele sabia que não conseguiria dormir. Já estava bem difícil com a ausência de Jordi na cama ao lado; era o não-barulho vindo de lá que o mantinha acordado, ronco nenhum, nenhum ritmo de respiração, era o não se virar para o lado que parecia perturbá-lo, mais que o vento que, pelo visto, mudara de direção e soprara do norte com fortes rajadas durante as poucas horas que restavam até o amanhecer, chacoalhando as janelas.

Pela manhã, encontrou o pai na cozinha. A mãe, ele supunha, devia estar na cama ainda. O pai começou a se barbear, usando o pequeno espelho sobre a pia da cozinha, com uma concentração vagarosa.

"Nós não devíamos ir a La Seu para comprar o que ela quer?", perguntou Miquel.

O pai não respondeu.

"Substituir o que foi jogado fora." Miquel aumentou o volume da voz.

"Não", respondeu o pai, cruzando o olhar com Miquel através do espelho. "Alguma hora ela vai ter que parar. E o melhor dia para fazer qualquer coisa é sempre hoje. De todo modo, ela agora está dormindo."

E continuou se barbeando, ainda com mais vagar e cuidado, como se a barba fosse uma preocupação mais premente que qualquer assunto que o filho pudesse trazer à baila. Miquel achou pão, pôs um pouco de azeite, tomate e sal nele, e achou também um pedaço de queijo, do qual cortou uma fatia. Comeu rápido, faminto, antes de sair para recolher os ovos do galinheiro, passando pelo pai, que não disse palavra.

Uma vez na sombra, reparou no frio intenso que fazia; a água no terreno cercado, em frente ao galinheiro, estava totalmente congelada. O céu, embora azul, não era o azul calmo e parado dos dias anteriores, era mais como se as nuvens tivessem sido varridas pelo vento, fazendo com que o céu ficasse mais exposto e cru. Quando olhou na direção dos redis, viu que o pai encontrara um local abrigado e ensolarado. Miquel foi ter com ele e passaram a manhã revestindo lentamente os novos tijolos do redil com pedra.

Antes do almoço, foram inspecionar as ovelhas e pegaram comida para elas do andar de cima do redil. Não tinham certeza da hora, mas, quando terminaram, Miquel se espantou que a mãe ainda não os tivesse chamado para comer. Depois, lembrou-se do que tinha ocorrido e se perguntou se ela ainda estaria na cama, ou angustiada demais para cozinhar para eles.

Quando entraram em casa, ficou claro para Miquel que ela não tinha posto os pés na cozinha. Nada fora tocado nem recolhido. Clua, óbvio, não tinha sido alimentado. O pai subiu e voltou dizendo que ela não estava no quarto. Até terminarem a primeira busca na casa e no terreno em volta dos redis e barracões, Miquel já sabia que ela tinha ido embora. O fato de ter ficado sozinha e nenhum deles ter voltado para casa, ainda que fosse para pegar um copo de água ou conferir seu estado de espírito, parecia agora um convite para que ela partisse. Enquanto procuravam de novo, e essa busca também se mostraria vã,

Miquel começou a pensar aonde ela teria ido e como teria viajado. Não poderia buscar abrigo na casa de um dos vizinhos; ninguém no povoado saberia o que fazer, caso ela aparecesse na porta — a mãe não punha os pés naquelas casas fazia já alguns anos. Não havia transporte disponível para sair do povoado, nenhum ônibus por dez ou onze quilômetros, e mesmo esse serviço era irregular. Ninguém iria parar para levá-la, caso estivesse indo para La Seu, a menos que fosse um estranho na região, o que era improvável.

De qualquer forma, ela tinha ido embora. Quando o pai sugeriu que vistoriassem os redis, Miquel abanou a cabeça, dizendo que não. A mãe teria de ter passado por eles para chegar aos redis, a não ser na hora em que foram cuidar das ovelhas, e mesmo assim eles a teriam visto. O casaco dela tinha sumido, assim como a echarpe boa e as botas. Mesmo depois de Miquel ter lhe mostrado duas vezes o espaço vazio onde o casaco desaparecido ficava pendurado e o lugar onde ficavam as botas desaparecidas, o pai subiu várias vezes até o andar de cima, à procura da mulher, foi até o sótão, até a despensa, desceu ao celeiro bem embaixo de onde estavam. Miquel sentou-se à mesa e deixou o pai procurar o tempo que quisesse, sabendo que, no fim, ele teria de sentar e conversar sobre o que fazer em seguida.

Ainda havia umas dez ou doze casas habitadas no povoado; nada acontecia que não fosse notado; os velhos ficavam sentados à janela, vendo tudo, os poucos rapazes que restavam iam para a roça ou cuidavam das ovelhas, as mulheres faziam o serviço doméstico, conferindo o tempo a todo momento. Não havia criança em nenhuma das casas; a maioria dos jovens tinha ido para as grandes cidades. Miquel e Jordi eram os dois mais jovens que tinham ficado. Desde pequenos foram ensinados a não depender de ninguém em volta, mas só nos últimos anos é que a hostilidade entre o pai e o resto do povoado se tornou tão intensa que não havia mais contato com os vizinhos. O pai denunciara três famílias por desviar água nos meses de verão. Tinha ido até Tremp testemunhar contra elas, enquanto as outras famílias, apesar de terem tido a água roubada, testemunharam em defesa deles. O juiz impôs multas. Os sentimentos sobre a atitude do pai estavam acirrados e ainda frescos nas casas que tiveram de pagar multas. O pai, quando conseguia fazer um dos filhos ouvir, se deliciava em chamar os vizinhos de mentirosos e ladrões. Os vizinhos, por seu lado, passavam por ele todos os dias sem dizer uma palavra.

Agora, ele e Miquel teriam de ir de casa em casa, e a procura por ela seria a admissão de que nem tudo ia bem na família. Não podiam nem ter certeza, Miquel se deu conta, de que os vizinhos contariam o que tinham de fato visto. Mas era a única coisa que podiam fazer. Portanto, assim que o pai terminou suas buscas pela casa, puseram o casaco e partiram, tomando o cuidado de começar pela casa mais próxima deles, assim ninguém iria pensar que tinham amigos especiais ou preferência por alguma família do povoado.

Mateu, da Casa Raúl, veio devagar até a porta com sua gorda barriga à frente. Ele fora um dos multados. Franziu a vista num gesto de ojeriza assim que viu o pai de Miquel abrir a boca, sem dar sinal de que entendia uma palavra do que era dito. Em vez disso, examinou o rosto de ambos e levou um tempo pensando no que vira. Miquel acreditou de início que, tendo ou não visto a mãe, Mateu não serviria para nada. O problema seria saber com que rapidez poderiam se afastar da porta dele. Miquel cutucou o pai e meneou a cabeça na direção da próxima casa, mas o pai continuou onde estava, apoiado no batente, esperando por algo, sem repetir a pergunta nem dizer mais nada, enquanto Mateu pigarreava. A casa dele era a mais próxima; Mateu, imaginava Miquel, provavelmente não saíra de casa o dia todo, tinha uma bela vista das janelas e teria certamente visto sua mãe, em qualquer direção que ela tivesse seguido.

Eles ainda estavam na soleira da porta quando o céu escureceu de repente e nuvens negro-azuladas surgiram numa densa massa lá no alto. A luminosidade foi ficando roxo-escura e não havia vento. Miquel estremeceu. Sabia que isso significava neve; seria a primeira do ano, atrasada e bem mais severa, vindo num dia assim frio.

"Eu vi quando ela saiu, sim", disse Mateu, "mas não vi sinal nenhum de que pretendia voltar."

"Em que direção?", perguntou o pai de Miquel.

"Ela pegou a estrada que vai para Coll del So."

"Mas isso não leva a parte alguma", disse o pai.

Mateu fez que sim com a cabeça.

Na hora ocorreu a Miquel que a estrada levava a Pallosa, onde morava o irmão da mãe, na velha casa da família; daria para chegar lá em quatro ou cinco horas.

"Faz quanto tempo que o senhor a viu sair?", o pai perguntou.

"Já faz umas horas", informou Mateu.

"Quantas? Três ou quatro?"

"Isso, três ou quatro, por aí."

A neve veio suave, enquanto o ar escurecia ainda mais. Os flocos eram densos, não derretiam de imediato nas costas da mão de Miquel, que tinha esticado o braço para fazer um teste. O jipe, ele sabia, conseguiria atravessar as estradinhas estreitas que levavam até a pequena igreja de Santa Madalena e, quem sabe, avançar um pouco mais ao longo da estrada militar até Coll del So, mas, depois disso, pensou, a mãe teria de seguir caminho até Pallosa por velhas veredas e atalhos que jipe nenhum conseguiria atravessar e estranho nenhum conseguiria achar. Com três ou quatro horas de caminhada, talvez ela ainda estivesse na estrada militar, mas era improvável. O mais plausível é que tendo passado por Coll del So, já tivesse começado a subir as trilhas íngremes, e ele sabia que tinham de pegar o jipe correndo e ir o mais rápido possível pela estrada em ziguezague até as terras altas, onde mantinham as ovelhas no verão, um território que não recebia visitas durante o inverno.

"Vocês não vão muito longe agora", disse Mateu, afastando-se da porta.

"O senhor tem certeza de que ela foi nessa direção?", disse Miquel, virando-se para ele.

"Pergunte aos outros, todos nós vimos."

Voltaram correndo para casa. Enquanto o pai pegava o jipe, Miquel entrou para buscar o binóculo.

"O que você vai fazer com isso?", o pai perguntou.

Miquel olhou para o binóculo no colo.

"Não sei... Pensei que..."

"Não temos tempo para pensar", disse o pai.

Pegaram a estradinha estreita que saía do povoado, os limpadores de pára-brisa funcionando em velocidade máxima, a quantidade de neve prejudicando a visão e os faróis iluminando mantos brancos. Se por acaso a mãe estivesse na estrada, andando na direção deles, com os braços abertos, eles não a teriam visto. Devia estar bem claro para o pai, Miquel sabia, que não havia sentido nessa viagem. A única esperança, raciocinou Miquel, era que ela tivesse saído mais tarde do que Mateu havia dito. Pensou nisso por alguns momentos, depois na possibilidade de ela ter andado devagar, ou então resolvido voltar de algum ponto, e depois deixou que a mente se demorasse numa outra possibilidade — que ela tivesse andado rápido, saído antes do que Mateu dissera e estivesse nos arredores de Pallosa, descendo as velhas trilhas da melhor forma possível. Movendo-se lenta e cuidadosamente, atenta a cada passo. Era um terreno que ela conhecia e, pensou Miquel, seria improvável que cometesse algum erro. Mas não tinha certeza. Talvez todas as trilhas que desciam o morro estivessem escondidas, agora, e cada passo fosse traiçoeiro.

O pai se esforçava para controlar o jipe, que começou a escorregar e patinar. Mesmo quando a neve não era arremessada com força no pára-brisa, eles podiam vê-la caindo em densas ondas e se acumulando na estrada, na frente deles, de tal sorte que, depois de um tempo, estavam dirigindo sobre um grosso cobertor de neve que aumentava quanto mais se adiantavam. Logo ficou óbvio que o caminho deles ficaria impedido e a volta, impossível.

Miquel sabia que faria todo o sentido sugerir que parassem e voltassem, comentar que ir adiante seria quem sabe inútil e talvez até perigoso, mas sabia também que se virassem o jipe e fossem para casa, ver-se-iam diante do vazio total, sem a menor idéia de onde estava a mãe e com uma longa noite pela frente.

Quando surgiu uma pequena clareira, o pai, sem dizer nada, tentou fazer a conversão do jipe, acreditando, ou ao menos pareceu a Miquel, que a neve cobria uma superfície plana. Só que ela cobria uma vala entre a estrada e o mato, onde um dos pneus dianteiros afundou. O pai xingou enquanto Miquel saltava para ver se conseguia botar o jipe de volta na estrada. Ele viu a roda girar freneticamente, feito uma aranha na água. No fim, tiveram de encontrar pedras, pegar uma tábua que estava na traseira do jipe e pôr sob o pneu. Por causa da neve, movimentavam-se quase às cegas. Ao se virar para evitar a tempestade, Miquel percebeu que ela soprava e girava em todas as direções, como se os quatro ventos estivessem competindo entre si. Começaram a empurrar o jipe assim que a roda ficou estabilizada, tentando erguê-lo de volta até a estrada, porém as rodas, atoladas na neve, não se moviam com muita facilidade. Estavam, Miquel presumia, a meia hora de caminhada do povoado, quem sabe um pouco mais por causa da neve, e ele imaginou, enquanto o pai pisava no acelerador de novo, em seu esforço de mover o jipe, que a mãe, tendo evitado o pior da tempestade, estivesse agora batendo suavemente na porta da casa do irmão, a casa onde crescera. Eles a amavam naquela casa, iriam recebê-la muito bem, e pela manhã encontrariam um jeito de mandar um recado dizendo que ela estava bem.

Ele se abaixou de novo enquanto o pai punha uma pressão repentina no acelerador. O jipe deslizou de lado; suas quatro rodas estavam agora na estrada, ainda viradas para o lado oposto ao do povoado. O pai gritou que entrasse porque iria tentar virar o jipe. Pôs em ponto morto e deixou o veículo descer até onde era seguro, depois puxou o breque de mão e engatou marcha a ré. Soltou o freio de mão e acelerou devagar. No começo, o jipe não se mexeu, depois as rodas traseiras começaram a girar na neve até que seu pai pôs uma tremenda pressão no acelerador e eles recuaram em velocidade, derrapando na estrada. Mas pelo menos já estavam quase de frente para o povoado; dava para voltar, superando a dificuldade da neve que assentava no chão e as rajadas grossas que se acumulavam no pára-brisa com a mesma velocidade com que funcionavam os limpadores.

Em casa, repassaram todas as possibilidades, quão rápido ela conseguiria andar, a que horas tinha saído, quanto tempo de estrada até encontrar as antigas trilhas que levavam a Pallosa. Até mesmo no verão havia trechos bem duros, em que era preciso usar as mãos para descer, em vez de andar. Ela podia, disse Miquel, ter voltado quando a neve começou. Ela sabia do perigo de uma tempestade de neve como essa. Mesmo que estivesse próxima de Pallosa, quando começou, podia ter visto que sua segurança seria maior no plano que nas encostas, descendo, e mesmo que levasse horas para avançar com dificuldade pela neve, talvez fosse a melhor coisa a fazer.

"Se formos até La Seu", disse Miquel, "podemos pedir à polícia que verifique se ela chegou a Pallosa. Podíamos dizer que ela está desaparecida."

O pai soltou um suspiro.

"Eu sei que ela está viva em algum lugar", disse.

Miquel não respondeu.

Quando bateram na porta, ele acreditou, no primeiro momento, que as preocupações tinham terminado, que ela voltara. Então percebeu que ela não bateria na porta da própria casa. Quem quer que tivesse batido continuava do lado de fora. Talvez eles a tivessem encontrado, ou soubessem onde ela estava. Quando o pai foi até o hall e abriu a porta, Miquel viu que eram Josep Bernat e a mulher. Eles nunca mais tinham ido visitá-los desde o processo no tribunal.

"Nós vimos quando ela foi embora", disse Josep. "Achamos o momento que ela escolheu para viajar meio esquisito. Ela estava com uma valise."

"Uma sacola de compras", interveio a mulher.

"Nós reparamos porque ela ia na direção contrária à das lojas."

"Acho que ela estava voltando para Pallosa", o pai de Miquel falou.

"E você não podia ter dado uma carona para ela até lá?", Josep perguntou.

Enquanto o pai suspirava de novo, Miquel foi até a janela, de onde podia enxergar os rodopios da densa neve que continuava a cair lá fora. As visitas continuaram de pé; ninguém lhes dissera para tirar o casaco nem oferecera algo para beber. Miquel sentiu que Josep agora se arrependia da última pergunta. Deu um sorriso hesitante aos vizinhos, enquanto o pai virava as costas.

"Nós podemos dizer à polícia de La Seu que ela desapareceu", falou Miquel.

"A estrada para lá deve estar praticamente fechada, agora,

e as linhas telefônicas talvez tenham sido cortadas", Josep retrucou. "E vai ficar cada vez pior, porque está começando a congelar tudo. Mas pela manhã as estradas já estarão abertas, espero."

"Lembra a hora em que ela saiu?", Miquel perguntou.

"Ela não saiu a tempo de chegar a Pallosa antes da neve", respondeu Josep.

"Ela pode ter voltado quando começou", Miquel disse.

"É muito difícil, numa nevasca, conservar o senso de direção", lembrou Josep.

"Não digam mais nada!", ordenou o pai de Miquel.

"Nós íamos dizer que os homens todos vão participar da busca assim que clarear", disse a mulher de Josep. "Assim que amanhecer. Mas agora não dá para sair procurando por ela. Ainda não veio o pior da nevasca. Eles não podem sair com este tempo."

"Ela se foi, então", lamentou o pai de Miquel, sentando-se com um suspiro. "Ninguém conseguiria passar a noite ao relento. Ela vai morrer de frio."

"Nunca se sabe", comentou Josep.

"A gente se fala pela manhã, então", disse o pai de Miquel. "Podemos pedir à polícia que veja se ela conseguiu chegar a Pallosa."

Quando Josep Bernat e a mulher saíram, Miquel ficou com o pai vendo os dois caminharem com dificuldade pela neve. Depois Miquel saiu para ver se havia comida suficiente no galinheiro e aproveitou para recolher os ovos; em seguida alimentou os coelhos e fechou a coelheira. Na porta, deu a Clua, que parecia faminto, alguns restinhos. Com o pai sentado à mesa, ele fritou seis ovos, deixando que o óleo espirrasse nos ladrilhos em volta do fogão de um jeito que a mãe jamais faria. Fatiou o pão amanhecido e levou para a mesa sal, azeite e a metade do tomate que sobrara. Pôs três ovos fritos num prato para o pai, e três para ele. Enquanto comiam em silêncio, Miquel pensou várias e várias vezes na possibilidade de que tudo aquilo não estivesse acontecendo de fato, de que fosse um longo sonho do qual logo acordaria, ou então uma cena que mudaria sem dar aviso quando soasse outra batida na porta ou um jipe parasse na frente, ou o rosto dela, sorridente e nervoso, aparecesse no vidro da janela enquanto os dois se levantavam para recebê-la, o jantar inacabado.

Pela manhã, acordou com o som de botas na escada, botas no assoalho de baixo e vozes de homens. Vestiu-se rapidamente no quarto gelado, antes de abrir as venezianas para um mundo de pura brancura fulgurante. Desceu. Cinco ou seis homens do povoado estavam ali, um deles com um bule de café e conhaque. O pai, ele reparou, parecia encolhido e acuado ao lado desses outros homens. Percebeu que, durante toda a sua vida, tinham sido muito poucas as ocasiões em que vira outros homens na cozinha, a não ser o tio umas poucas vezes, o carteiro, ou alguém vendendo ou consertando algo, mas sempre meio que na sombra. Esses homens, no entanto, de pé tão cedo e prontos para começar a busca, estavam no centro do recinto; eram confiantes, bruscos e tinham olhos argutos.

Lá fora, nos degraus da frente, os cães esperavam. Estava um frio cortante e a neve continuava caindo; durante a noite, assentara até a altura dos joelhos. Seria muito duro, pensou Miquel, avançar naquelas condições. A mãe, os vizinhos todos concordavam, tinha saído havia mais de três horas quando veio a neve. Se tivesse caído ou encontrado um abrigo, não seria ali por perto. A neve teria coberto qualquer pegada que ela tivesse deixado e o ar estava gélido demais para que os cães pudessem farejar algum sinal. A única esperança deles é que ela tivesse andado rápido ou encontrado alguém no caminho que a ajudou a chegar à casa do irmão, antes que a escuridão total caísse e a neve espessa começasse a assentar.

Os homens se movimentavam devagar, com determinação. No entender de Miquel, sabiam tão bem quanto ele que essa busca era inútil, que até mesmo um corpo não seria visível debaixo da impiedosa camada de neve, e que, nas condições atuais, chegar até Coll del So seria uma meta impossível. Estavam fazendo tudo aquilo, ele sabia, porque não poderiam não fazer nada, apesar de não simpatizarem com o pai. Não gostariam de ser lembrados como aqueles que tinham ficado em casa, ou feito trabalhos leves de inverno, enquanto uma mulher do povoado estava desaparecida na neve. E foi assim que, durante toda a manhã, eles caminharam cuidadosamente pela estrada que a mãe provavelmente pegara. Pararam só quando um cantil de conhaque, pão e lingüiça fria foram distribuídos. Não falavam muito entre si, mas com Miquel e o pai não abriram a boca.

Já passava do meio-dia, a neve ainda caía e eles não tinham chegado nem à igreja de Santa Madalena, onde começava a estradinha do exército. Miquel viu quando trocaram opiniões, o pai afastado. Sabia que queriam parar de procurar; levariam três horas para voltar ao povoado. O que significava que poderiam avançar por uma hora ou mais e mesmo assim estar de volta antes do anoitecer, mas era óbvio que estavam todos cansados, cada passo na neve profunda esgotava um pouco mais a energia do grupo; estariam exaustos ao chegar em casa.

Era mais fácil sonhar que fazer qualquer coisa, imaginar seu tio chegando com a mãe, depois de ela ter descansado uma noite em Pallosa, o jipe do tio aparecendo no povoado ao mesmo tempo que eles chegavam. Ao virarem de volta, Miquel foi tomado pela forte sensação de que os homens do povoado sabiam que a mãe não sobrevivera, que haviam levado ele e o pai numa busca vã, como uma maneira de distraí-los do triste fato de que a mãe de Miquel tinha desaparecido, que ela jazia em algum lugar perto ou abaixo de Coll del So, coberta por um metro ou mais de neve, que ela nunca mais voltaria para casa, a menos que levassem o caixão até lá quando a encontrassem. Andar, portanto, era uma forma de habituá-los ao novo fato, sem que eles precisassem esperar o dia inteiro numa casa vazia, sem nada acontecendo, e nada para dizer.

Quando chegaram ao povoado, viram um jipe da polícia na frente de casa, com dois integrantes fardados da Guarda Civil dentro. Assim que o grupo de moradores entrou na visão da polícia, um deles saltou do jipe e, quando chegaram mais perto, o outro que tinha ficado no banco do passageiro apareceu. Era muito jovem, Miquel reparou, e parecia quase tímido. Manteve o quepe na cabeça, enquanto espiava os homens vindo em sua direção, depois desviou o olhar. O companheiro, o motorista, era de meia-idade, gorducho e sem quepe. Ele escolheu Miquel e o pai como os dois homens com quem precisava falar, e Miquel se perguntou como é que a polícia fora alertada. Ao se aproximarem do jipe da polícia, Miquel conferiu o banco traseiro, para o caso de terem encontrado sua mãe e estarem levando o corpo. Porém não havia nada, a não ser um velho tapete.

O pai explicou, assim que entraram em casa, que a mulher poderia muito bem estar a salvo, poderia muito bem ter chegado a Pallosa e estar na casa de seu irmão. O policial mais velho anotou o nome do irmão dela e disse, num forte sotaque do sul, que o único telefone em Pallosa ficava na delegacia e que, assim que voltasse a La Seu, ele ligaria e, se a estrada estivesse aberta, iria até Pallosa. Nesse meio-tempo, precisava de uma descrição dela.

Enquanto o pai de Miquel falava e o policial anotava, o mais jovem encostou-se na parede, pertinho da porta da cozinha, e empurrou um pouco o quepe para trás, permitindo que Miquel visse sua testa sem rugas e seus grandes olhos castanhos. Enquanto examinava a sala, dando a impressão de se concentrar por um tempo no diálogo entre os dois homens mais velhos, seus olhos cruzaram com os de Miquel. Miquel estava consciente de que não tirara os olhos do jovem desde o momento em que ele entrara na sala, e que seria melhor agora olhar para outra coisa, dando a entender que seu olhar fixo fora curiosidade explícita e nada mais. Porém não desviou a vista. Assimilou o rosto do jovem policial sob a luz indistinta da cozinha, o vermelho-puro dos lábios, a teimosia firme do queixo e do maxilar e a suavidade dos olhos, os cílios como os de uma moça. O jovem policial, por seu lado, fixava-se apenas nos olhos de Miquel, em seu olhar frio, sem expressão, como se o estivesse soturnamente culpando de alguma coisa. Quando Miquel olhou para baixo, para a virilha do policial, também ele baixou a vista e deu um breve sorriso, entreabrindo os lábios, antes de reassumir a expressão de antes, porém mais intensa, quase bravia, de quem vigia um objeto ao alcance.

Quando o companheiro terminou as anotações e parecia pronto para ir embora, o mais jovem tirou o quepe. Miquel, do outro lado da sala, aceitou o cumprimento em silêncio. Depois o rapaz, que não tinha dito uma palavra, virou-se, abriu a porta e deixou o companheiro sair primeiro, fazendo um gesto para que o pai de Miquel fosse o próximo — tentava, pelo visto, criar um momento em que os dois homens mais velhos ficariam do lado de fora e os dois mais jovens na porta, ou mesmo no hall. Porém o pai de Miquel recusou, insistindo, por cortesia, que o policial mais jovem saísse antes dele. Miquel olhou o rapaz cuidadosamente, enquanto o companheiro manobrou o jipe, virou, reduziu a marcha por um segundo e partiu.

Enquanto Miquel se ocupava fazendo as tarefas da mãe, o pai saiu e começou a cortar lenha, dando golpes frenéticos com o machado, dividindo blocos de madeira que teriam queimado muito bem num só pedaço. Miquel temia a chegada da noite, quando não haveria mais nada a fazer senão esperar notícias dela, sabendo que podiam demorar a chegar.

Lembrou-se de uma brincadeira que fazia com ela assim que aprendeu a andar. Não tinha certeza de quando começara, mas ele se escondia debaixo da mesa, da cama ou atrás de uma cadeira, sempre que a mãe estava perto, e ela então fingia que não conseguia encontrá-lo, e assim eles iam até o momento em que ele se assustava. Aí ele aparecia e a mãe simulava surpresa, espanto e prazer, e o erguia no colo. Não tinha lembrança de algum dia ter feito isso com o pai presente e, quando Jordi começou a entender as coisas, ele ficava assustado com o desaparecimento e a falsa busca, e tinha ciúme dos gritos da mãe e do irmão, quando se achavam e se cumprimentavam. Enquanto se movimentava pela casa, Miquel tinha plena consciência dos lugares indistintos que iam escurecendo com o pôr-do-sol, lugares onde qualquer um podia se esconder e depois aparecer, como se a mãe tivesse chegado e se posicionado misteriosamente num lugar onde não seria achada instantaneamente.

À noite, jantavam mais ovos fritos, pão amanhecido e lingüiça fria em silêncio até que Miquel perguntou ao pai como fariam em relação a Jordi. Ainda que não tivessem o endereço dele, e não fizessem a menor idéia de onde estava, podiam pedir à polícia de La Seu que fizesse contato com ele.

"Para dizer o quê?", perguntou o pai.

Miquel não respondeu.

"Ele já tem muita coisa com que se preocupar", disse o pai.

"Pode ficar sabendo através dos outros."

"Ele está bem longe do diz-que-diz."

"Mas pode encontrar com gente daqui", lembrou Miquel. "Nunca se sabe quem ele pode encontrar, e a pessoa pode ter escutado a notícia."

"Por enquanto", disse o pai, "não vamos dizer nada a ele, vamos deixar que continue em paz."

Depois que comeram, Foix, que se fizera o líder do grupo de busca durante o dia todo, bateu na porta, mas se recusou a entrar, embora estivesse nevando bastante lá fora. As linhas telefônicas, informou ele, ainda não estavam funcionando. O cunhado, acrescentou, tinha conseguido chegar até o povoado e trouxera dois cães treinados para farejar. Já trabalhara com eles, antes, e esses cães eram o que havia de melhor. Partiriam com os cachorros assim que houvesse um pouco de luz, todos os que tinham ido com eles participariam de novo, mesmo que o terreno talvez estivesse ainda mais difícil por causa de uma tempestade de neve durante a noite, maior que a anterior.

Antes de deitar, o pai disse a Miquel que iria tentar chegar de jipe a La Seu, no dia seguinte, pegar a estrada asfaltada até Sort e então, se conseguisse, chegar a Pallosa. Miquel disse que iria com os homens, mas, quando chegou à janela, olhou para fora e viu a neve caindo ainda mais grossa que antes, percebeu que nem o pai nem os homens iriam muito longe no dia seguinte, e que, se a neve continuasse a cair como agora, o povoado ficaria com essas duas saídas intransponíveis.

Miquel se deu conta de que ele e o pai dormiam sozinhos em quartos onde as completas ausências eram palpáveis; difícil aceitar que ambos, a mãe e o irmão, tinham partido, e que se Jordi voltasse e ela não, a falta da mãe seria ainda maior. Miquel deitou-se por um tempo na cama de Jordi, até que o frio o fez tirar a roupa e buscar o refúgio das cobertas. Gostaria que fosse duas semanas antes, antes de Jordi partir; gostaria que fosse três anos antes, quando acabava de voltar; gostaria que fosse qualquer época, menos essa.

Na manhã seguinte foi acordado de novo pelo som de gente andando na sala de baixo; dormira profundamente e gostaria de ficar um pouco mais no esquecimento do qual acabara de ser arrancado. Instantaneamente, soube que teria de levantar e passar o dia procurando a mãe no vento gelado, com a neve entrando pelas botas; os dedos do pé, assim como os da mão, ficariam absolutamente congelados. Olhou para a cama de Jordi e se perguntou, caso se concentrasse bastante, se conseguiria entrar em contato com o irmão para lhe garantir que estavam todos bem, apesar do inverno, e que não tinha nada para contar, nada acontecera desde sua partida.

Quando Miquel apareceu na cozinha, Foix chamou-o de lado e explicou que os dois cães, esperando do lado de fora, precisariam de um cheiro para farejar; quanto mais forte fosse o cheiro, melhores as chances de encontrá-la. Por isso ele precisava de alguma coisa que fosse dela, alguma coisa que ela usava. Começou a sussurrar, enquanto dizia a Miquel que as roupas, se tivessem sido lavadas desde a última vez que ela usara, não teriam muita serventia; quanto mais perto do corpo a peça tivesse sido usada, mais útil seria. Olhou para Miquel como se estivessem ambos conspirando não só contra todos os outros homens como também contra o mundo coberto de neve lá de fora.

O pai de Miquel, certo agora de que não conseguiria fazer o jipe passar pelo morro íngreme que havia além da curva, na saída do povoado, na direção de La Seu, estava sentado sozinho à mesa, enquanto mais homens apareciam e mais cães grunhiam na manhã gelada. A neve tinha parado à noite; antes do amanhecer, a temperatura baixara, o que significava que teriam de tomar cuidado com trechos tanto de gelo como de neve alta. O pai parecia desamparado, exausto, distante de tudo que acontecia em volta. Miquel resolveu não perturbá-lo com o pedido de Foix e foi sozinho lá para cima, para tentar achar algo da mãe que tivesse conservado seu cheiro.

Havia esquecido de como conhecia bem a cômoda sob a janela do quarto dos pais. Não chegava perto dela havia anos, mas quando era pequeno seu passatempo predileto, sob a supervisão da mãe, era abrir cada uma das gavetas, tirar tudo de dentro, dobrar de novo e repor exatamente como encontrara. Na gaveta de cima, ela guardava documentos, notas fiscais e recibos de um lado e lenços e echarpes do outro. Na gaveta do meio estavam as malhas e cardigãs e nas duas gavetas de baixo, suas roupas íntimas. Quando ela abria essas gavetas, o cheiro não era dela, mas de lavanda e perfume. Não tocou em nada; nada ali teria utilidade para Foix e seus cães.

Num canto do quarto, havia um velho cesto, igual ao que ele tinha em seu quarto, onde as roupas sujas eram guardadas. Estava pela metade; em cima, havia as camisas do pai, com algumas meias, cuecas e camisetas, e lá no fundo estavam as últimas coisas que a mãe usara em casa e deixara ali, bem como a blusa que ela vestia na noite do jantar de despedida de Jordi e que, Miquel supunha, ela reservara para poder lavar e secar de uma maneira especial. Por baixo disso, havia uma roupa íntima que ele pegou e, conferindo para ver se não havia ninguém atrás, levou ao nariz. Enterrou o rosto no cheiro íntimo dela, ainda nítido apesar dos muitos dias desde que ela vestira a peça. Um cheiro que trouxe uma insinuação aguçada dela no quarto gelado e, por instantes, imaginou os cães avançando cegamente pela paisagem, vivendo apenas com esse cheiro, buscando sua fonte amorosa debaixo da neve ou no mato rasteiro. Seguiria bem atrás deles. Pôs todas as roupas de baixo, exceto uma, de volta no cesto, enfiando tudo sob as roupas do pai, e levou a que escolhera lá para baixo, para Foix, que esperava com os cães na soleira.

O dia estava bem mais frio que o anterior e o avanço era muito mais difícil, já que os dois cães seguiam pistas fantasmas que os levavam a sair da estrada e subir no alto dos morros, enquanto os homens tinham de esperar por eles embaixo. A maior parte do tempo, o pai de Miquel seguia os cachorros de longe, dando a impressão de estar procurando pela mulher ou por indícios de onde ela poderia estar. Miquel reparou que Foix, Castellet e alguns outros se viravam para olhá-lo com óbvia irritação. Também notou que os vizinhos, nesse segundo dia de buscas, tinham mais ânimo, pareciam gostar de gritar com os cachorros e, quanto mais o tempo passava, mais confiantes ficavam. A própria vivacidade deles fez o pai aparentar desinteresse, quase tédio, caminhando com dificuldade lá atrás, como se seu único objetivo fosse não molhar os pés.

Os dois cães, pensou Miquel, tinham mais energia que inteligência, e ele se perguntava por que Foix ainda não tinha percebido, como ele já percebera, que qualquer coisa enterrada debaixo de um monte de neve não exalaria cheiro nenhum. Ao mesmo tempo, sabia que não havia mais nada a fazer, a não ser avançar através do que era, com exceção das pegadas de raposa e javali, uma brancura plana e branca, de aspecto inocente, quase bela, totalmente inofensiva, cuja natureza traiçoeira jazia em camadas sob a superfície pálida.

Até o começo da tarde, já não dava mais para ir adiante; com a altura da neve aumentando, ficava difícil dizer onde a estrada descia e subia, onde ficavam as margens e a profundidade da queda. Os cães, que não tinham sido alimentados desde o comecinho da manhã, estavam cada vez mais indóceis; dois deles, do povoado, começaram uma briga feroz, rosnando e ganindo enquanto se mordiam, tendo de ser afastados pelos donos e depois chutados até uma submissão mal-humorada. Miquel reparou que todos os homens intervieram para separar os bichos, segurá-los e gritar com eles, exceto ele próprio e o pai, que ficou de longe, observando, e sentiu que isso também irritara a todos. Por isso ficou satisfeito quando os homens desistiram de continuar procurando, esperaram os cães farejadores regressarem de fosse qual fosse a busca vã em que tinham se metido e começaram a voltar. Miquel teve o cuidado de caminhar com os outros, de ficar entre dois deles, ou perto de um. O pai estava tão longe que, por várias vezes, quando se virava, não conseguia enxergá-lo.

Nessa noite, o pai insistiu que não haveria mais expedições fúteis, que aqueles homens o odiavam e que haviam passado dois dias andando inutilmente pela estrada apenas para torturá-lo e humilhá-lo. Não queria mais saber de nenhum deles, disse. Pela manhã, iriam até La Seu, e seria dia de mercado, com a estrada aberta ou não; iriam de jipe até o ponto onde fora fechada e esperariam, ou atravessariam a pé a neve que porventura estivesse bloqueando a passagem.

Miquel, sem consultar o pai, saiu e foi até a casa de Foix, que, quando atendeu a porta, perguntou quase com agressividade o que ele queria. Miquel avisou que não fariam nenhuma busca no dia seguinte, que iriam a La Seu, onde talvez encontrassem com alguém de Pallosa. Também poderiam falar com a polícia. Acrescentou que queria agradecer Foix por toda a ajuda prestada.

"E o seu pai?", perguntou Foix. "Todos nós sabemos que ele tem língua. Será que o gato comeu?"

Calmo, Miquel sustentou o olhar de Foix.

"Ele está muito abalado."

Foix fechou a porta sem dizer mais nada. Quando Miquel voltou, não disse ao pai onde tinha estado.

A estrada para La Seu estava aberta, mas com muitos trechos perigosos de gelo, sobretudo no começo da manhã. Miquel dormira uma noite sem sonhos e, durante os primeiros minutos do dia, acreditou que seria mais um dia normal de sua vida. A noite apagara toda a lembrança dos dias passados. Mas o pai, ele percebeu ao descer, não tinha dormido um segundo, parecia esgotado, parando no meio das frases, esquecido do que ia dizer. O estado insone do pai pelo visto o fez dirigir com mais cautela e manter a velocidade baixa nas curvas e ladeiras. Não havia quase nenhum tráfego. Até mesmo a estrada principal, quando chegaram nela, estava calma, e isso não era normal em dia de mercado.

Duas semanas antes, tinha andado por ali com a mãe, ficara na fila com ela, reparara que ela surrupiara alguns minutos para virar três doses, e agora ele e o pai perambulavam pelo mercado ainda muito cedo, quando as barracas nem montadas estavam, em busca de alguém de Pallosa, Burch, Trivia ou de qualquer outro município em volta que pudesse ter notícias sobre ela. Miquel sabia que o mais provável, por causa das vias fechadas pela neve e das linhas de telefone interrompidas, era que ninguém soubesse de nada e tivesse de ser informado, como se fosse um segredo culpado, sobre o que acontecera, e só então as notícias começariam a se espalhar. Pensou em sugerir ao pai que, em vez de andar a manhã toda pelo mercado vazio, tentassem descobrir se a estrada até Pallosa estava aberta e fossem para lá, consultar o tio, antes que ele ouvisse os rumores ou alguma notícia distorcida de outra pessoa.

Comeram um *bocadillo* num bar. Estavam ambos morrendo de fome; Miquel sentiu-se tentado a dizer, quando terminou, que queria mais um. Tinha decidido comprar comida, já que viviam de ovo frito fazia três dias. Mas como o pai queria ir à delegacia, pensou que seria melhor esperar, tomar um café e comer mais depois, talvez até mesmo um almoço decente. Passaram pelas barracas, a caminho da delegacia, tomando o cuidado de não olhar para nenhum comerciante para não ter de cumprimentá-lo, já que não queriam que um deles, que podia ter ouvido alguma coisa sobre a desaparecida, fizesse perguntas sobre ela. Mas continuavam de olho para ver se viam alguém de Pallosa.

Quando viraram numa transversal e passaram a padaria, viram Francesc, o tio de Miquel, o irmão da mãe que morava em Pallosa, se aproximando deles, com a mulher e uma vizinha. Miquel parou na hora e deixou o pai avançar sozinho ao encontro deles. Ficou parado na soleira de uma porta enquanto o pai cumprimentava a todos. Podia ver o rosto do tio e da tia, mas não saberia dizer, de início, o que significavam as expressões do casal. O tio simplesmente meneava a cabeça, sua tia e a vizinha ouviam atentamente. Aos poucos, porém, reparou que a fisionomia do tio foi se entristecendo; a mudança era pequena, ele não franziu a testa ou mexeu os lábios, mas foi o suficiente para Miquel. Sabia, mesmo antes de o tio falar e sacudir a cabeça, e de a tia pôr a mão na boca e a outra mulher se aproximar para consolá-la, que a mãe não tinha chegado sã e salva a Pallosa, e, pelo jeito como o tio parecia fazer perguntas ao pai, sabia que ele e a mulher não tinham sido avisados do desaparecimento. Miquel saiu da sombra e foi ter com eles.

A estrada para Pallosa ficara impedida por dois dias, disse o tio, e a única linha telefônica não funcionava. A Miquel, parecia que o tio estava tendo dificuldade em respirar, aspirava muito ar entre as palavras, olhando fixo para o chão, a testa agora toda enrugada.

"E aquele dia a neve veio rápido como nunca antes, que alguém se lembre. Estávamos até o pescoço mergulhados na neve."

Miquel percebeu que o tio se segurava para não fazer uma pergunta fundamental, à medida que descobria a hora em que ela tinha saído, quem a tinha visto e havia quanto tempo estava andando quando começou a nevar. O tio, óbvio, queria saber por que a irmã tinha saído de casa, como é que eles não notaram que ela partira numa viagem assim tão perigosa, e por que, se precisava ir a Pallosa, tinha ido a pé quando havia um jipe parado na porta. Enquanto o tio buscava a resposta nos olhos dos dois, Miquel percebeu que aos poucos ele entendia que a irmã saíra aflita de casa, ou tivera uma discussão, e que quanto mais ele julgasse calmamente o ocorrido, mais culpados pareceriam o pai e o filho.

Resolveram que tinham de ir até a delegacia juntos para declará-la oficialmente desaparecida. O tio acreditava que a polícia então seria obrigada a procurar por ela, usando todos os seus recursos. O tio, Miquel sabia, tinha fama de ser um homem bom e inteligente, e, ao vê-lo assumir o controle, lembrou-se de a mãe lamentar a falta de um Francesc no povoado, a quem se pudesse recorrer quando havia um problema.

Perto da delegacia, com o canto do olho e depois muito nitidamente, Miquel viu Foix e Castellet parados ao lado de um jipe, na companhia de dois policiais. O tio os viu também, mas Miquel percebeu que não reconheceu nenhum deles; o pai só olhava para o chão e preferiu não chamar a atenção dele para a presença dos vizinhos em La Seu.

O policial encarregado do atendimento parecia saber do caso e disse que eles teriam de esperar. Só havia duas cadeiras no hall estreito. Os cinco, um por um, se recusaram a sentar e fizeram um grupo desajeitado que tinha de se afastar e abrir caminho toda vez que um policial entrava ou saía. Por fim, a tia de Miquel e a amiga disseram que iriam voltar ao mercado e que estariam mais tarde no café ao lado da padaria. Miquel disse que iria com elas; precisava comprar mantimentos no mercado. Pensou que talvez fosse mais fácil para o pai explicar ao tio o que ocorrera se ele não estivesse ouvindo. Reparou, antes de ir, como o tio era bonito e como parecia alerta e inteligente, esperando ali no hall. A seu lado, o pai parecia um homem pobre de um povoado pobre, humilde e embaraçado por estar num prédio oficial de cidade grande.

Andaram na direção do mercado. Sabia, pelo jeito como a

tia falou com a vizinha, combinando de se separar por alguns minutos, que ela queria ficar sozinha com ele, e presumiu que quisesse saber o que ocorrera. Não tinha a habilidade paciente do marido de penetrar integralmente num assunto sem ter sido informada dos detalhes. Miquel viu, tendo a amiga se afastado, que a tia se inclinava para um relato completo das últimas horas da mãe em casa. Resolveu, sem saber por que, que não lhe diria nada.

Quando ela lhe perguntou se gostaria de ir ao açougue, Miquel deu-se conta de que a tia falava do açougue que a mãe freqüentava, e ele não estava pronto para a idéia de alguém o reconhecer — o rapaz cujo irmão ia prestar o serviço militar — e fazer perguntas sobre a mãe. Ele não tinha idéia do que dizer. O sonho do qual agora fazia parte, um mundo de filas, fregueses e barracas, parecia, pela sua própria vivacidade, impedir a chance de que a escuridão dos dias anteriores pudesse ter algum sentido, que pudesse ser mencionada. Disse à tia que não queria entrar no açougue, mas que mais tarde se encontraria com ela, o pai e o tio.

"O que foi que houve?", perguntou ela, na frente do açougue.

"Nós não sabemos", disse ele. "Só que ela saiu a pé na direção de Pallosa."

A tia soltou um suspiro de exaspero.

"Foi só isso que aconteceu?" O olhar dela era penetrante e acusatório. "Ela simplesmente saiu de casa, sem nenhum motivo, num dia gelado?"

Ele fez que sim.

"Bem, pois ela não chegou", disse a tia.

"Não sei como nós vamos fazer sem ela", respondeu Miquel.

Sabia que com essa declaração havia interrompido quaisquer novos questionamentos por parte da tia, mas a nota de tristeza, introduzida apenas como estratégia para evitar perguntas, exerceu efeito também nele, e Miquel percebeu que tinha começado a chorar. Virou-se e se afastou da tia, com a mão no rosto para que ninguém lhe visse as lágrimas, e não olhou para trás.

Mais tarde, foi ao café, mas o pai e o tio ainda não tinham chegado. A tia o cumprimentou friamente. Ele pediu um sanduíche e teve de se esforçar para não agarrá-lo e comê-lo em duas mordidas. Ao terminar, de novo sentiu a necessidade desesperada de pedir outro.

Quando a amiga da tia apareceu e sentou, olhou-o com curiosidade.

"Eu não pude acreditar quando vi você mais cedo", disse ela. "Você é idêntico a seu avô de Pallosa; é mais que isso: tudo em você é exatamente como era nele. Quer dizer, até mesmo o jeito como você está me olhando agora."

"Ele já era velho quando eu o conheci", a tia interveio, "mas me lembro de todos falando o mesmo. Até mesmo quando você era bem pequeno, fazia coisas que sua mãe dizia que eram idênticas às que seu avô fazia."

"Eu nunca vi meu avô."

"Bem, é como se eu estivesse encontrando um fantasma", comentou a vizinha.

"Ela nunca me disse nada", disse Miquel.

"Eu gostaria que meu marido estivesse aqui", continuou a vizinha. "Ele ficaria de boca aberta com você; até mesmo o jeito como está desviando a vista agora, ele ficaria de boca aberta."

"Eu desconfio que todos nós parecemos com gente da família", disse a tia. "Acho que deve ser natural."

Ficou óbvio para Miquel, quando o pai e o tio chegaram finalmente, que tinham ido da delegacia de polícia até lá em silêncio. Miquel pressentiu que o pai ouvira perguntas que o tinham perturbado profundamente. Não conseguia olhar para ninguém quando sentou.

O tio então explicou que a polícia daria início a procedimentos oficiais, trabalhando de ambos os povoados, aquele de onde ela saíra e aquele para onde pretendia ir. Não viam razão para que a família ou os moradores locais participassem da busca, seria só mais uma dor de cabeça, continuou ele. As buscas começariam pela manhã, assim que estivesse claro, e, na sua opinião, já deveriam ter começado dois dias antes. Mas não havia nada a fazer, disse, a não ser torcer para que as buscas dessem resultado. Miquel quase sorriu ao notar que o tio falava como policial.

Quando ele e o pai voltaram para casa, depois de um lento trajeto por estradas cobertas de gelo, o jipe morrendo e escorregando em cada ladeira, e derrapando perigosamente numa série de curvas, a noite já tinha quase caído. De início, Miquel não reconheceu os três jipes parados em frente da casa. Tudo que vinha acontecendo trazia em si tamanha novidade que três jipes estranhos não significavam nada que merecesse comentário. Depois viu que eram jipes da polícia e que havia dois policiais de pé, parados na porta, esperando que voltassem, supunha ele. Miquel nunca tinha visto nenhum deles. Os policiais menearam a cabeça, reconhecendo pai e filho. Mas não falaram nada quando estes se aproximaram. Deixaram que Miquel e o pai entrassem. Na cozinha, o jovem policial que tinha estado na casa no dia seguinte ao desaparecimento da mãe já estava sentado numa cadeira, perto da janela. Não mudou a expressão vazia do rosto quando Miquel acendeu a luz do aposento.

Quando o policial mais velho, que também já tinha estado ali, desceu do andar superior, declarou que a polícia estava dando busca na casa e nos redis. Eles ouviram passos pesados de botas no assoalho dos quartos de cima. Miquel quis subir, mas o policial mais velho impediu seu avanço.

"Não, não", disse ele. "Vocês dois, por favor, esperem aqui."

"E o que o senhor acha que vai encontrar lá em cima?", perguntou o pai.

"Vocês dois, fiquem aqui", repetiu o policial, fazendo um gesto de cabeça para o mais novo, que se levantou como para vigiar o caminho. Miquel reparou que os olhos do rapaz pareciam mais baços que da última vez, o cabelo menos brilhante. Respondeu ao olhar de Miquel com pura imparcialidade, olhando de volta sem parecer prestar a menor atenção no que via. Não olhou uma vez sequer para o pai de Miquel, que tinha puxado uma cadeira e sentado à mesa da cozinha.

Depois que o policial mais velho saiu da casa, eles escutaram um barulho vindo de um dos redis; uma das velhas portas imensas, Miquel adivinhou, estava sendo aberta. Foi até a janela para ver o que estava acontecendo, mas, em silêncio, o jovem policial lhe fez um gesto para que ficasse onde estava.

"Estamos presos?", perguntou o pai de Miquel.

O policial não olhou para ele nem respondeu. Manteve o foco em Miquel e, depois, em seu pai; um olhar sem hostilidade, poderoso apenas por ser constantemente vazio. O rosto, em sua imobilidade intencional, parecia uma máscara pesada e branca. Ele ainda não tinha dito uma palavra a eles; sua voz, seu sotaque teriam dito muito sobre si. Ser impedido de ir até a janela não preocupou Miquel; sabia que não estavam sendo presos, que a busca na casa e nos redis era questão de rotina, incentivada, quem sabe, por Foix e Castellet. O jovem policial o impedira de se mexer, acreditava Miquel, por timidez, por medo de seus superiores mais do que por qualquer autoridade própria. Enquanto permaneciam os três ali na cozinha, com o pai desabado na cadeira, olhando para o chão, Miquel e o policial se olharam, depois desviaram a vista e após um tempo se entreolharam de novo, Miquel passando os olhos pelo corpo do rapaz. O policial o viu fazer isso com algo entre aceitação e indiferença, até que Miquel se levantou e foi até a janela. O policial encolheu os ombros, mas não se mexeu.

    Miquel viu que Foix e Castellet tinham se unido aos sete ou oito policiais em frente da casa. Só não sabia de que lado eles tinham vindo, e se tinham ido aos redis também. Suas roupas de todo dia não fizeram nada para minar a autoridade que pareciam ter entre os policiais, todos eles forasteiros. Estavam ouvindo atentamente, enquanto Foix falava e gesticulava. O pai de Miquel foi até a janela e os viu também, mas como não reparara neles em La Seu, não iria compreender o significado de aqueles homens estarem ao lado dos policiais, na frente da casa. Miquel gostaria de saber o que eles tinham dito para se colocar numa posição de tamanha confiança. Quando o jovem policial foi chamado pelos outros, saiu sem dizer nada, e os três jipes foram embora, deixando a Foix e Castellet a tarefa de subir a pé, na neve, até suas casas.

    Ele e o pai estavam sozinhos agora. Miquel não imaginou que algum vizinho aparecesse por lá; não seriam mais necessários no trabalho de busca nas montanhas, assumido agora pela polícia. Mais uma vez, pensou que deveriam escrever a Jordi, mas a carta teria de dizer o que ele e o pai não conseguiam dizer um ao outro. Sabia que o irmão, caso recebesse essa carta, teria de voltar para casa, com ou sem permissão. Mas mesmo obtendo permissão, seria por alguns poucos dias. Miquel imaginou o irmão chegando e encontrando um nada, um vazio na casa, o pai reduzido ao silêncio, sem nada para fazer, nenhum túmulo para visitar, ninguém em quem tocar, nenhum caixão para carregar, nenhuma palavra de consolo das pessoas em volta. Em vez disso, uma paisagem congelada e dias temíveis sem degelo.

    Miquel não era capaz de visualizar a reação de Jordi a uma carta sua. Tentou imaginá-lo lendo e depois viajando rápido de onde a recebera, fosse onde fosse, até eles. Durante toda a sua vida, desde os tempos em que era pequeno, um gato machucado, um cachorro manco ou qualquer animal faminto eram motivo para Jordi entrar em pânico. Na infância, tiveram de proibi-lo de fazer amizade com cachorros abandonados e com os gatos da vizinhança. Tinha de ser mantido em casa quando os caçadores saíam para a floresta, atirando em javalis selvagens e arrastando os corpos sangrentos pelo povoado. Estando fora, sentiria falta de Clua, a quem Miquel e o pai mal toleravam, tanto quanto sentiria falta de qualquer um da família. A idéia de que sua mãe podia ter sumido ou estar em perigo seria insuportável para ele; o fato de que ela se fora, enterrada nas profundezas da neve em algum lugar longínquo, não poderia ser comunicado a ele agora. No entanto Miquel também entendia que não dizer nada e deixá-lo viver como se aquilo nunca tivesse ocorrido era mais que traiçoeiro.

Enquanto comiam, bateram na porta, o que os levou a se entreolhar com medo. Quando Miquel foi abrir, viu Josep Bernat com um pacote na mão. Bernat fizera parte da equipe de buscas, mas sempre permaneceu na linha de fundo, de modo que quase ninguém reparou nele. Disse que não queria entrar, mas que a mulher tinha feito pão, que havia mais algumas coisas da despensa dela na sacola e que esperava que fossem úteis. Cumprimentou-os e foi embora assim que Miquel agradeceu.

Bernat passou a fazer visitas à noitinha, muitas vezes levando leite ou algum outro produto fresco consigo, quase que uma desculpa para visitá-los. Quando Miquel começou a sair sozinho, às vezes para ir além da igreja de Santa Madalena e aventurar-se pela estrada militar, onde a neve endurecia com as baixas temperaturas e cada passo tinha de ser dado com cuidado, Bernat sempre tinha conselhos e idéias sobre áreas onde deveria procurar. Ele parecia saber de todas as mortes na região, desde a Guerra Civil, sobretudo suicídios e mortes acidentais. La Senyora Fluvia, cujo marido continuava vivo, caíra na neve uns doze anos antes e era um dos assuntos favoritos dele. A família dela, contou Bernat, passou diariamente, durante dois meses, pelo lugar onde ela estava, sem saber, pois ela jazia sob uma lâmina de gelo na qual o sol não batia e por isso continuou soterrada até começar o degelo geral. Ou aquele homem que se casou com uma inglesa que era pintora — ele saiu da estrada, perto de Pallosa, e matou também uma criança.

"É uma pena", disse ele uma noite, "que você não tenha conseguido atravessar com o jipe naquele primeiro dia. Talvez tivesse encontrado sua mulher."

O pai de Miquel concordou com um gesto de cabeça.

Miquel tinha interesse em saber a opinião verdadeira de Bernat sobre onde estava a mãe, e quando e como ela seria encontrada, mas nunca obtinha respostas diretas. Nas noites em que Bernat aparecia, Miquel escutava suas histórias e depois tentava levar a conversa para a possibilidade de um degelo repentino ser mais perigoso para a mãe, porque o corpo continuaria difícil de achar, mas ela estaria à mercê das aves e dos bichos, antes que pudessem chegar até ela. Bernat concordou, pensou por alguns instantes e esperou até o pai de Miquel sair da sala para dizer que, como a polícia não tinha achado o corpo, e eles tinham procurado bastante, então, na sua opinião, o corpo não seria localizado até o degelo da primavera, quando não haveria mais neve nem gelo naquele trecho. E eles teriam de vigiar o céu todos os dias, e caso vissem abutres, teriam de entrar rápido no jipe e correr na direção de fosse lá o que fosse que os abutres estavam rodeando. E é dessa forma, disse ele, que você vai encontrá-la.

4

Nenhum dos dois sabia cozinhar. O pai nem tentar queria, mas se queixava o tempo todo da monotonia da comida. Ovos demais, dizia ele. Muito presunto cru. Miquel tentou fazer arroz, mas ficou empelotado e duro. Ele não sabia se tinha posto água de menos ou de mais. As batatas que cozinhava se dissolviam na água. Dependiam de Bernat para o pão. Não sabia como a mãe fazia para achar a carne dos guisados nem como conseguia oferecer refeições variadas se não havia uma loja ou fornecedor no povoado. Quando tentou fazer lentilha, o pai despejou o prato ainda cheio no balde da comida das galinhas.

Aos poucos, as galinhas começaram a pôr menos ovos e os coelhos a morrer. Miquel sabia que havia negligenciado galinhas e coelhos nos primeiros dias depois do sumiço da mãe, mas, embora tivesse estabelecido rapidamente uma rotina de alimentação, eles não se recuperaram. Miquel passou um dia inteiro fazendo limpeza no galinheiro, na suposição de que a imundície acumulada provocara a redução do número de ovos, mas ao encontrar casca de ovo espalhada por toda parte, no meio da sujeira, foi levado a crer que as galinhas na verdade estavam comendo os ovos que elas mesmas tinham posto. Bem que gostaria de ter alguém no povoado com quem pudesse conversar e a quem perguntar, mas sabia que o pai não aprovaria, ainda que no fim tenha acabado falando da dificuldade com Bernat.

Pensou que mesmo com coelhos morrendo, os demais se mostravam estranhamente contentes e se comportavam de maneira normal, ainda que houvesse um deles morto no meio da coelheira, o corpo rígido e inútil, os olhos fixos em algum vago ponto ao longe. Como não servia mais para nada, Miquel o enterrou atrás do redil. Não queria que o pai soubesse que estava tendo problemas domésticos para além dos que já eram óbvios.

Depois de um tempo, sobraram só os coelhos marrons; eles pareciam ficar mais gordos e saudáveis quanto mais coelhos brancos morriam. Miquel manteve as coelheiras limpas, ao passo que o pai não prestava a menor atenção nelas. Nesse tempo, podia se considerar sortudo quando conseguia recolher um ovo no galinheiro. O pai, pensava Miquel, devia ter presumido que os ovos não eram mais servidos porque estava farto deles. Comida nenhuma agradava ao pai. Ele passou a comer apenas presunto defumado e pão amolecido com tomate e azeite, e a fazê-lo não na hora das refeições e sim quando sentia fome. Não comia a casca do pão e deixava na mesa, para que Miquel desse a Clua.

Um dia, entrou na cozinha quando Miquel comia lingüiça com feijão que a mulher de Bernat trouxera para ele.

"Vou a La Seu amanhã", disse ele. "Pensei em levar alguns coelhos para vender, e alguns ovos também."

Miquel lhe deu uma olhada inquieta.

"Os coelhos estão morrendo. Eu não sei como mantê-los vivos. E as galinhas pararam de pôr ovos."

"O que você fez com eles?", perguntou o pai.

"Eu não sou mulher. Não entendo nada de galinhas."

"Você não é dona de casa", disse o pai, rindo baixinho consigo mesmo. "Você sabia disso?"

"Por que você não cuida deles você mesmo?", perguntou Miquel.

"Não, isso eu não faço", respondeu o pai. "Coelhos mortos! Algum vizinho sabe?"

"Não."

"Que bom. E não temos ovo nenhum?"

"Tem um só na tigela na prateleira."

"Vamos guardar de suvenir."

Miquel não foi a La Seu com o pai; o céu limpara dois dias seguidos, o que significava que parte da neve derretera. Pegou o binóculo e partiu logo cedo, com a intenção de chegar a Santa Madalena bem antes do meio-dia, e depois ver o quanto conseguia andar pela estrada militar que, ele sabia, estava ainda com um trecho coberto de neve. Assim que se viu debaixo do sol, o corpo esquentou, às vezes até demais, e ele tirou o casaco. Durante mais ou menos uma hora, andou com dificuldade pela estrada estreita. Sentia-se quase feliz de saber que estava livre da companhia do pai e do vazio sombrio da casa nua, que trazia as marcas da ausência da mãe em cada canto, em todas as superfícies. O único receio era ser obrigado a voltar assim que topasse com os limites que o acúmulo de neve criara. A estrada até Santa Madalena estava, como ele descobriu, bem mais limpa do que haviam dito no povoado. Em alguns lugares, o degelo fora total, e ele examinou tudo com o binóculo, para o caso de haver sinais. Ocorreu-lhe que a mãe fora muito azarada quanto ao momento escolhido para sua fuga desesperada, e quanto ao dia em que partira. Se tivesse saído uma hora antes, pensou Miquel, teria chegado a Pallosa em segurança, e se tivesse saído uma hora depois, só teria chegado até aqui e saberia que tinha de voltar. Ela fora pega na pior hora e jazia em algum lugar, sob um manto de neve, nas encostas abaixo da estrada militar, que ele também examinou sem ver nada além de brancura e uns tocos de árvore.

Era curioso, pensou ele, que a neve não tivesse derretido na estrada militar. Boa parte dela recebia a mesma luz da estrada na qual acabara de andar. Porém a estrada militar era aberta aos ventos e cortava agressivamente a montanha, sem árvores ou sebes dos lados. Se o vento soprasse neve de todos os lados, essa neve acabaria se acumulando na estrada que não passava de mera ranhura, feita às pressas por forasteiros sem noção do terreno e sem conhecimento do que iria acontecer no inverno. Não demorou a perceber que a neve estava batendo nos joelhos e que cada passo exigia esforço para ser dado e depois mais esforço para tornar a erguer a perna.

Fez meia-volta e regressou com dificuldade pela neve enlameada até que, quilômetros depois, deu no povoado. Gostaria que o pai aprendesse a fazer algumas coisas na casa, até mesmo acender a lareira. Ele voltaria de La Seu, Miquel sabia, com excesso ou falta de mantimentos, com quilos de carne que não conseguiriam manter fresca, ou lingüiças suficientes só para uma refeição.

O pai não estava em casa, o que era uma surpresa, já que ele tinha saído cedo e não havia muito que fazer em La Seu. Talvez tivesse ido ver a polícia de novo, mas Miquel não via motivo para novas visitas. Estavam sem pão; ele fritou umas batatas e o ovo que o pai queria guardar de suvenir e acendeu a lareira. Nesse tempo, quando pensava na mãe, os sentimentos vinham tingidos de culpa, uma dor persistente no peito que só conseguia obliterar pensando deliberadamente em outra coisa qualquer, mas que voltava fácil e sempre. Lamentava agora ter ficado anos sem passar pela cozinha num dia normal para vê-la cozinhar ou acender o fogo, para ajudá-la ou fazer companhia. Também sabia que deveria ter sido mais corajoso; na véspera de seu desaparecimento, devia ter dito a ela que ele próprio iria substituir aquilo que o pai havia jogado fora. Ele deveria, pensou, ter forçado o pai a não deixá-la sozinha no quarto, ansiando por um pouco de álcool. Sabia que, se tivesse tido coragem, poderia ter evitado que ela se fosse.

Era tarde quando ouviu o jipe parando na frente de casa. Tinha passado a noite olhando o fogo, sonhando, metade do tempo, em sair de lá, em ir tão de repente quanto a mãe, só que na direção de La Seu, depois Lérida ou Barcelona, quem sabe até mais longe, e nunca regressar. Não ver mais o irmão seria, pensou, um preço alto a pagar pela nova liberdade, mas quem sabe poderiam se encontrar em algum lugar, quem sabe Jordi também decidisse partir. Na outra metade do tempo, curtiu toda a culpa que quis visitá-lo, levada pelo vento e pela escuridão, e que penetrou fundo na alma enquanto ele refletia mil e uma vezes em sua responsabilidade no desaparecimento e na morte da mãe.

Ouviu vozes na frente da casa e achou estranho que o pai tivesse dado carona a alguém do povoado. Talvez Bernat, com quem o pai parecia estar se dando melhor a cada dia, tivesse voltado junto com ele de La Seu, ou tivesse sido apanhado em algum outro ponto. Ao ouvir passos cortando o lençol quebradiço de gelo formado na trilha de entrada, não se mexeu. Se o pai quisesse ajuda para levar os mantimentos para a cozinha, poderia vir e pedir. O pai, quando Miquel entrou na cozinha, sorriu-lhe com benevolência, com calor. Carregava sacolas. Atrás dele apareceu um jovem pálido, mais baixo que Miquel, mas de constituição forte, que pelo visto não devia ter nem vinte anos. Também ele carregava sacolas. Miquel tinha certeza de que jamais o vira. O rapaz deu uma olhada em Miquel, mas não sorriu. Miquel voltou as atenções para o fogo, como se estivesse sozinho, pegou dois blocos de lenha do cesto e colocou-os estrategicamente dentro da lareira.

"Estamos com fome", disse o pai. "Ainda não comemos. Manolo vai preparar o jantar."

Manolo virou-se para Miquel, que atiçava o fogo casualmente e não disse nada.

"Eu já jantei", disse Miquel, "mas bem que eu comeria mais."

Os olhos de Manolo eram escuros, o cabelo preto retinto. Começou a abrir armários, conferindo o que havia dentro e, depois, guardando os pacotes que tinham trazido do jipe até a cozinha em sacolas.

Enquanto jantavam lingüiça, feijão e pão fresco, veio à tona que o pai encontrara uns vizinhos do cunhado e explicara a situação. Precisava de alguém para cuidar da casa, disse ele, mas achava que não ia encontrar ninguém, já que não tinha um quarto onde uma moça ou mulher pudesse dormir, e nas redondezas não havia nenhuma mulher disponível. O pessoal de Pallosa então lhe disse que Manolo, um órfão, estava disponível; Manolo trabalhava nas fazendas locais na primavera e no verão e morava com os patrões, mas no inverno tinha bem menos tarefas. Manolo aceitaria de bom grado o trabalho doméstico, disseram, que por sinal ele sabia fazer muito bem, e o pessoal que o abrigava não acharia ruim ter uma boca a menos para alimentar. No ato, o pai de Miquel decidira ir até Pallosa para encontrar Manolo e seu patrão, e este havia concordado em liberá-lo.

"E foi assim que eu o meti no jipe na hora", disse o pai. "Ele diz que sabe cozinhar, e logo veremos se sabe ou não."

O pai lançou um sorriso conspirador para Manolo, que não respondeu e olhou sério para Miquel, a quem parecia óbvio que o relato do pai sobre o encontro era semelhante ao da compra de uma saca de arroz ou de um bicho. Manolo, no entender de Miquel, também percebeu isso e foi ficando abertamente mais tristonho quanto mais o pai, muito bem-humorado, falava.

Enquanto comiam, à mesa, Miquel percebeu que também ele falara muito pouco e se perguntou se seu silêncio estaria desanimando ainda mais o recém-chegado.

"Meu pai é um monstro", disse. "Você cometeu um grande erro em ter vindo com ele."

Miquel e o pai começaram a rir, mas o garoto continuou em silêncio, pelo visto cada vez mais triste, quanto mais eles riam. Assim que acabaram de comer, começou a tirar a mesa; pôs uma panela de água para ferver e empilhou os pratos que tinham se acumulado durante vários dias. Miquel voltou a sentar diante da lareira e o pai continuou à mesa.

"Tem roupa de cama em algum lugar?", o pai perguntou.

Miquel deu de ombros. Eles não tinham trocado a cama desde o dia em que a mãe se fora. Ele não sabia se os lençóis guardados no armário teriam de ser arejados antes de usar.

"De qualquer maneira", disse o pai, "o colchão da cama de Jordi já arejou bastante."

"Por que a gente não traz a cama para a despensa?", perguntou Miquel.

"A janela da despensa está quebrada", disse o pai. "Ele vai congelar."

"Eu não quero que ele fique no meu quarto", disse Miquel.

Manolo, que estava de costas para eles, parou de se mexer. Não fez o menor esforço para fingir que não estava ouvindo.

"A gente põe ele lá esta noite", disse o pai. "E eu mostro para ele onde estão os lençóis e cobertores, assim ele mesmo faz a cama."

Miquel soltou um suspiro e ficou olhando o fogo. Quando ergueu a vista de novo, Manolo tinha retomado o trabalho no fogão e na pia. Quando atravessou o aposento para limpar a mesa, não olhou para Miquel. Até ele ir para o quarto, o pai já tinha mostrado a Manolo o caminho e ajudado o garoto a levar lençóis, cobertores e um travesseiro até o quarto, que pareceu quase lotado quando Miquel entrou. Atento, Manolo desdobrava os cobertores para depois colocá-los meticulosamente na cama. Não se virou quando Miquel entrou, apenas quando a porta se fechou. Não o cumprimentou e continuou fazendo a cama, enquanto Miquel o observava, esperando-o terminar, antes de se despir.

Manolo remexeu numa pequena mala quando Miquel já estava deitado. Era, até onde ele sabia, a única mala que Manolo trouxera consigo. Mal tinha espaço, ali, para uma troca de roupa. Quando Manolo tirou a malha, Miquel viu que a camisa estava rasgada nas costas e puída no colarinho e nos punhos. Na cozinha, tinha reparado num cheiro, feito algo apodrecendo, que se tornou mais intenso quando Manolo tirou os sapatos. Foi só quando Manolo tirou a calça e foi colocá-la numa cadeira que Miquel se deu conta de que o cheiro vinha das meias do rapaz, que ele agora tirava. Colocou-as no chão, debaixo da cama, e olhou para Miquel pedindo licença para desligar a luz.

"Será que pode deixar os sapatos e as meias lá fora?", pediu Miquel.

Manolo fez que sim, sem mostrar o menor sinal de contrariedade. Quando se curvou para recolher as meias e depois atravessou o quarto para pegar os sapatos, Miquel deu-se conta de que ele não tinha levado pijama e que não usava cueca. Ele ia dormir usando a camisa velha. Depois de colocar sapatos e meias do lado de fora do quarto, e fechar a porta, apagou a luz e atravessou o quarto. Nenhum deles disse nada, deitados os dois no escuro. Miquel suspeitou que Manolo tivesse dormido rapidamente.

Imaginou-se escrevendo a Jordi para lhe contar a notícia. Mamãe desapareceu, ela morreu, e jaz encaixotada no gelo, vamos ter de vigiar o céu à procura de urubus, quando vier o degelo, e encontrá-la antes deles. Dormindo na sua cama há um garoto moreno, calado, de fisionomia triste, que chegou sem muita roupa e parece disposto a fazer trabalho de mulher. Está aqui do meu lado, dá para ouvir a respiração dele, leve e regular. Amanhã de manhã, vou tentar achar um outro lugar para ele dormir.

5

Todos os dias, Miquel andava até onde era possível; a neve começava a derreter ao longo da estrada militar e alguns trechos da estrada para Santa Madalena estavam secos. Caminhava em horários diferentes todos os dias, dependendo do trabalho que tivesse de fazer, mas quase sempre dava para deixar o pai e Manolo encarregados de tudo. O pai, a essa altura, tinha começado a cortar pedras para Josep Bernat e passava algumas horas fora de casa. Manolo trabalhava pesado, cozinhando, lavando, limpando e ajudando com os animais sempre que preciso.

Com o degelo avançando, o tio de Miquel veio de Pallosa e foi com o jipe até Santa Madalena, depois andou com Miquel pela estrada militar já quase toda limpa, embora as terras em volta ainda estivessem cobertas de neve. O tio saltou do jipe várias vezes e examinou a paisagem com o binóculo de Miquel. Quando Miquel contou o que Bernat havia dito sobre os abutres, ele concordou. Teriam de esperar, disse ele, ficar de olho e torcer para encontrá-la assim que a temperatura subisse. Não achava que os urubus tivessem aparecido em Pallosa, não ainda, e tampouco em algum lugar acima de Sort. Se visse algum planando, então saberia que a verdadeira primavera tinha começado.

Quando se viu cara a cara com Manolo, na casa, Francesc deu-lhe um abraço e o cumprimentou calorosamente. Miquel ficou de lado, enquanto Manolo sorria e perguntava das pessoas e dos acontecimentos de Pallosa; estava mais animado do que em qualquer outro momento desde que fora para a casa deles.

Já do lado de fora, antes de partir, o tio contou que o pai de Manolo fora preso e fuzilado no finalzinho da guerra, quando a mãe ainda estava grávida. A mãe vivera só um ano depois de ter dado à luz, morrera de tuberculose, mas também, no entender dele, por causa da perda. Manolo fora criado pelos primos do pai até poder se virar, depois trabalhara em várias casas de Pallosa; em algumas, fora muito maltratado. Era uma história triste, disse o tio, porque o pai de Manolo quase não se envolvera na guerra, só tivera azar. Esperava que Manolo fosse mais feliz com eles do que tinha sido em alguns lugares. Miquel sabia, pelo jeito como o tio falava, que ele percebera não haver amizade entre o sobrinho e Manolo. Nessa noite, Manolo pareceu grato e espantado quando recebeu de Miquel roupas que pertenciam a Jordi, algumas camisas, cuecas e um par de botas velhas. Ele prometeu que cuidaria muito bem de tudo.

O tempo piorou; caiu mais neve e houve dois dias de vento ininterrupto soprando a neve da superfície e fazendo-a rodopiar como se fosse poeira. O pai de Miquel desaparecia no celeiro de Bernat assim que terminavam de cuidar dos animais. Voltava para almoçar e saía de novo. O novo trabalho parecia deixá-lo feliz; estava sempre de bom humor, contando piadas quando sentava à mesa.

Nos dias em que Miquel não podia trabalhar fora de casa por causa do tempo, ficava na cozinha e tentava conversar com Manolo, perguntando como ele tinha aprendido a cozinhar e como alimentava as galinhas, mas as respostas eram apenas polidas e reservadas. Estava claro que Manolo não queria conversar. Trabalhava em silêncio, mexendo-se pela casa com expressão solene, conscienciosa. Aos poucos, sob seus cuidados, as galinhas voltaram a pôr ovos e os coelhos prosperaram. Apesar de ter sido convidado, Manolo não comia com eles e sim de pé, em frente ao fogão, em geral começando depois que eles tinham terminado. E, apesar de Miquel ter lhe dito que não precisava, ele punha sapatos e meias para fora do quarto todas as noites, antes de apagar a luz. Tomava cuidado para que Clua estivesse sempre alimentado, mas por várias vezes Miquel reparou que impedia que o cachorro o seguisse ou pulasse amorosamente nele.

O pai de Miquel brincava, dizendo que Manolo seria uma

excelente esposa; tudo de que ele precisava era uma saia, dizia o pai, depois podia ir às festas de verão e no outono já estaria de véu e grinalda. Manolo nunca deu um sorriso quando essa piada ou suas muitas variações eram ditas, e continuava envolvido com o que estava fazendo. Aos poucos, foi se tornando um dos temas constantes do pai de Miquel.

"Ah, vamos ter que arranjar uma saia para você", dizia. "Você é a melhor dona de casa do país. Muito melhor que qualquer mocinha da sua idade. Sabe de uma coisa?, acho que nos mandaram uma moça. Quem sabe você está apenas fingindo ser rapaz?"

Certo dia, quando esses comentários foram feitos mais de uma vez no decorrer de uma só refeição, e começavam a soar como zombaria, Manolo aproximou-se da mesa e parou na frente do pai de Miquel.

"Se disser isso mais uma vez, eu vou embora."

O pai empurrou a cadeira para trás e olhou espantado para Manolo, que estava bem mais pálido que de hábito.

"Eu não quis...", começou o pai.

"Eu sei o que o senhor quis", disse Manolo. "E se disser de novo, eu vou embora."

"Eu não quis ofender você."

"Então não repita."

"Você ficou bem saidinho, não é mesmo?", perguntou o pai de Miquel.

Manolo voltou para o fogão e ficou de costas. Miquel viu o pai se debatendo, tentando encontrar um jeito de transformar aquilo em piada, mas sabendo que Manolo não lhe deixara nenhuma janela.

"Você não é feliz aqui?", o pai perguntou a Manolo, que não se virou nem respondeu.

"Eu lhe fiz uma pergunta", insistiu o pai.

255

"Pare de dizer que eu sou uma moça", disse Manolo, sem se virar.

"Eu nunca disse que você é uma moça. Quando foi que eu disse que você é uma moça? Quando foi que eu disse isso?", perguntou o pai.

Manolo não respondeu.

"Você é surdo?", perguntou o pai. "Quando foi que eu disse que você é uma moça?"

Miquel podia ver os ombros de Manolo retraindo-se, como se fosse chorar. Seu próprio sentimento de impotência, o fato de não achar uma forma de intervir, trouxe de volta a cena que presenciara na véspera da partida da mãe. Quando o pai se levantou, percebeu que não poderia deixar que se repetisse essa versão cruel de um acontecimento anterior.

"Deixe o rapaz em paz", disse ao pai, "e sente-se de novo!"

O pai, ele sabia, não teria noção de como se comportar dali para a frente. Miquel estivera a ponto de acrescentar que ele já causara problemas suficientes na família, mas ficou feliz de ter se calado. O pai estava parado, com os olhos no chão, enquanto Manolo atravessava a cozinha e recolhia os pratos, como se nada tivesse ocorrido. Miquel não se mexeu e providenciou para que o pai não o ouvisse sequer respirar. Tentou não fazer nada. No fim, depois de ter soltado um longo suspiro, o pai saiu da cozinha e voltou para o trabalho com Bernat. Miquel sorriu para Manolo, quando ele passou pela mesa. O sorriso que Manolo conseguiu dar em troca era tanto mais poderoso por ter sido meio escondido e sumir rápido.

Pela primeira vez, nessa noite Manolo falou com Miquel, no quarto. Tendo deixado o sapato e as meias na porta, apagou a luz, cruzou o quarto e entrou na cama.

"Os ventos não vão continuar desse jeito", disse ele.

"Está ficando pior a cada dia", respondeu Miquel.

"Você às vezes chora à noite", disse Manolo. "Não alto nem nada, mas de vez em quando eu ouço."

"Eu não sabia que fazia isso", retrucou Miquel.

"Você costuma ter pesadelos?", perguntou Manolo.

"Na verdade, não. Muitas vezes sonho que meu irmão está aqui e que somos bem mais jovens."

"Você não grita, mas chora por um tempo, não muito", disse Manolo.

"Vou tentar fazer silêncio."

"Não se preocupe com isso."

Começaram a falar sobre o desaparecimento da mãe de Miquel e de como ela seria encontrada. Manolo manteve a voz baixa e pelo visto considerava tudo muito cuidadosamente. Miquel lhe disse que Jordi não sabia de nada sobre o sumiço da mãe. Tinham recebido uma carta dele, estava em Valladolid, e o pai respondera dizendo que não tinham novidades. Ao ver que Manolo não dava resposta, Miquel sabia que ele ainda não tinha dormido e que estava estudando o que acabara de ser dito.

"Seu pai está errado", disse ele por fim.

"Eu sei", respondeu Miquel, "mas eu não posso escrever a Jordi eu mesmo contando tudo. Não é tarefa minha. Como é que eu poderia contar a ele numa carta o que houve?"

Manolo não disse nada; pela qualidade de seu silêncio, Miquel via que ele já tinha um julgamento claro da situação. Ficaram ali deitados, sem dizer nada, até que Miquel percebeu que Manolo pegara no sono.

Ele próprio dormiu por uns tempos, até ser acordado pelo vento. Parecia, em sua feroz ameaça uivante, que o vento estava se preparando para erguer a casa dos alicerces, ou arrancar o telhado, ou romper as vidraças e rodopiar com violência em cada quarto, levando em sua esteira as pessoas dormindo. Escutou os uivos do vento e o ritmo uniforme da respiração de Manolo e percebeu que não iria dormir. Logo, uma das portas do redil começou a bater; sabia, pelo som que fazia, qual delas era, como também sabia que deveria ter posto umas pedras para segurá-la fechada. Achou as roupas no escuro e desceu para se vestir lá embaixo e não perturbar Manolo. As botas estavam no hall.

Nevava de novo, os flocos soprados em todas as direções pelo vento. Pôs a mão sobre os olhos para impedir que o vento o cegasse. A lanterna não servia para nada. Seguiu descendo devagar, andando sobre o gelo compacto, agora com uma nova camada de neve por cima. A porta continuava batendo. Encontrou as pedras que já tinha usado antes, colocou-as no lugar, segurando a porta firmemente fechada, depois voltou para casa.

6

Durante os dias que se seguiram, o sol saiu, mas o vento continuou. Miquel retomou a antiga rotina, ir até Santa Madalena sem o menor problema e depois tentar caminhar pela estrada militar, onde a neve se acumulara em todos os seus novos contornos. Num desses dias, quando voltava para o povoado, faltando ainda uma meia hora de caminhada, viu Manolo andando em sua direção, levando pão, presunto e biscoitos. Miquel se surpreendeu com a mudança ocorrida durante o resto do trajeto; estava leve, feliz que Manolo tivesse ido encontrá-lo. No dia seguinte, antes de partir, perguntou-lhe se não queria ir se encontrar com ele de novo, e Manolo disse que sim. Aliás, já estava planejando fazê-lo, declarou. Miquel descobriu que a imagem de Manolo de pé, ao lado do fogão, dizendo essas palavras, ficara com ele mais que qualquer outro pensamento sobre o pai, Jordi ou até mesmo sobre onde o corpo da mãe seria encontrado.

O pai estava ganhando dinheiro com o trabalho que fazia para Bernat, e a conversa agora era sobre expandir o negócio de cantaria. Começara a pagar um pequeno salário a Manolo, toda semana, e isso pelo visto fazia o pai se sentir mais alegre nos momentos em que estava na cozinha, ao passo que não fazia nenhuma diferença óbvia para Manolo. Um sábado à noite, quando Manolo já estava com eles fazia um mês, o pai de Miquel anunciou que era noite de banho. Sua família, disse ele a Manolo, diferia de todas as outras famílias do povoado, assim como de todos os animais que viviam no mato, porque tomava banho regularmente, em geral uma vez a cada duas semanas, mas por causa do que ocorrera, eles haviam negligenciado suas abluções, uma questão que agora gostaria de retificar.

O pai mostrou a Manolo onde ficava a reluzente banheira de lata, com suas costas compridas, e, juntos, levaram-na até a cozinha. Explicou a Manolo que sua tarefa era encher dois grandes caldeirões e duas panelas de água, levar ao fogo e, depois, misturar essa água com água fria. Isso seria suficiente para seu banho. Depois Manolo devia pôr mais água para ferver e, tendo o primeiro banho sido tomado, parte da água poderia ser retirada e substituída por mais água limpa e quente para o banho de Miquel e em seguida para o de Manolo. Finalmente, explicou o pai, visivelmente se divertindo muito, a água poderia ser dada para o cachorro tomar. E cada um deles também precisaria de roupas e cuecas limpas, acrescentou, para trocar depois de tomar banho.

Miquel se surpreendeu ao ver o pai achar de bom alvitre incluir Manolo no banho. Antes, ele e Jordi ferviam e trocavam a água, enquanto a mãe ficava de fora. Depois ferviam água para ela, enchiam de novo a banheira e deixavam seu sabonete cheiroso e a esponja na cadeira, além de uma toalha especial, antes de subirem, eles e o pai, para lhe dar privacidade total.

Manolo pôs três toalhas em frente à lareira acesa; fechou as venezianas e, quando a água nas panelas começou a ferver, despejou-a na banheira e depois encheu de novo as panelas. Enquanto o caldeirão fervia e o pai tirava a roupa, Miquel deixou a cozinha. Era o que sempre fazia, permitindo ao pai o máximo de privacidade possível. Era estranho, pensou, sair e deixar Manolo lá dentro, com o pai pelado, servindo a todos os seus desejos, porém sabia que o rapaz tinha um jeito de cuidar de tudo, de garantir que nada do que fizesse provocasse queixas.

Quando voltou à cozinha, o pai lhe disse que tinha quase terminado e logo em seguida se levantou da banheira, esperando que Manolo levasse a toalha. Miquel nunca vira o pai dessa forma, suas pernas compridas, muito mais fortes do que imaginara, seu pênis carnudo e a bolsa maior e mais real, embaixo. O pai, parado à luz das chamas, se secava como se estivesse em exposição, enquanto Manolo se agitava de lá para cá, pondo um tapetinho sob seus pés, colocando um pouco mais de madeira seca no fogo, começando a preparar o banho de Miquel.

Depois que o pai saiu da cozinha, Miquel tirou a roupa, ficando de cueca, e testou a temperatura da água. Depois tirou a cueca e sentou-se na banheira quente, metade com água limpa, metade com a água usada pelo pai. Antes de Jordi partir, brincavam entre si, dizendo que o pai mijara na água e que Miquel iria mijar também, ou que tinha acabado de fazê-lo, e que Jordi poderia assim ficar de molho em quantidades abundantes da urina da família. Jordi costumava se encolher todo, exigindo uma banheira com água limpa e quente, e era informado pelo irmão que, sendo o caçula, isso seria impossível.

Miquel raciocinou que Manolo não iria achar muita graça nisso. Lavou-se, enquanto ele fervia mais água para o próprio banho. Tinha visto Manolo olhá-lo na hora em que entrou na água. E depois ficou zanzando perto da banheira, enquanto Miquel se lavava. Podiam ouvir o pai de Miquel andando de um lado para o outro, no quarto de cima. Miquel sabia que ele não voltaria para a cozinha até que os banhos estivessem terminados.

Quando se levantou, Manolo foi até ele com a toalha quente na mão. Miquel parou, tremendo, de frente para o fogo, enquanto Manolo secava suas costas, pescoço e torso, esfregando forte, para depois entregar a toalha a fim de que Miquel terminasse de se secar.

A água de Manolo estava pronta; ele despejou uma parte da usada e pôs mais na banheira, usando a água quente das panelas e do caldeirão. Sentado, vestindo-se, Miquel acompanhou o outro, que se despia virado de costas, sem olhar de frente até estar nu. Tinha os ombros bem mais largos do que Miquel reparara no quarto, os músculos dos ombros e das costas bem mais desenvolvidos, o torso e as nádegas completamente pelados, ao passo que as pernas grossas e curtas eram cobertas de pêlos negros. Caminhou devagar, quase com graciosidade, até a banheira, pelo visto totalmente ciente dos olhos vigilantes de Miquel.

7

Como o pai agora saía todos os dias com Josep Bernat, Miquel disse a Manolo que podia ir encontrá-lo um pouco antes, se quisesse, se tivesse tempo, porque assim não teria de voltar sozinho o trecho todo. Também disse que levasse comida para os dois e uma garrafa de água, assim poderiam encontrar um lugar ensolarado e comer juntos. À noite, ansiava pelo momento de ir para o quarto e ficar sozinho com Manolo, conversando um pouco antes de pegarem no sono.

Num desses dias, na volta, examinando a neve depositada em cristas e barrancos, escutaram tiros sendo disparados de um bosque para além de Santa Madalena. Os tiros, que vieram em rápida sucessão, ecoaram nas montanhas mais distantes, e foi impossível precisar de onde tinham saído. Miquel lembrou-se de que um jipe lotado de homens, inclusive Foix e Castellet, passara por ele mais cedo, na estrada, e que vira o veículo vazio, com um reboque, estacionado na própria ermida de Santa Madalena.

Os tiros perturbaram tudo em volta: os pássaros se espalharam, todas as coisas vivas, Miquel sabia, buscariam refúgio, assustadas e em pânico. Ele e Manolo pararam para escutar, enquanto mais tiros, quatro ou cinco dessa vez, ecoaram. De repente, Miquel começou a sufocar lágrimas. Aqueles homens podiam muito bem estar caçando no local onde a mãe morrera. Ela podia ter saído da estrada bem ali, confundindo o manto branco com o caminho a seguir. Miquel não queria que eles a encontrassem, não queria os cães farejando e lambendo sua mãe. Quando ecoaram novos tiros, reduziu a velocidade dos passos, com Manolo seguindo contrariado bem atrás. Quando lhe perguntou por que estava indo na direção dos homens, Miquel não respondeu. Por um segundo, tinha tido uma visão da mãe viva fugindo apavorada dos caçadores, desesperada para não levar um tiro. Enquanto subiam a ladeira atrás da igreja, ouviram gritos e latidos, depois três novos tiros do mesmo rifle, com um breve e decisivo intervalo entre cada um. Quando ouviram um guincho e depois um berro, Miquel fez sinal para que Manolo andasse mais depressa, até que um grito os fez parar.

"Ei, vocês!" Era a voz de Foix. "Saiam já daí! Querem levar um tiro?"

"O que estão fazendo aqui?", Miquel gritou de volta. "Por que não vão caçar em algum outro lugar?"

"Estamos matando javalis selvagens, trabalho de homem. Você e esse seu menino de cozinha vão se arrepender se não voltarem já para a estrada."

Manolo puxou o paletó de Miquel e lhe fez sinal para voltar. Desceram lentamente pela neve, caminhando com uma dificuldade que Miquel não percebera quando subiam, encontrando gelo debaixo da neve, mas se afastando o mais rápido possível dos caçadores.

Andavam sem falar, a mão de Manolo no ombro de Miquel. Não ouviram mais nenhum tiro. Depois de um tempo, escutaram um jipe se aproximando e saíram do caminho. Dentro do jipe, os homens tinham um olhar estranho, culpado e excitado. Diminuíram a velocidade ao passar, e Miquel viu o frêmito brutal nas fisionomias. Atirados no reboque, amontoados uns sobre os outros, quatro javalis pingavam sangue, oprimidos pela morte, criaturas gordas, fortes, escavadoras, até pouco tempo antes os animais mais poderosos de um mundo frio e escuro, agora totalmente fora do alcance deles, cartilagem, carne, osso e olhos fixos mortos, o reboque pingando sangue na neve, gota a gota, e aí, quando derrapou para o lado, uma densa poça vermelha.

Miquel começou a soluçar, enquanto caminhavam, permitindo que Manolo o abraçasse e consolasse. Pela primeira vez em muito tempo, teve a nítida certeza de que a mãe desaparecera; a idéia de que, quando fosse encontrada, não estaria viva, lhe parecia um fato brutal. Ela não voltaria para eles. Encontrá-la, pensou, não significaria nada; procurar por ela não tinha sentido. Parou de chorar depois de um tempo e ficou bem perto de Manolo, que se encostava nele casualmente enquanto atravessavam a neve enlameada da estrada.

"Você tem sorte, sabia?", disse Manolo.

Miquel não respondeu.

"Tem sorte de isso já ter acontecido com você, de sua mãe ter ido, de que isso não vai acontecer de novo."

"Eu gostaria que ela estivesse em casa, viva", lamentou Miquel.

"Certo, mas sempre teria esse receio de sofrer o golpe, de ela morrer, mas agora está livre disso. Já aconteceu. Não pode acontecer de novo."

"Não fale assim", disse Miquel.

"Na última casa onde eu trabalhei", contou Manolo, "o velho morreu e os filhos apareceram todos, alguns já bem velhinhos também. E ainda que ele fosse velho e estivesse para morrer havia um tempão, todos choraram dias e dias. Semanas depois, eu ainda encontrava a dona da casa chorando. E quando a irmã ia visitá-la, elas choravam juntas, e quando o irmão aparecia, choravam ainda mais. Eu sei que ninguém nunca vai me fazer chorar. Não tem ninguém cuja morte me faça chorar. Ninguém. E sou grato por isso, e que isso nunca mude. Meus pais morreram antes de eu poder lembrar deles, meu pai antes mesmo de eu nascer. Não tenho lembrança deles. Não tenho irmãs ou irmãos, e não sinto nada pelos meus tios e primos. Toda vez que vejo duas pessoas ligadas por um sentimento qualquer, sinto dó. É melhor não ter isso. Você tem sorte de ela não poder mais ser tirada de você."

Miquel olhou em volta e percebeu que podia abraçar Manolo quanto tempo quisesse e segurá-lo tão perto quanto quisesse nessa estrada vazia. Pôs os braços em volta de Manolo e sentiu o calor que vinha dele, enquanto movimentava as mãos por baixo do paletó. Sentiu o suor da camisa de Manolo e seu coração batendo forte. Puxou a camisa para fora da calça e colocou as mãos na pele morna das costas dele. Manolo se atirou para frente, deixou os corpos se engatarem e afundou a cabeça no ombro de Miquel, mas manteve as mãos de lado, como se fossem de pedra.

8

Quando Manolo abriu as cortinas, no dia seguinte, Miquel viu que o céu estava azul e que o sol da manhã era forte o suficiente para fazer os sincelos pendurados nos beirais começarem a pingar e quebrar. Na cozinha, Josep Bernat estava sentado com o pai, insistindo que o tempo havia mudado, que a neblina sobre as montanhas significava que o degelo de verdade começara. Nesse dia, enquanto caminhava, o som dominante era o de gelo se quebrando e se soltando, de neve derretendo e escapulindo, de água escorrendo nas enxurradas na beira da estrada. Com a ajuda do binóculo, Miquel via a brancura da neve transformar-se em simples manchas ao longe.

No dia seguinte, o tio veio de Pallosa para dizer que a neve das encostas entre o povoado e Coll del So começara a derreter. Nos povoados, contou ele, estavam todos de olho nos abutres que com certeza subiriam até Coll del So assim que o tempo melhorasse. Os moradores seguiriam os abutres tão logo aparecessem, disse ele, e Miquel, o pai e os vizinhos deveriam fazer o mesmo. Não faltava muito, explicou, para que a neve e o gelo que cobriam o corpo dela derretessem. Gostaria de achá-la antes de javalis, cães selvagens e urubus, declarou, mas eram os urubus que iriam aparecer primeiro. Eram eles que deviam vigiar.

Depois de uns poucos dias de temperaturas altas, grande parte da estrada militar estava transitável. Miquel alternava duas sensações, o tremendo anseio de tê-la de volta, da forma que fosse, que o assaltava assim que caía a noite, e a consciência de que o tempo de separação entre eles havia quase acabado, que a neve iria lhe devolver a mãe. Pensou em seu rosto; torcia para que pudesse vê-lo de novo do jeito que era, como se estivesse dormindo ou sentada à janela da cozinha. Enquanto andava, pensou no quanto gostaria de ver a mãe sorrir.

Podia andar durante horas, agora, sem ter seu avanço emperrado por um acúmulo de neve e gelo, e quando cansava se forçava a ir em frente, sabendo que, uma vez passada a igreja de Santa Madalena, não havia onde pudesse descansar. Depois de ter andado longas distâncias, percebia a imaginação pululante de imagens e cenas, como se o próprio ar fosse uma droga que fizesse modestas fantasias parecerem inteiramente reais. Às vezes, na magia desestruturada disso, permitia-se entreter momentos em que ele não era ele, não era Miquel, era uma outra pessoa, e mesmo assim a mãe caminhava em sua direção, zonza, perguntando-se o que teria ocorrido com ela durante o tempo em que dormira. A mãe o reconheceria de imediato, chorando, não como o filho que buscava por ela, e sim como o pai dos tempos em que era uma menininha, o pai caminhando para ela. Correria para ele, esperando ser erguida, e ele a beijaria e a suspenderia no ar, a menina que fora perdida, as luvas pequenas mantendo suas mãos quentes, seu velho casaco verde com a gola de pele, seu chapéu para a neve. Apenas seu rosto estava congelado, os olhos molhados de frio, e ela tentava sorrir, embora os dentes batessem de frio.

Miquel levaria a mãe até a velha casa em Pallosa, até a equipe de busca que festejava o encontro, até o irmão que a esperava, até a lareira acesa, até sua velha e confortável cama. Tentou imaginar Manolo lá também, de avental, preparando uma bebida quente, todo pálido e ansioso. Mas de algum modo a imagem falhou. Manolo não pertencia àquele cenário.

Os primeiros abutres apareceram uma semana depois do começo do degelo, no final da manhã, contra um céu azul e gelado. Miquel já estava andando e eles surgiram, negros, planando sobre um trecho de terra acima de Pallosa, porém abaixo da estrada militar, exatamente onde ele, o pai e os demais imaginavam que a mãe estaria. Enquanto olhava cuidadosamente para eles, pelo binóculo, perguntava-se se não seria melhor andar de volta até o povoado e encontrar o pai, que sabia estar por perto, e regressar com ele no jipe, porém o pai ou alguém no povoado já teriam percebido a presença dos urubus e partido. Também confiava que o tio já teria visto as aves. Acreditava na determinação daqueles que a amavam de encontrar sua mãe primeiro.

Continuou, parando regularmente para examiná-los pelo binóculo. Dois deles planavam alto, sem se mexerem. Miquel não sabia direito como agiam, mas achava que era preciso mais de dois urubus para o ataque. Também não sabia quanto levaria para que se reunissem, depois de localizada a presa morta. Esperava que levasse um certo tempo, porque não queria ter de espantá-los sozinho, não sabia como poderia lutar contra eles, se viessem mais.

Não demorou a reparar num outro urubu sobrevoando Coll del So; Miquel sabia que a ave poderia ser vista a quilômetros de distância. O céu era de um azul muito claro, sem uma única nuvem; não havia mais nenhum movimento, nenhum outro pássaro no céu. Quando um deles baixou, Miquel se moveu mais rápido, perguntando-se se não deveria cortar um galho de árvore para espantá-lo. Calculava que o tio levaria uma hora ou mais para subir o morro onde as aves tinham se juntado. O pai, se pegasse o jipe, poderia vir mais rápido. Tinha medo agora de enfrentar sozinho aquele cenário. Era muito difícil que as criaturas sombrias, caladas, famintas, pairando impiedosas lá no alto do céu tivessem medo dele. Elas fariam o que a natureza lhes ensinara a fazer, não obstante as providências que Miquel tomasse. Não seria páreo para os urubus; tudo que poderia fazer era ir rápido em direção ao trecho que eles sobrevoavam. Até mesmo ser testemunha do lugar onde tinham pousado seria melhor que virar as costas e deixá-la à mercê dos bicos e garras, deixá-la sem defesas e sem ajuda.

Dois outros apareceram no ar limpo. Parou e fixou-os pelo binóculo, notando o tamanho e a feiúra absoluta de sua cor e formato; agora eram cinco planando. Miquel não sabia se esse número seria suficiente para o ato ritual de alimentação que haviam criado em seu sistema sombrio nem em que momento iriam atacar.

Talvez, pensou ele, a aterrissagem fosse irregular, mais preguiçosa, menos precisa. Durante a vida toda vira os urubus se agruparem, mas nunca vira um deles se alimentando; eram aves que se mantinham longe dos povoados e não se aproximavam de um rebanho saudável de ovelhas. Gostaria de saber mais um pouco sobre eles, como assustá-los, ou quanto tempo levavam em sua tarefa.

Até o jipe do pai alcançar Miquel, dois abutres já tinham aterrissado e os outros, cinco ou seis, baixavam de altitude. O pai, cujo rosto estava paralisado de medo e raiva e cheio de uma intenção vigorosa, dirigia com Josep Bernat do lado e Manolo no banco de trás. Mal parou para Miquel entrar. Quando subiu, viu que Bernat tinha dois rifles no colo. O pai dirigia rápido e implacavelmente rumo aos urubus.

Miquel sabia dos olhos, que eles bicavam primeiro os olhos, e supunha que já tivessem feito isso; talvez o mais forte, ou o mais rápido, tivesse primazia. Não devia ser muito demorado arrancar o olho de alguém. Não haveria sangue, ele supunha que o sangue tivesse congelado ou escorrido. Também supunha que eles fossem atacar primeiro os lugares macios do corpo, deixando cabeça, braços e pernas por último. Tentava febrilmente não chorar quando o jipe parou com um safanão e todos eles saltaram, começando uma descida apressada da ladeira.

A alguma distância de onde estacionaram havia uma clareira plana, e era lá que os urubus tinham se juntado. Miquel não podia acreditar que a mãe tivesse terminado ali, ela não poderia ter caído num lugar tão aberto, pensou, e, de todo modo, as passagens que levavam a Pallosa ficavam mais adiante. Entregou o binóculo para o pai e, depois que Bernat deu uma olhada, Miquel pegou de volta e começou a estudar o local. Os urubus ainda não tinham se acomodado completamente em volta da presa. Eram grandes criaturas de asas adejantes, com um aspecto imundo, dando bicadas uns nos outros como se fossem cegos. Depois se fixaram num lugar e começaram a se alimentar, empurrando-se mutuamente. Enquanto o pai e Bernat iam se aproximando aos poucos e Manolo continuava a seu lado, Miquel ficou paralisado pela cena que o binóculo magnificava. Os abutres faziam a festa com pilhas de vísceras, roubando pedaços e comendo com gula e prazer, depois se atropelando de volta para pegar mais. Focalizou um deles fincando bem a garra para ter força e rasgar melhor a carne com o bico. Deixou cair o binóculo, soltou um grito e correu para o pai e Bernat, com Manolo atrás.

Quando se aproximaram, os urubus se afastaram, mas no adejar ressentido das asas deixaram uma esteira de mau cheiro. Era um cheiro azedo e horrível, pensou, mas não era o cheiro de carne apodrecida, e sim o fedor de algo vivo. Era o cheiro da má energia dos próprios abutres, o cheiro pungente que vinha, pensou Miquel, de digerir o que estava podre e morto.

Quase sorriu quando viu o que atraíra os urubus. Estava preparado para testemunhar as entranhas da mãe arrancadas como se ela fosse um velho animal abandonado, e estava pronto para protegê-la o melhor que pudesse. Contudo, os abutres tinham ido até lá não para encontrar sua mãe, mas para bicar um cachorro grande, como um cão de caça, até os ossos. Devem ter tido um inverno de fome, pensou, ficando para trás.

Quando um deles voou insolentemente na direção deles, Miquel viu o pai erguer a arma. Assim, quase à queima-roupa, disparou um único tiro no urubu com asas mais escamosas e mais energia raivosa; com a força da bala, mandou-o com um tranco para o chão, enquanto os outros saíam voando ou adejavam as asas desajeitadas e recuavam bravos.

A ave ferida, deitada quase de cabeça para baixo, começou a guinchar, tentou se levantar e caiu de novo. De repente, conseguiu erguer a cabeça, pelada e reta, totalmente viva, os olhos indignados e contundentes, as narinas quase soltando fogo pelo bico maldoso. Ela os viu e todo o ódio soturno que sentia por eles, o olhar selvagem, o pânico feroz atingiram Miquel como se fossem só para ele, apenas para ele, como se seu espírito secreto tivesse esperado a vida inteira por tal reconhecimento. O pássaro moribundo estava além do humano na tristeza e no ferimento, ainda guinchando de dor. Miquel não sabia por que tinha começado a avançar em direção a ele, mas logo percebeu que Manolo o segurava por trás, impedindo-o de ir adiante enquanto o pai erguia a arma de novo. Miquel recuou e encostou-se em Manolo, em busca de calor, de algum consolo tristonho, enquanto o segundo tiro ecoava. Manolo o segurou firme, garantindo que ele não chegaria perto da ave moribunda e da carcaça, já rasgada ao meio, sem utilidade para ninguém.

Agradecimentos

Gostaria de agradecer às seguintes publicações, em que alguns destes contos, muitas vezes em versões anteriores, foram publicados primeiro: jornal *Guardian* ("Uma canção" e "Famous blue raincoat"); *London Review of Books* ("Um padre na família"); *Finbar's Hotel* ("O uso da razão"); *Dublin Review* ("O ponto crucial"); *In Dublin* ("Uma viagem"); *The Faber Book of Best New Irish Short Stories* ("Três amigos"). "Um longo inverno" foi inicialmente publicado em edição limitada pela Tuskar Rock Press.

O título do conto "Um padre na família" saiu de uma definição do que vem a ser a respeitabilidade irlandesa: "Um poço no quintal; um touro no campo; e um padre na família".

Sou grato a Angela Rohan pelo trabalho cuidadoso com o manuscrito; a meu agente Peter Straus; a meus editores Andrew Kidd, da Picador em Londres, e Nan Graham, da Scribner em Nova York; e a Catriona Crowe, John S. Doyle'Jordi Casellas e Edward Mulhall.

Uma parte do livro foi escrita na fundação Santa Maddalena, nos arredores de Florença, Itália. Gostaria de agradecer a Beatrice Monti por sua gentil hospitalidade.

ESTA OBRA FOI COMPOSTA PELO GRUPO DE CRIAÇÃO EM ELECTRA E
IMPRESSA PELA PROL EDITORA GRÁFICA EM OFSETE SOBRE PAPEL PÓLEN
SOFT DA SUZANO PAPEL E CELULOSE PARA A EDITORA SCHWARCZ
EM NOVEMBRO DE 2008